U0094655

吳昆展 編著
故事雲
中國傳奇
經典大閱讀

目次

中國傳奇概說

唐代的小說一般稱之為「傳奇」，這個名字的由來，最早是晚唐的裴鉶寫了一部短篇小說集叫做《傳奇》，後來大家就把這種文言的短篇小說稱為「傳奇」。

中國六朝時代的小說還沒有成熟，還沒有完整的結構，到了唐代，短篇小說才有比較完整的形式。唐代傳奇小說興盛的原因，主要有以下幾點：

一、古文運動的影響：唐代韓愈、柳宗元反對六朝以來形式華麗整齊的駢文，提倡古代的散文，造成文體的解放，這種散文在敘事、言情上，比較適合小說的表現。

二、文人從事小說創作：早期的小說，多來自街談巷語的記載，到了唐代，愈來愈多文人從事小說創作，如元稹、陳鴻、白行簡等人，都是當時的名士，他們有意識地創作小說，使得小說的技巧進步、內容擴大。

三、佛、道等宗教的盛行：唐代佛、道二教盛行，也影響當時的小說創作，不少故事就是從佛、道取材，例如〈杜子春〉明顯是從《大唐西域記》中的〈烈士池及傳說〉改編，為佛經故事；〈枕中記〉則藉由盧生的黃粱一夢，宣揚道教的人生如夢、富貴無常的道理。此外，佛教韻散夾雜的變文，某些程度也影響了唐代小說的形式，如〈遊仙窟〉、〈柳毅傳〉等，都可看出韻散夾雜的體裁。

四、科舉考試的溫卷風氣：唐代參加科舉考試的文人，以傳奇故事作為溫卷之作，引起主考官注意，表現自己的才學，這些士子為了投主考官的喜好，往往在題材、內容、辭藻、設思方面，競相出奇制勝，刺激傳奇發展。

五、都市經濟的繁榮發展：唐代的盛世，帶來工商業發達，社會進步，造成了都市經濟的繁榮，逐漸形成了一種新的市民階層。隨著都市興盛，為小說提供了更豐富的主題和素材，也使文學藝術蓬勃發展。

唐傳奇依照題材內容來分，大致可分為以下幾類：

一、神怪類：繼承六朝志怪小說，有時摻雜佛、道思想，如王度〈古鏡記〉敘述寶鏡伏妖的故事、〈補江總白猿傳〉寫白猿精搶奪人妻的故事、沈既濟〈任氏傳〉寫狐狸精的故事、陳玄祐〈離魂記〉描述張倩娘為了追求愛情而靈魂出竅的故事。

二、愛情類：描寫才子、佳人的愛情故事，如蔣防〈霍小玉傳〉寫李益對霍小玉的始亂終棄、白行簡〈李娃傳〉寫一個書生迷戀妓女女娃、元稹〈鶯鶯傳〉寫張生與崔鶯鶯的愛情，這些故事有的以大團圓的喜劇收場，有的以悲劇作結。

三、豪俠類：安史之亂以後，唐代的政治開始走下坡，藩鎮割據跋扈，欺壓百姓，因此行俠仗義的豪俠故事便在人們的期望中出現，如袁郊的〈紅線傳〉敘述俠女紅線，幫助主公薛嵩抵抗魏博節度使田承嗣，裴鉶的〈聶隱娘〉寫魏博地方大將聶鋒之女聶隱娘因緣際會學得一身武藝，受聘於節度使成為殺手、杜光庭〈虬髯客傳〉講述隋末群雄並起，虬髯客原本有意爭奪天下，但見到李世民後，意識到他才是真命天子，於是把財產轉贈李靖，讓李靖輔佐李世民。

四、諷喻類：受到佛、道等宗教影響，以故事說明佛理或道教的人生觀，如沈既濟〈枕中記〉和李公佐〈南柯太守傳〉，二者都以夢境描寫富貴功名的無常，對於沉迷於利祿追求的人予以諷喻。

五、歷史類：取材史料故事，再加以鋪排改編。唐代安史之亂造成天下動盪，於是玄宗的荒淫、楊貴妃的驕奢、楊國忠的專權、高力士的跋扈、安祿山的叛亂等，都成為小說的題材，如郭湜〈高力士外傳〉、姚汝能〈安祿山事跡〉、陳鴻〈長恨歌傳〉及〈東城老父傳〉等，都是這類的作品。

以上的分類只是大略的區分，因為很多小說其實兼具不同的類別，像〈任氏傳〉、

〈離魂記〉雖屬神怪類，但要說是愛情類亦無不可；〈長恨歌傳〉雖然講述安史之亂的故事，但主要圍繞在唐玄宗和楊貴妃的愛情故事，本書將其歸於愛情類；〈枕中記〉和〈南柯太守傳〉雖歸為諷喻類，但奇幻的夢境也算是神怪類。

唐代的傳奇對於後代的戲曲產生很大的影響，成為後代戲曲的題材，如沈既濟的〈枕中記〉敷演成元代馬致遠的《黃粱夢》、明代湯顯祖的《邯鄲記》；陳玄祐的〈離魂記〉演為元代鄭光祖的《迷青瑣倩女離魂》；李公佐的〈南柯太守傳〉演為明代湯顯祖的《南柯記》；元稹的〈鶯鶯傳〉演為金代董解元和元代王實甫的《西廂記》；陳鴻的〈長恨歌傳〉演為元代白樸的《梧桐雨》及清代洪昇的《長生殿》；蔣防的〈霍小玉傳〉演為明代湯顯祖的《紫釵記》。這些小說的內容，在戲曲家的流傳散布下，成為普遍的民間故事。

第一部　神怪

古鏡記

作者：王度

隋朝時，汾陰有個姓侯的人，是天下難得的奇士，王度很尊敬他，常用師長的禮節對待他。侯生去世前，送王度一面古鏡，說：「只要拿著它，各種妖邪都會遠離你。」王度收下這面古鏡，並且當做寶貝來珍藏。這面古鏡寬有八寸，背面的鏡鼻雕刻著一隻蹲伏的麒麟，圍繞著鏡鼻劃出四個方位，分別有龜、龍、鳳、虎，按照方位陳列在上面；四方之外又設置八卦，八卦之外則是鼠、牛、虎、兔、龍、蛇、馬、羊、猴、雞、狗、豬等分列十二時辰；十二時辰之外，又有二十四字，在鏡子最外圍繞了一圈，字體很像隸書，一點一劃清楚分明，卻完全看不懂是什麼字，連字書上也查找不到。侯生說：「鏡子背面的二十四個字代表著二十四節氣。」如果把鏡子放在太陽下照，背面的文字、圖形都會顯現在影子裡，一絲一毫都沒有漏掉。如果把鏡子拿起來輕輕叩擊，就會發出清亮悅耳的聲音，聲音迴盪一整天才會消失。唉！這面古鏡和一般的鏡子不同，只適合高尚賢明的人鑑賞，所以才稱為有靈氣的寶物。侯生在生前曾經說過：「從前，我聽說黃帝鑄造了十五面鏡子。第一面的直徑一尺五寸，是效法十五月圓而作；之後每面鏡子都小一寸，依次遞減，這面古鏡是第八面。」雖然年歲距今已經非常遙遠，無法從鏡子上的圖形文字辨識它的來歷，但是像侯生這樣的高人所講述的，應該不會是騙人的。過去，東漢楊寶救了黃雀，黃雀銜玉環來答謝，後代子孫因而顯貴；西晉張華弄丟一柄寶劍，不久連命都保不住。現在，王度遭逢世事的紛擾，經常鬱悶不樂；王室衰微，國破家亡，何處是賴以生存之地呢？後來，這個寶鏡又遺失了。實在讓人感傷！因此王度將寶鏡的奇異之事記錄下來，希望在千年之後，如果有人得到它，能夠知道它的來歷。

隋煬帝大業七年五月，王度從御史任上辭官返回河東，正好遇到侯生去世，於是獲得這面古鏡。同年六月，王度再度回到長安，途中經過長樂坡，在程雄家借宿一晚。程雄家剛好有個暫時寄居的婢女，容貌頗為端莊秀麗，名叫鸚鵡。王度入住房間後，正打算整理衣冠儀容，於是拿起古鏡照看，鸚鵡在遠處看見了，便不停叩頭，都叩出血了，一邊喃喃自語說：「我再也不敢住在這裡了！」王度覺得很奇怪，就把主人程雄找來詢問，程雄說：「兩個月前，有位客人帶著這個婢女從東邊來，當時她病得很厲害，客人就把她留在我家，請我暫時照顧，並說回來時再把她帶走。但是，這位客人一去不回，所以我也不清楚她的來歷。」王度懷疑鸚鵡可能是精怪，取出寶鏡對著她照。鸚鵡驚慌地大喊著說：

「饒命啊！我馬上現出原形！」王度立刻把古鏡遮起來，說：「妳先說清楚自己的來歷，然後再現出原形，我就饒妳一命。」鸚鵡立即再三拜謝說：「我本來是華山府君廟前那棵大松樹下的千年老狸，因為變化成人形迷惑來往行人，犯了死罪，被府君追捕，於是逃到河渭一帶，被下邽的陳思恭收為養女。承蒙他的厚愛，對我照顧有加，後來把我許配給同鄉的柴華為妻。但是我跟柴華一直處不好，就從柴家逃走了。我往東到了韓城縣外，被一個叫李無傲的人捉住，李無傲是個非常粗暴的男人，他脅迫我跟著他四處遊蕩，就這樣過了好幾年。前陣子來到這裡，他忽然將我留在程家，一個人走了。沒想到在這裡遇到你這面寶鏡，使我沒法再隱藏身分。」王度又問：「妳原本是一隻老狸，變成人形以後，難道不會傷害人嗎？」鸚鵡說：「我變成人形，和人一起生活，一點也不會對人造成傷害。但是，我從華山府君那裡逃出來，變成人形躲藏於人間，是神道所厭惡而不允許的，所以一旦被捉到，就必死無疑。」王度又問：「我想放妳一條生路，可行嗎？」鸚鵡說：「您這樣好心地對待我，實在感激不盡，不敢忘記您的大德。但是，寶鏡一照，我就無法再變形遁逃了。只是我變成人形已經很久了，實在羞愧再變回原來的樣子，只希望您暫時將寶鏡收回匣子裡，賞給我一頓酒飯，讓我喝個大醉再死吧。」王度說：「我如果把古鏡放回匣子裡，妳難道不會趁機逃走嗎？」鸚鵡笑著說：「您剛才不是還說願意放我走，如果您把鏡子收回匣子裡，我就趁機逃跑，這不正好完成您想要放走我的恩德美意嗎？但是其實只要寶鏡一照，就再也無路可逃了，所以我只希望能在剩下的一點時間裡，享受此生最後的歡樂啊！」王度立即將寶鏡收回匣子，向鸚鵡敬酒，又把程雄的家人及街坊鄰居都叫來，大家一起盡情歡飲。沒多久鸚鵡就喝得酩酊大醉，揮舞著衣袖，一邊跳舞一邊大聲唱歌：「寶鏡啊寶鏡，悲哀啊我的命。自從我脫離原形變成人後，已經侍奉過好幾個男人了。活著固然快樂，死去也用不著悲傷。何必眷戀不捨，留在這個地方呢？」唱完以後，鸚鵡再三拜謝，化成一隻老狸後死去，在場所有人都感到驚訝嘆息。

大業八年四月一日，發生日食。王度當時正在京城當官，白天沒事，躺在大廳旁邊的小房間休息，突然發覺天色漸漸變暗了，屬下的官吏跑來告訴他日食的情況很嚴重。王度起床整理衣冠，拿出古鏡照看，覺得古鏡好像也變得昏暗，沒有原先的光彩。他猜想：「這面古鏡製作時，一定是符合日月光影變化的奧妙的。不然，怎麼會太陽失去光耀時，古鏡也跟著沒有光彩呢？」他正在感嘆不已的時候，鏡中突然重新發出光彩，外面的日光也逐漸恢復明亮。等到太陽完全恢復光明後，寶鏡也變得和原來一樣光亮。從此以後，每當遇到日食、月食的時候，古鏡也會變得昏暗無光。

這年的八月十五日，王度有一個叫薛俠的朋友，得到一把銅劍，劍長約四尺，和劍柄相連，劍柄刻有龍鳳盤旋的形狀，左面有像火焰的花紋，右面有像水波的花紋。光彩奪目，一看就知道不是一般的寶劍。薛俠帶著這把寶劍去拜訪王度，對王度說：「這把寶劍我試了好幾次，每月的十五日，天地清明晴朗的時候，將它放在昏暗的室內，會自然發出光亮，能照亮周圍幾丈的地方。我得到這把劍已經有一段時日了，知道你一向喜愛珍奇古物，幾乎到了飢渴的程度，所以現在特地把它帶來，我們今天晚上一起來試驗一下。」王度非常高興。這天晚上，天氣果然晴朗，王度和薛俠找了一間完全不透光的密室，王度拿出寶鏡，放在身旁的椅子上。沒多久，鏡面就放出光華，將整間屋子照亮，兩人都能清楚看見對方，就如同在白天一樣；薛俠帶來的銅劍就橫放在寶鏡的旁邊，卻完全沒有發出一點光亮，薛俠驚訝地說：「請將寶鏡裝回匣子裡。」王度聽他的話將寶鏡裝進鏡匣裡，這時，銅劍才發出光芒，不過只有一二尺長。薛俠撫著寶劍，感嘆地說：「即使是天下的神物，也有高下相伏的情況啊。」從此之後，每到月圓之夜，王度都會將寶鏡放在暗室，它就會發出光芒照亮幾丈遠的地方。如果讓月光照進暗室，寶鏡就不會發光了。這大概是因為任何人間的寶物，都無法跟日月的光輝相比吧。

這年冬天，王度兼任著作郎，奉皇上詔命撰寫北周史，想為蘇綽立傳。王度家有位老僕人叫豹生，已經七十歲了，過去曾擔任蘇綽的部下。豹生讀過不少史書傳記，也能稍微寫點文章。他看到王度正在撰寫〈蘇綽傳〉的草稿，忍不住傷心起來。王度問他原因，豹生說：「我過去曾受過蘇公的厚遇，今天看到蘇公生前說過的話應驗了，所以感到悲傷。主人現在擁有的寶鏡，原本是蘇公的朋友河南季苗子贈送給蘇公的，蘇公生前很喜愛這面寶鏡。在他臨死的那一年，覺得悶悶不樂，有一次請季苗子來家中，對他說：『我感覺自己離死期不遠了，只是不知道這面寶鏡將落在什麼人的手中，我想用蓍草卜一卦，希望先生在一旁邊我看一下。』說完，就叫我去拿取蓍草，蘇公自己卜卦。卜完卦後，蘇公說：『我死後十多年，我家將會失去這面寶鏡，從此下落不明。然而天地間的神器寶物，不論動與靜多少都會有徵象。現在河洛之間，常散發出寶氣，正好與我卜的卦徵兆相合，這面寶鏡大概會往河洛一帶去吧！』季苗子問：『也會被人得到嗎？』蘇公說：『仔細再看這個卦象，應該會先入侯家，後來歸於王氏手裡。再往後，就不知道它的去向了。』」豹生說完，又再悲傷流淚。後來，王度詢問蘇家的後人，果然說從前確實有過這樣一面寶鏡，蘇綽死後，就不知道鏡子的下落了，和豹生說的相同。因此，王度在為蘇綽寫傳時，在篇末詳細地記述了這件事情。並且說蘇綽用蓍草占卜的技藝絕倫，只是他向來低調行事，從未讓外人知道，說的就是這件事情。

大業九年的正月初一，有一位胡僧到王度家行乞，王度的弟弟王勣出來接待，覺得這個和尚神采不俗，不是普通的行乞僧人，於是邀請他到客廳，並準備飯食招待。兩人坐著閒聊了很久，胡僧對王勣說：「施主家裡好像有一面絕世寶鏡，可以拿出來讓貧僧看一下嗎？」王勣嚇了一跳，問說：「師父是怎麼知道的呢？」胡僧說：「貧僧學過一些明錄祕術，頗能辨識寶氣。施主宅院中，每天常有一道青光與太陽相連，一道紅色的氣與月亮相接，這是寶鏡之氣。貧僧見到這股寶氣已經有兩年了，所以今天選擇良辰登門拜訪，就是希望能看看寶鏡。」王勣聽了胡僧的懇求，取出寶鏡，胡僧欣喜地跪下，雙手恭敬地捧著接過寶鏡，對王勣說：「這面寶鏡還有好幾種靈相，都是從來沒有見過的。用金膏塗抹，再用珠粉擦拭，然後舉起來對著太陽照，那反射的光影能夠穿透牆壁。」接著，他又嘆氣說：「還有一種方法，應該能照見腹中的五臟六腑，只可惜沒有能讓它發揮功效的藥物。另外，只要用金煙薰它，用玉水洗它，再用金膏和珠粉像剛才那樣擦拭。就算是將它埋藏在泥土裡，也能常保光明，不會變得昏暗。」他說完，留下金煙、玉水以及使用方法就飄然離去，王勣照著胡僧的方法試驗，果然每次能靈驗，只是那個胡僧再也沒有出現。

這年秋天，王度出京兼任芮城縣令。縣衙大廳前有一株棗樹，樹幹的周圍達幾丈寬，不知道已經長了幾百年。以前來到這裡的縣令，都要先恭敬地拜謁祭祀這株棗樹，不然就會立即遭遇禍殃。王度上任後，認為是妖物作怪，因為人的迷信才更加壯大，這種沒有道理的祭祀應該停止。但是，縣裡的官吏們都叩頭懇求王度，王度不得已，也只好跟著拜了一下，心中卻暗自猜想，一定有精怪依附在這株老棗樹上，人們不能除掉它，才會助長氣焰，於是悄悄地將寶鏡懸掛在棗樹上。當天晚上大約二更的時候，王度聽到廳前棗樹發出巨大的響聲，就像打雷一樣。他起身到廳外查看，看見風雨交加，天上烏雲籠罩著這株棗樹，而且打雷閃電，忽上忽下。到了天亮，看見一條紫鱗紅尾的大蛇，綠色的頭上長著白角，額頭上還有個「王」字。大蛇的身上有無數傷痕，已經死在棗樹下。王度於是收起寶鏡，命人把死蛇拿出去，在縣城門外火化；又叫人把棗樹挖開，看見樹心有一個洞穴，進入地底後愈來愈大，洞中有巨蟒盤踞的痕跡，王度立即派人將洞穴填死，從此之後，再也沒有妖物作怪了。

這年冬天，王度以御史兼芮城縣令，帶著符節到河北開糧倉，救濟陝東的飢民。當時天下發生大飢荒，百姓因為飢餓、抵抗力下降，傳染病四處流行，蒲州、陝西一帶的瘟疫特別嚴重。王度屬下有個小吏叫做張龍駒，正好是河北人，他的家中老少幾十個人，都感染了瘟疫。王度非常同情他，就帶著寶鏡到張龍駒家，讓張龍駒天黑後用這面寶鏡照染疫的家人。被照的病人都嚇得跳起來，說看見龍駒手裡拿著一輪明月來照他們，而被亮光所照到的地方，冷得好像有冰霜侵入身體的五臟六腑，沒多久被鏡子照過的人就都退燒了，到了第二天晚上，身體都康復了。王度發現寶鏡有這種神奇的效用，認為應該對寶鏡沒有什麼損害，還能救助眾多百姓，於是他暗中派人拿著寶鏡，挨家挨戶地去照射病人。當天晚上，寶鏡居然在匣子裡發出清脆的聲響，聲音悠揚清遠，過了好久才停止，王度覺得很奇怪。第二天一大早，張龍駒跑來對王度說：「我昨晚忽然夢見一個人，長得龍頭蛇身，戴著朱紅色的帽子，身著紫色的衣袍，對我說：『我是寶鏡的精靈啊，名叫紫珍，之前曾救了你們全家，因此來託你替我向王公道歉，並且轉告他，百姓有罪，所以上天才降下瘟疫懲罰他們，怎麼能讓我忤逆上天的旨意去救人呢？況且，這些百姓所生的病，其實到了下個月，就會漸漸痊癒，所以不要為難我了。』」王度覺得這面寶鏡太有靈性，太奇怪了，因此把這件事記了下來。到了下個月，瘟疫果然漸漸平息，就如鏡精所說的那樣。

大業十年，王度的弟弟王勣辭去六合縣丞的官職回家。沒多久他想要離家遠行，遍遊名山大川，當做未來的人生規劃。王度勸他說：「現在的天下仍然戰亂不停，到處都是盜賊，這時候出遠門安全嗎？而且我和你手足二人，從來沒有遠離過，但你這次出門遠行，看起來就打算從此隱居山林。古代尚子平雲遊五嶽，最後沒有人知道他的行蹤，你若追隨這位前輩高人的腳步，從此音訊全無，我是無法承受的啊！」說完當著王勣的面就哭了起來。王勣說：「我已經下定決心了，請兄長不要再挽留我。兄長是豁達明理的人，不論什麼事情應該都能理解、體諒的，孔子說：『匹夫不可奪志矣。』不要勉強一個人改變志向。人生在世最多不過百年，如同白駒過隙，一眨眼就過去，開心的時候就盡情歡樂，不得志的時候就痛哭一場，讓一個人盡情做他想做的事情，這是聖人說的道理啊。」王度看到弟弟如此堅定，實在沒有辦法，就跟他告別。臨行前，王勣說：「這次一別，弟弟有事想拜託兄長。兄長的寶鏡，不是世間尋常東西。我這次遠行，也許要跋山涉水、上山下海，隨時都會遇到風險或意外。希望兄長能將寶鏡贈送給我。」王度毫不猶豫地說：「沒問題，我怎麼會捨不得將寶鏡給你呢？」說著，馬上拿出寶鏡送給王勣。王勣接過寶鏡後，立即離家出發，也沒說要往哪裡去。

到了大業十三年六月的盛夏，王勣才又回到長安，將寶鏡交還。他對哥哥說：「這面寶鏡真的是稀世珍寶！我自從告別兄長後，先去遊歷嵩山的少室山。一路上，有時攀登上石柱，有時坐在仙境般的山間休息。有一次看到太陽快下山了，發現山崖下有一個岩洞，裡面有一間石屋，可以容納大約三、五個人，我就在這間石屋裡休息過夜。當晚月亮高掛天空，二更過後，突然有二人走進石屋，其中一個長得很像胡人，鬚眉雪白，容貌清瘦，自稱為『山公』；另一人臉型寬闊，白鬚長眉，皮膚黝黑而身體矮小，自稱為『毛生』。他們一看到我就問：『你是什麼人？怎麼睡在這裡？』我回答說：『我是一個尋幽訪奇的旅人。』二人坐下後跟我聊了許久，談話中常常提出一些奇特的見解。我懷疑他們是精怪所化，悄悄伸手到身後的行囊裡打開鏡匣取出寶鏡。寶鏡發出光芒，那兩個人立即大叫一聲，趴倒在地，那個矮的變成一隻老烏龜，長得像胡人的化成一隻猿猴。我不敢大意，將寶鏡高懸在石屋裡，到了天亮，發現兩個妖物都死了，仔細看了一下，烏龜身上長著綠毛，猿身上長著白毛。

之後，我入箕山，渡潁水，遊歷太和，觀賞玉井。玉井旁邊有一水池，池水清澈呈現深綠色。我詢問一個打柴的樵夫：『這個池叫什麼名字？』樵夫說：『這個水池叫靈湫，每到立春、立夏、立秋、立冬、春分、夏至、秋分、冬至這八個節氣時，村人們都會來祭祀，祈求它保佑降福。如果疏忽沒有祭祀，池水就會冒出黑雲，降下大雹傷害農作物，降下大雨造成洪水，沖倒樹木，損毀堤壩，破壞房屋。』我猜又是妖怪作亂，取出寶鏡照著水池，池水立即沸湧，發出如雷震的聲響。忽然之間，池水騰空而出，水池裡一滴也不剩，整個池水在二百多步的距離外才灑落到地面上。然後看到一條大魚，長約一丈多，比手臂還粗。牠的頭是紅色的，額頭的地方呈現白色，身體則是青黃色相間，身上沒有鱗片，只有黏涎，身形像龍，又像長角的蛇；嘴是尖的，形狀像鱘魚，不停地扭動著，發出一閃一閃的光澤，困在泥水中，無法游動遠去。我想這大概就是所謂的『蛟』吧，一旦離開了水面，就什麼能耐也無法施展。我拿刀殺了牠，將牠的肉來烤吃，味道非常鮮美，一連吃了好幾天。

接著，我又到了宋汴，投宿在一戶人家，主人叫張琦，家裡有一個患病的女孩，入夜之後，女孩就會不斷哀嚎，讓人實在不忍心再聽下去。我問主人那女孩患了什麼病，張琦說她女兒已經病了一年多，白天都沒什麼事，但一到了晚上常常就會哀鳴到天亮。我在張家住了一晚，半夜聽到女孩喊叫後，就打開鏡匣拿出寶鏡往房間照過去。只聽到女孩大喊：『戴冠的人被殺啦！』大家進房間一看，發現女孩的床下有一隻已經死掉的大公雞，原來是主人家養了七、八年的老公雞在作祟。

之後，我遊覽江南，準備從廣陵登船橫渡揚子江。忽然烏雲密布，江水暴漲，黑風刮起巨浪，船夫大驚失色，擔心會翻船。我手拿寶鏡站在船頭，對著江面照去，只見江水立即清澈見底，狂風平息，烏雲散去，波平濤靜，於是我很快地就抵達了長江天塹。接著我去攀登棲霞山，漫遊芳嶺，有時從危崖攀上山頂，遇到群鳥圍著我噪鳴不止，有時進入深洞探查，遇上幾隻熊蹲踞在路徑中間，只要手持這面寶鏡一揮，鳥獸立即驚恐地退散離去。後來就一路順風地抵達浙江，乘船渡過錢塘江出海口時，正好遇到漲潮，浪濤聲有如雷鳴吼叫，幾百里內都可以聽到。船夫說：『大浪已經距離我們很近了，不能再繼續向南行駛，如果不趕快掉轉船頭回去，只怕我們都要葬身魚腹了！』我拿出寶鏡照著眼前的大潮，潮水就不再向前奔湧，而是高聳地立了起來，四面的江水豁然分開約五十多步，水漸漸變得清淺，水中的魚、鱉紛紛逃匿。我們張著風帆，一直駛入南浦。上岸後，我回頭一看，江面恢復波濤洶湧，浪高達幾十丈，一直湧到我們上岸的渡船口。接著我登上天臺山，遊覽那裡的岩穴深溝；夜晚把寶鏡佩掛在身上穿越山谷，周遭百步之內，照耀得如同白晝，連纖細的毫毛都能看得一清二楚，樹林中的鳥雀被亮光驚嚇得四處飛散。我從天臺山返回會稽時，遇到異人張始鸞，傳授我『周髀九章』及『明堂六甲』等奇門遁甲的祕術，最後和陳永一同回來。

之後，我遊歷到豫章郡，遇見道士許藏秘，他說自己是晉朝得道成仙的旌陽縣令許遜第七代孫，懂得登刀山、踩火焰的咒術。他在談到妖怪之類的奇聞異事時，提到豐城縣倉督李敬慎的家中，有三個女兒遭到妖魅作祟，得到怪病，但沒有人知道是什麼病，用了各種方式治療都無效。我有個朋友叫趙丹，很有才華，正好在豐城縣任縣尉，我於是前往豐城去拜訪他。趙丹叫僕人問我晚上要住在哪裡？我跟他說：『我想住在倉督李敬慎家。』趙丹於是指派李敬慎來接待我。到了李家後，我問起三個女兒生病的經過，李敬慎說：『我三個女兒一起住在堂內的一間小屋裡，每天到了傍晚就會盛裝打扮。一到黃昏，姊妹三人就回到居住的小屋裡，緊閉房門，並熄滅所有的燈燭。如果在門外偷聽，會聽到她們好像在屋裡跟什麼人有說有笑，一直到天快亮才睡，如果沒去叫她們起床，她們就會沉睡不醒。姊妹三個人日漸消瘦，連飯也不吃。如果不讓她們梳妝打扮，就吵著要上吊、投井自殺。實在不知道該怎麼辦。』我對李敬慎說：『請帶我到三姊妹住的小屋看看。』李敬慎領我來到小屋旁邊，我看到屋子的東面有一扇窗戶，我怕晚上窗戶會上鎖無法開啟，於是趁著白天悄悄折斷四根窗欄，再另外用木條撐住，讓它看起來像沒斷一樣。到了傍晚，李敬慎來通報說：『姊妹們都打扮好回小屋裡了。』到了一更左右，我悄悄到屋外等候，果然聽到裡面談笑風生。我拆掉事先折斷的窗欄，手持寶鏡往屋內一照，三個姊妹立即大聲喊叫：『殺死我的夫婿啦！』剛開始時看不見什麼東西，於是我掛起寶鏡，屋子裡就慢慢明亮起來，發現地上有一隻黃鼠狼，頭尾長一尺三四寸，身上沒有毛也沒有牙齒；還有一隻大老鼠，也是沒有毛齒，又肥又大，約有五斤重；還有一隻壁虎，大約人的手掌大小，身上披著鱗甲，五色斑斕，頭上還長著兩隻角，大約有半寸長，尾巴則有五寸多，最前端一寸是白色的，三隻怪物並排倒臥，死在牆壁的孔穴旁。從此，李家三姊妹的怪病就不藥而癒了。

離開豐城後，我尋訪真人，來到廬山停留了幾個月。有時棲息在樹林裡，有時則露宿在草叢中。常常遇到虎豹、豺狼靠近，但只要舉著寶鏡，那些野獸全都立即驚慌逃竄。廬山上有個隱士叫蘇賓，是個很有知識的奇士，他精通《易經》，能夠知曉過去，預言未來。他對我說：『天下的神物寶器，一定不會長久留在人間。現在社會動盪混亂，異鄉恐怕不能長久居住。趁著這面寶鏡還在你手裡，足以用來自衛防身，還是趕快返回家鄉去吧。』我聽了他的勸告，立即北上，準備回家。路過河北的時候，有一天夜裡，夢見寶鏡對我說：『承蒙你兄長厚待，我現在即將要離開人間遠去，想最後再跟你兄長見一面，辭別之後再離去，請你早日返回長安。』我在夢中答應他。等到天亮，我獨自坐著回憶夢中的情景，心神不寧，擔心無法完成對寶鏡的承諾，便立即向西踏上回家的路。現在，終於回家見到兄長了，也總算沒有辜負夢中的承諾。但是，恐怕這面寶鏡最終還是要離開兄長的。」幾個月後，王勣就回去河東了。

大業十三年七月十五日，寶鏡在鏡匣中發出悲鳴，聲音纖細悠遠，過一會後漸漸變大，彷彿龍咆虎嘯，過了很長的時間，才漸漸平息停止。王度打開鏡匣一看，寶鏡已經不知道去哪裡了。

◈隋汾陰侯生，天下奇士也，王度常以師禮事之。臨終，贈度以古鏡，曰：「持此則百邪遠人。」度受而寶之。鏡橫徑八寸，鼻作麒麟蹲伏之象，繞鼻列四方，龜龍鳳虎，依方陳布；四方外又設八卦，卦外置十二辰位，而具畜焉；辰畜之外，又置二十四字，周繞輪廓。文體似隸，點畫無缺，而非字書所有也。侯生云：「二十四氣之象形。」承日照之，則背上文畫，墨入影內，纖毫無失。舉而扣之，清音徐引，竟日方絕。嗟乎，此則非凡鏡之所得同也，宜其見賞高賢，是稱靈物。侯生嘗云：「昔者吾聞黃帝鑄十五鏡。其第一橫徑一尺五寸，法滿月之數也；以其相差，各校一寸，此第八鏡也。」雖歲祀攸遠，圖書寂寞，而高人所述，不可誣矣。昔楊氏納環，累代延慶；張公喪劍，其身亦終。今度遭世擾攘，居常鬱快；王室如燬，生涯何地？寶鏡復去，哀哉！今具其異跡，列之於後，庶千載之下，倘有得者，知其所由耳。

大業七年五月，度自侍御史罷歸河東，適遇侯生卒而得此鏡。至其年六月，度歸長安。至長樂坡，宿於主人程雄家。雄新受寄一婢，頗甚端麗，名曰鸚鵡。度既稅駕，將整冠履，引鏡自照。鸚鵡遙見，既便叩首流血，云：「不敢住。」度因召主人問其故，雄云：「兩月前，有一客攜此婢從東來。時婢病甚，客便寄留，云還日當取。比不復來，不知其婢由也。」度疑精魅，引鏡逼之。便云：「乞命，即變形。」度即掩鏡曰：

「汝先自敘，然後變形，當捨汝命。」婢再拜自陳云：「某是華山府君廟前長松下千歲老狸，大行變惑，罪合至死，遂為府君捕逐，逃於河渭之間。為下邽陳思恭義女，蒙養甚厚，嫁鸚鵡與同鄉人柴華。鸚鵡與華意不相愜，逃而東出韓城縣。為行人李無傲所執，無傲粗暴丈夫也，遂將鸚鵡遊行數歲。昨隨至此，忽爾見留。不意遭逢天鏡，隱形無路。」度又謂曰：「汝本老狸，變形為人，豈不害人也？」婢曰：「變形事人，非有害也。但逃匿幻惑，神道所惡，自當至死耳。」度又謂曰：「欲捨汝可乎？」鸚鵡曰：「辱公厚賜，豈敢忘德。然天鏡一照，不可逃形。但久為人形，羞復故體。願緘於匣，許盡醉而終。」度又謂曰：「緘鏡於匣，汝不逃乎？」鸚鵡笑曰：「公適有美言，尚許相捨。緘鏡而走，豈不終恩。但天鏡一臨，竄跡無路，唯希數刻之命，以盡一生之歡耳。」度登時為匣鏡，又為致酒。悉召雄家鄰里與宴謔，比婢頃大醉。奮衣起舞而歌曰：「寶鏡寶鏡，哀哉予命。自我離形，於今幾姓。生雖可樂，死不必傷。何為眷戀，守此一方。」歌訖，再拜，化為老狸而死，一座驚歎。

大業八年四月一日，太陽虧。度時在臺直，晝臥廳閣。覺日漸昏，諸吏告度以日蝕甚。整衣時，引鏡出，自覺鏡亦昏昧，無復光色。度以寶鏡之作，合於陰陽光景之妙。不然，豈合以太陽失曜，而寶鏡亦無光乎！怪歎未已。俄而光彩出，日亦漸明。比及日復，鏡亦精朗如故。自此之後，每日月薄蝕，鏡亦昏昧。

其年八月十五日，友人薛俠者，獲一銅劍長四尺。劍連於靶，靶盤龍鳳之狀，左文如火焰，右文如水波。光彩灼爍，非常物也。俠持過度曰：「此劍俠常試之，每月十五日，天地清朗，置之暗室，自然有光，旁照數丈，俠持之有日月矣。明公好奇愛古，如飢如渴，願與君今夕一試。」度喜甚。其夜果遇天地清霽，密閉一室，無復脫隙，與俠同宿。度亦出寶鏡，置於座側。俄而鏡上吐光，明照一室。相視如晝。劍橫其側，無復光彩。俠大驚曰：「請內鏡於匣。」度從其言。然後劍乃吐光，不過一二尺耳。俠撫劍歎曰：「天下神物，亦有相伏之理也。」是後每至月望，則出鏡於暗室，光常照數丈。若日影入室，則無光也。豈太陽太陰之耀不可敵乎。

其年冬，兼著作郎。奉詔撰周史，欲為蘇綽立傳。度家有奴曰豹生，年七十矣，本蘇氏部曲。頗涉史傳，略解屬文。見度傳草，因悲不自勝。度問其故，謂度曰：「豹生常受蘇公厚遇，今見蘇公言驗，是以悲耳。郎君所有寶鏡，是蘇公友河南苗季子所遺蘇公者，蘇公愛之甚。蘇公臨亡之歲，戚戚不樂。常召苗生謂曰：『自度死日不久，不知此鏡當入誰手。今欲以著筮一斷，先生幸觀之也。』便顧豹生取著，蘇公自揲布卦。卦訖。蘇公曰：『我死十餘年，我家當失此鏡，不知所在。然天地神物，動靜有徵。今河洛之間，往往有寶氣與卦兆相合，鏡其往彼乎。』季子曰：『亦為人所得乎？』蘇公曰：「詳其卦云，先入侯家，復歸王氏。過此以往，莫知所之也。』」豹生言訖，涕泣。度問蘇氏，果云舊有此鏡。蘇公薨後，亦失所在，如豹生之言。故度為蘇公傳，亦具言其事於末篇。論蘇公著筮絕倫，默而獨用，謂此也。

大業九年正月朔旦，有一胡僧行乞而至度家。弟勣出見之，覺其神彩不俗，更邀入室，而為具食。坐語良久，胡僧謂勣曰：「檀越家似有絕世寶鏡也，可得見耶？」勣曰：「法師何以得知之。」僧曰：「貧道受明錄秘術，頗識寶氣。檀越宅上，每日常有碧光連日，絳氣屬月，此寶鏡氣也。貧道見之兩年矣。今擇良日，故欲一觀。」勣出之，僧跪捧欣躍。又謂勣曰：「此鏡有數種靈相，皆當未見。但以金膏塗之，珠粉拭之，舉以照日，必影徹牆壁。」僧又歎息曰：「更作法試，應照見腑臟，所恨卒無藥耳。但以金煙薰之，玉水洗之，復以金膏珠粉，如法拭之，藏之泥中，亦不晦矣。」遂留金煙玉水等法，行之無不獲驗。而胡僧遂不復見。

其年秋，度出兼芮城令。令廳前有一棗樹圍可數丈，不知幾百年矣。前後令至，皆祠謁此樹。否則殃禍立及也。度以為妖由人興，淫祀宜絕。縣吏皆叩頭請度，度不得已，為之一祀，然陰念此樹，當有精魅所託，人不能除，養成其勢，乃密懸此鏡於樹之間。

其夜二鼓許，聞其廳前磊落有聲，若雷霆者。遂起視之，則風雨晦暝，纏繞此樹，雷光晃耀，忽上忽下。至明，有一大蛇，紫鱗赤尾，綠頭白角，額上有王字。身被數鎗，死於樹下。度便收鏡，命吏出蛇，焚於縣門外；仍掘樹，樹心有一穴，於地漸大，有巨蛇蟠泊之跡，既而實之，妖怪遂絕。

其年冬。度以御史帶芮城令。持節河北道，開倉糧，賑給陝東。時天下大飢，百姓疾病，蒲陝之間，癘疫尤甚。有河北人張龍駒，為度下小吏，其家良賤數十口，一時遇疾。度憫之，齎此鏡入其家，使龍駒持鏡夜照。諸病者見鏡，皆驚起，云見龍駒持一月來相照，光陰所及，如冰著體，冷徹腑臟，即時熱定，至晚並愈。以為無害於鏡，而所濟眾，於是令密持此鏡，遍巡百姓。其夜，鏡於匣中，冷然自鳴，聲甚徹遠，良久乃止，度心獨怪。明早，龍駒來謂度曰：「龍駒昨忽夢一人，龍頭蛇身，朱冠紫服，謂龍駒：『我即鏡精也，名曰紫珍，常有德於君家，故來相託，為我謝王公。百姓有罪，天與之疾，奈何使我反天救物？且病至後月，當漸愈，無為我苦。』」度感其靈怪，因此誌之。至後月，病果漸愈，如其言也。

大業十年，度弟勣自六合丞棄官歸。又將遍遊山水，以為長住之策。度止之曰：「今天下向亂，盜賊充斥，欲安之乎？且吾與汝同氣，未嘗遠別，此行也，似將高蹈。昔尚子平遊五嶽，不知所之，汝若追踵前賢，吾所不堪也。」便涕泣對勣。勣曰：「意已決矣，必不可留。兄今之達人，當無所不體。孔子曰：『匹夫不可奪志矣。』人生百年，忽同過隙，得情則樂，失志則悲，安遂其欲，聖人之義也。」度不得已，與之決別。勣曰：「此別也，亦有所求。兄所寶鏡，非塵俗物也。勣將抗志雲路，棲蹤煙霞，欲兄以此為贈。」度曰：「吾何惜於汝也。」即以與之。勣得鏡遂行，不言所適。

至大業十三年夏六月，始歸長安，以鏡歸。謂度曰：「此鏡真寶物也。勣辭兄之後，先遊嵩山少室。陟石梁，坐玉壇。屬日暮，遇一嵌巖，有一石堂，可容三五人，勣棲息止焉。月夜，二更後，有兩人，一貌胡，鬚眉皓而瘦，稱山公；一面闊，白鬚眉長，黑而矬，稱毛生。謂勣曰：『何人斯居也？』勣曰：『尋幽探穴訪奇者。』二人坐，與勣談久，往往有異義出於言外。勣疑其精怪，引手潛後，開匣取鏡。鏡光出，而二人失聲俯伏，矬者化為龜，胡者化為猿。懸鏡至曉，二身俱殞，龜身帶綠毛，猿身帶白毛。

即入箕山，渡潁水，歷太和，視玉井。井旁有池，水湛然綠色。問樵夫，曰：『此靈湫耳，村閭每八節祭之，以祈福佑。若一祭有闕，即池水出黑雲，大雹傷稼，白雨流樹，浸堤壞阜。』勣引鏡照之，池水沸湧，有雷如震。忽爾池水騰出，池中不遺涓滴，可行二百餘步，水落於地。有一魚，可長丈餘，粗細大於臂。首紅額白，身作青黃間色，無鱗有涎，龍形蛇角；嘴尖，狀如鱘魚，動而有光，在於泥水，困而不能遠去。勣謂蛟也，失水而無能為耳。刃而為炙，甚膏有味，以充數朝口腹。

遂出於宋汴，汴主人張琦，家有女子患，入夜，哀痛之聲，實不堪忍。勣問其故，病來已經年歲，白日即安，夜常如此。勣停一宿，及聞女子聲，遂開鏡照之。痛者曰：『戴冠郎被殺。』其病者床下，有大雄雞死矣，乃是主人七八歲老雞也。

遊江南，將渡廣陵揚子江，忽暗雲覆水，黑風波湧，舟子失容，慮有覆沒。勣攜鏡上舟，照江中數步，明朗徹底，風雲四斂，波濤遂息，須臾之間，達濟天塹。躋攝山，趨芳嶺，或攀危頂，或入深洞，逢其群鳥環人而噪，數熊當路而蹲，以鏡揮之，熊鳥奔駭。是時利涉浙江，遇潮出海，濤聲振吼，數百里而聞。舟人曰：『濤既近，未可渡南。若不迴舟，吾輩必葬魚腹。』勣出鏡照，江波不進，屹如雲立，四面江水豁開五十餘步，水漸清淺，黿鼉散走。舉帆翩翩，直入南浦。然後卻視，濤波洪湧，高數十丈，而至所渡之津也。遂登天臺，周覽洞壑；夜行佩之山谷，去身百步，四面光徹，纖微皆見，林間宿鳥，驚而亂飛。還履會稽。逢異人張始鸞，授勣『周髀九章』及『明堂六甲』之事。與陳永同歸。

更遊豫章，見道士許藏秘，云是旌陽七代孫，有咒登刀履火之術。說妖怪之次，便言豐城縣倉督李敬慎家，有三女遭魅病，人莫能識，藏秘療之無效。勣故人曰趙丹，有才器，任豐城縣尉，勣因過之。丹命祗承人指勣停處，勣謂曰：『欲得倉督李敬慎家居止。』丹遽設榻為主禮。勣因問其故，敬曰：『三女同居堂內閣子，每至日晚，即靚妝衒服。黃昏後，即歸所居閣子，滅燈燭。聽之，竊與人言笑聲，及至曉眠，非喚不覺，日日漸瘦，不能下食。制之不令妝梳，即欲自縊投井。無奈之何。』勣謂敬曰：『引示閣子之處。』其閣東有窗，恐其門閉固而難啟，遂晝日先刻斷窗櫺四條，卻以物支柱之如舊。至日暮，敬報勣曰：『妝梳入閣矣。』至一更，聽之，言笑自然。勣拔窗櫺子，持鏡入閣照之，三女叫云：『殺我婿也。』初不見一物，懸鏡至明，有一鼠狼，首尾長一尺三四寸，身無毛齒；有一老鼠，亦無毛齒，其肥大可重五斤；又有守宮，大如人手，身披鱗甲，煥爛五色，頭上有兩角，長可半寸，尾長五寸以上，尾頭一寸，色白，並於壁孔前死矣。從此疾愈。

其後尋真至廬山，婆娑數月。或棲息長林，或露宿草莽。虎豹接尾，豺狼連跡，舉鏡視之，莫不竄伏。廬巖處士蘇賓，奇識之士也，洞明易道，藏往知來。謂勣曰：『天下神物，必不久居人間。今宇宙喪亂，他鄉未必可止。吾子此鏡尚在，足自衛，幸速歸家鄉也。』勣然其言，即時北歸。便遊河北，夜夢鏡謂勣曰：『我蒙卿兄厚禮，今當捨人間遠去，欲得一別，卿請早歸長安也。』勣夢中許之。及曉，獨居思之，恍恍發悸，即時西首秦路。今既見兄，勣不負諾矣，終恐此靈物，亦非兄所有。」數月，勣還河東。

大業十三年七月十五日，匣中悲鳴，其聲纖遠，俄而漸大，若龍咆虎吼，良久乃定。開匣視之，即失鏡矣。

關於〈古鏡記〉

作者王度，生卒年不詳，隋末唐初人。本篇見於《太平廣記》。這個故事應該是根據當時傳說加工而成，《隋唐嘉話》、《博異志》、《原化記》、《松窗雜錄》等書都曾記載唐時寶鏡的傳說。

柳毅傳

作者：李朝威

唐高宗年間，有位叫柳毅的讀書人，科舉落榜，打算回到洞庭湖的老家。他想起有一個同鄉客居在涇陽，便前往餞別。柳毅走到離涇陽六、七里外的地方，路旁突然群鳥四起，他騎的馬受到驚嚇，奔到岔路上，狂奔了六、七里才停下來。柳毅看見一位女子在路旁牧羊，好奇地上前一看，女子容貌十分美麗。然而，那女子姣好的臉龐愁眉不展，衣服破舊，站著凝神傾聽，好像在等待什麼的模樣。

柳毅上前詢問：「妳在煩惱什麼呢？怎麼如此憔悴？」那女子一開始只是一臉悲傷、婉言謝絕他的詢問，後來忍不住哭著對柳毅說：「小女子不幸，承蒙您的關懷，本不該向您訴說我的屈辱。但我的怨恨太深了，何必因羞恥而迴避呢？希望您聽我訴說。我是洞庭龍王的小女兒，父母將我許配給涇水龍王的二兒子。我的丈夫一天到晚拈花惹草，受到僕婢教唆，對我日漸厭棄。我把情況向公婆訴說，公婆一味溺愛自己的兒子，管不住他。又因為我接連哭訴，惹惱了公婆。他們也生氣地罵我、把我趕走，以至於成了如今這樣。」

話剛說完，便開始抽泣，悲傷不已。女子又說道：「洞庭離這裡不知道有多遠，相隔茫茫天涯，音訊不通，就算望斷雙眼，我的傷心怎麼都傳不到他們耳中，聽說您要回南方去，您家鄉和洞庭相距不遠，不知道能不能託您的僕人替我捎封家書呢？」柳毅說：「我身為男子漢自當義不容辭！聽了妳的遭遇，內心激動不已，只恨自己沒有翅膀可以飛去洞庭，有什麼不能答應的呢？但是我要怎麼把信送到水裡呢？人神相隔，只怕不能相互通達，辜負妳誠心的託付，違背了誠懇的心願。妳有什麼方法，可以引導我呢？」

女子邊哭邊道謝說：「您負擔著我的重託，希望大人一路保重，這些話我就不多說了。倘若能得到回音，就算我死了也一定設法酬謝您。方才您還沒答應時，我哪裡敢多說？現在您答應了，問我怎麼去那裡，我可以告訴您，到洞庭龍宮與到人世的京城並沒有不同。」柳毅請她說詳細一點。女子說：「洞庭湖南面，有一棵大橘樹，當地人都叫它社橘。您到那兒解下腰帶，換別的帶子束腰，然後用解下的腰帶敲樹三下，一定會有人出來應聲。您就隨著那人進去，不會有任何阻礙。希望您除了我信上所說的以外，盡量將我向您講的心裡話一一傳達，千萬不要改變主意。」柳毅說：「柳某赴湯蹈火在所不辭！」於是女子從衣襟中解下一封信，再次拜謝柳毅，雙手將信慎重的交給他，對著東方遙望哭泣。柳毅也為她傷感，把書信收到行囊裡，又再問：「為什麼妳要牧羊呀？難道神也要宰殺牲畜嗎？」女子說：「這不是羊，是雨工。」柳毅問：「雨工是什麼？」女子說：「是管降雨的雷霆之神呀。」柳毅多次觀察牠們，見牠們昂頭走動和吃草的樣子都很特別，但身形大小與頭上的角與一般的羊沒什麼差別。柳毅又說：「我給妳當信使，哪天妳若回了洞庭，可不要避而不見呀。」女子說：「我怎會避而不見呢，甚至會把您當親戚看待。」說完話，柳毅牽馬向東方而去。他走不到十步，回頭一望，女子和羊都消失不見了。

這天晚上，柳毅進涇陽城向同鄉朋友告別辭行。一個多月後，柳毅回到故鄉，就前往洞庭湖。果不其然，湖南面有棵大橘樹。柳毅換下腰帶，拿著面向橘樹敲三下。一會兒，有位武士從波浪中出現，客氣的說：「請問客人是從何方來的？」柳毅沒說實情，只說：「我來拜會大王。」武士分開水，指引柳毅進湖的路，並對他說：「您將眼睛閉上一會兒，就能到達。」柳毅照他的話做，就到了龍宮。柳毅見到亭台樓閣櫛比鱗次，萬家燈火，奇花異草，美不勝收。武士要柳毅停在大殿的一角，說：「請客人在這兒等一會兒。」柳毅問：「這是什麼地方？」武士回答：「這兒叫靈虛殿。」柳毅仔細一看，人間所有珍寶，這兒全都有。白璧柱子，青玉台階，珊瑚坐席，水晶簾子；雕花琉璃妝點著翠綠門楣，精美的琥珀點綴彩虹般的屋梁。天下奇色，真是說也說不盡。然而，過了很久龍王還是沒來。柳毅問武士：「洞庭龍王在哪裡？」武士回答：「我們大王駕臨玄珠閣，同太陽道士談論《火經》，等會兒就結束。」柳毅又問：「什麼叫《火經》？」武士說：「我們君王是龍，龍以水為神聖之物，一滴水就可以淹沒丘陵山谷。道士是人，人以火為神聖之物，一盞燈大的火苗可以燒光三百里的阿房宮。然而神異的作用不同，玄妙的變化也不一樣。太陽道士精通人類用火的道理，我們君王邀請他來，聽他講解。」話一說完，宮門就打開了。一大群侍衛簇擁著一個身穿紫衣，手執青玉的人。武士跳起來說：「這就是我家大王。」於是上前稟告。龍王望著柳毅說：「這不是人世間的人嗎？」柳毅答說：「正是。」兩人相互拜會，龍王請他在靈虛殿坐下。龍王對柳毅說：「水府幽暗深遠，本人又少見無知。先生不遠千里而來，想必是有什麼事吧？」柳毅說：「在下柳毅是大王同鄉。在洞庭一帶長大，到京城求取功名。前些日子考試不中，偶然騎馬經過涇水岸邊，遇見大王的愛女在野外牧羊，受風吹雨打，模樣憔悴，讓人看了於心不忍。我問她發生什麼事，她對我說：『丈夫薄倖，公婆不體諒，才成了如今這樣。』痛哭流涕的樣子令人疼惜。她託我捎帶家書，我答應了。今日就是為此而來！」柳毅取出書信上呈。洞庭龍王看完信，掩面大哭：「都是我這當父親的錯，隨意聽信他人讒言。自己關在龍宮深處，像聾子瞎子，使得閨女在遠方遭受虐待。先生您只是一位陌生的路人，而能救人急難。我怎敢忘記您的大恩大德啊！」說完，龍王又哀聲嘆氣了很久，旁邊的人也感動得流淚。

這時，龍王身邊有貼身侍候的太監，便讓他把信送往宮中。沒多久，宮中之人都大聲痛哭。洞庭龍王突然驚慌地對左右的人說：「趕快告訴宮人們不要哭出聲來。被錢塘君知道就不好了。」柳毅問：「錢塘君是什麼人？」龍王說：「他是我的弟弟，過去做過錢塘龍王，現在被免職了。」柳毅說：「為什麼不讓他知道？」龍王說：「因為他勇猛過人，堯帝時代遭過九年大水災，就是這人發了脾氣。最近他與天將不和，便發大水淹沒他們的五座山。玉皇大帝念在我過去的功勞，就減輕我同胞兄弟的罪過，但還是將他拘禁在這裡。所以錢塘的百姓，還天天在盼著他回去。」話還沒說完，突然傳來一聲巨響，震得天崩地裂，龍宮搖擺不定，雲氣煙霧翻滾。一會兒，有一條長達千餘尺的赤龍，目光如電，吐著紅舌，渾身鱗片通紅，鬃毛像火一般，脖子上還拴著金鎖鏈，鏈子繫在玉柱上，成千上萬的雷霆閃電在他身邊亂竄，同時雨雪冰雹紛紛而下，只見那赤龍衝破青天飛馳而去。柳毅嚇得跌倒在地。龍王親手將他扶起來，說：「不要怕，他不會傷害您。」柳毅過了許久才稍微回神，鎮定下來，他就向龍王告辭說：「希望能讓我活著回去，以迴避此人。」洞庭龍王說：「不會再這樣了。他走的時候是這般，回來時則不會如此。先不要離開，讓我稍微款待您一下吧。」於是下令舉杯飲酒，款待柳毅。

不一會兒，出現祥雲暖風，在一派和樂氣氛中，出現了精美的儀仗隊伍，伴隨著樂隊。在許多盛裝侍女的笑語裡，一位貌美女子身上綴珠玉首飾，穿著飄逸的絲綢。柳毅走近一瞧，就是先前託付書信的女子。女子一臉又喜又悲，臉上還有幾行清淚。不久後，紅色的煙飄在她左邊，紫色的雲氣環在她右邊，香氣在她四周繚繞，然後她走進了宮中。洞庭龍王笑著和柳毅說：「在涇水受苦的人到了。」說完便向他辭別回到宮中。一會兒，聽到宮中傳來不斷的訴苦聲，很久都沒停。過了一段時間，龍王又出現了，和柳毅喝酒吃飯。然後又出現一個人，披著紫色服裝，手執青玉，相貌堂堂，神采飛揚，站在龍王左邊。龍王對柳毅說：「這位是錢塘君。」柳毅連忙起身，上前行禮拜見。錢塘君也十分周全的回禮，對柳毅說：「我侄女遭逢不幸，被那廝羞辱。多虧您傳達她在遠方受苦的冤情。要不然，她恐怕要死在涇陵了！對您大恩大德的感激，真是言語難以表達。」柳毅謙虛的表示不敢當，只能點頭附和。然後，錢塘君回頭告訴他哥哥說：「我辰時從靈虛殿出發，巳時到涇陽。午時在那裡戰鬥，未時回到這裡。這中間我還趕到九重天報告玉帝。玉帝了解冤情後，不僅寬恕我的過失，甚至還將我以前的罪過也赦免了。只不過我的暴烈性子發作，顧不上向你辭別，驚擾宮中，衝撞了客人，實在好生慚愧，這罪過不知有多大。」說完，退一步，拜倒在地上請罪。洞庭龍王問他：「這次殺了多少生靈？」他答說：「六十萬。」「毀壞了莊稼沒有？」他回答說：「毀壞了周圍八百里。」「那個無情的丈夫在哪裡？」他答說：「被我吃了。」龍王不悅地說：「那臭小子存心不良確實難以容忍，但是你行事也太魯莽了。幸虧天帝英明，考慮到我女兒的冤情。否則，我該怎麼向天帝交代呢？以後別再莽撞了，一切小心行事。」錢塘君再度拜倒。

這天晚上，柳毅留宿在凝光殿。第二天，龍王又設宴招待柳毅。親朋好友皆遠道而來，龍王排出盛大的樂隊，備好美酒佳餚。宴會一開始，軍樂齊奏，旌旗招展，劍戟揮動，眾多的武士在筵席右邊起舞。其中一位武士上前說：「這是〈錢塘破陣樂〉。」只見武士們揮動旗幟兵器，眼光慓悍，動作迅猛，充滿豪傑氣概。在座觀看的客人們，個個毛髮直豎。這時，又響起了一片樂曲聲，成群的女子穿著華麗，在宴席左邊跳起舞來。其中有一位女子走上前來報告：「這是〈貴主還宮樂〉。」樂曲清音宛轉，像訴說哀怨和表達愛慕之心。在座的客人們不知不覺流下了眼淚。兩處歌舞完畢，龍王大為高興，賜給跳舞的人綾羅綢緞。然後，他將座席排在一起，一個緊挨一個，盡情的吃酒娛樂。喝到興頭上，洞庭龍王用手拍著席子唱起歌來：「大天蒼蒼兮，大地茫茫。人各有志兮，何可思量？狐神鼠聖兮，薄社依牆。雷霆一發兮，其孰敢當。荷真人兮信義長，令骨肉兮還故鄉。齊言慚愧兮何時忘。」（老天蒼蒼啊，大地茫茫。人各有志啊，怎可思量？狐狸鼠輩充神聖啊，依附寺廟城牆。雷霆一發啊，誰敢抵擋！幸虧正直的君子啊，講究信義，使我的骨肉啊，返回故鄉。非常慚愧啊，大恩大德沒齒難忘！）洞庭龍王唱完，錢塘君拜了兩拜唱著：「上天配合兮，生死有途。此不當婦兮，彼不當夫。腹心辛苦兮，涇水之隅。風霜滿鬢兮，雨雪羅襦。賴明公兮引素書。令骨肉兮家如初。永言珍重兮無時無。」（是上天配合的姻緣呀，生死各有定數。這個不該做他的妻子啊，那個不配做她的丈夫。我的心肝兒命苦啊，配在涇水一隅。風霜吹打她的鬢髮啊，雨雪沾滿她的衣裳。多虧您呀捎來書信，使我骨肉啊團聚如初。永遠的感激您啊，無時無刻不為您祝福！）錢塘君唱完，便跟洞庭君一起站了起來，向柳毅敬酒。柳毅惶恐不安的接過酒杯，將酒飲盡，又斟了兩杯酒回敬兩位龍王，也作了歌唱著：「碧雲悠悠兮，涇水東流。傷美人兮，雨泣花愁。尺書遠達兮，以解君憂。哀冤果雪兮，還處其休。荷和雅兮感甘羞。山家寂寞兮難久留。欲將辭去兮悲綢繆。」（碧雲悠悠啊，涇水東流。可憐那美人兒啊，淚下如雨，花容憂愁。書信終於傳到了遠方啊，消解了她的憂愁。哀愁和冤屈終於昭雪了啊，以後的日子永遠樂悠悠。感激您的溫情雅意啊，還有那佳餚美酒。山野之家空曠寂寞啊，我不可在此久留。想要告辭歸去啊，情意纏綿真令人憂愁。）唱完了，大家一起喝采，高呼萬歲。洞庭龍王拿出一只碧玉箱子，裡面裝著能分開水路的犀角；錢塘君也拿出一只紅琥珀盤子，盛著夜明珠，一起奉送給柳毅。柳毅不停推辭後才收下。接著，龍宮中所有的人，都拿出一些絲綢珠玉，放到柳毅身邊，層層疊疊光彩奪目，一會兒竟前後都堆滿了。柳毅笑著四面應酬，不停的作揖，表示慚愧。等到大夥飲酒作樂盡興時，柳毅起身告退，又留宿在凝光殿。

第二天，洞庭龍王又在清光閣宴請柳毅。錢塘龍王借著酒勁，一臉嚴肅，伸腿坐著對柳毅說：「您難道沒聽說過堅硬的石頭可以斷裂而不能彎曲，重義氣的人可殺而不可侮辱嗎？在下有句心裡話，想直接向您講。如果您肯答應，大家都幸福得有如在雲霄；如果您不答應，則大家有如落入糞土般倒楣。先生意下如何？」柳毅說：「請說來聽聽。」錢塘龍王說：「涇陽小龍的妻子，就是洞庭龍王的愛女。她性情賢淑、品格優秀，所有親戚都看重她。她不幸受到行為不端之人欺辱，現在已經與那小子斷絕關係。我想將她託付給您，結為親戚。這樣使得受人之恩者知道怎樣報恩，懷有仁愛之心的人知道如何施恩。這豈不是符合君子做事有始有終的道理嗎？」柳毅聽了神色大變，站起身，忽然笑道：「想不到錢塘君您見識如此低劣！我柳某聽說您橫跨九州、圍困五岳，發洩自己的憤怒；又看見您掙斷金鎖鏈，扯開玉柱，奔赴救人急難。我以為講剛正果敢，沒有誰能比得上您。對侵犯自己的人，不怕死而報仇；對施恩的人，不惜捨命而報德。這真是大丈夫的志氣。但是，您怎麼在這樣和樂融融的場景，不講道理，用威勢壓制他人呢？這種行為哪是我所希望的呢！如果我是在大風大浪中或在深谷之間遇到您，您只要抖動鱗甲鬍鬚、帶動雲雨，就可將柳某弄死，我則將您看作禽獸，死了也沒什麼好遺憾的！今天您身著衣冠，高談禮節義氣，符合五常的美德，深深體會善行的要旨，就是人世間的賢人豪傑，也比不上您，何況是江河中的靈物呢？但是，您想以魁梧的身軀、強悍的氣性，借著酒力，憑著氣勢，來逼迫他人，這算正直之舉嗎？柳某的身體還比不上您的一片鱗甲，但我敢用我這不怕死的意志，戰勝大王無理的想法。希望大王好好考慮一下！」錢塘君聽了，羞愧且侷促不安的道歉說：「寡人生長在宮庭之中，沒聽過正確的道理。剛才我說話疏忽狂妄，輕率冒犯了您。現在回頭仔細想想，真是不可饒恕。希望先生不要因為這樣而疏遠我才好。」這天晚上，眾人再次歡聚飲宴，還是像以前一樣親近歡樂。柳毅和錢塘君於是成了知心好友。

第二天，柳毅向他們告辭回家。洞庭龍王的夫人在潛景殿設宴為柳毅送行，僕從侍女們都出來參加宴會。龍王夫人哭著對柳毅說：「我的女兒受先生的大恩大德，自恨不能報答，這就要分別了。」她讓女兒出來送客，在席間拜謝柳毅以示感謝。龍王夫人又說：「這一別哪還有相見的日子呢？」柳毅雖然沒有答應錢塘君的提議，但在宴席上，也表現出惆悵的神色。宴會結束後，滿宮的人都神色淒然，贈送了許多奇珍異寶，難以描述。柳毅順著原來的水路出江岸，好多人幫忙擔著行李，到柳毅家才告辭而去。

柳毅到廣陵賣出珍寶，還沒賣掉珍寶的百分之一，所得財產已超出百萬。連淮西的富豪世家都比不上他。柳毅娶了張家的女子，不幸死了。他又娶韓姓的女子，不過幾個月，韓氏又死了。柳毅將家搬到金陵，常常因為孤身一人感到寂寞，打算再找個配偶。有個媒人告訴他說：「有位姓盧的女子，是范陽人。她父親名叫盧浩，曾做過清流縣縣令，晚年喜好道術，獨自往深山中修煉，現在已不知到哪兒去了。她母親姓鄭。前年盧氏嫁給了清河縣張家，不幸丈夫早亡。她母親可憐她年紀還輕，嘆惜她聰明貌美，想要選擇一位好人家相配。不知道您認為怎麼樣？」柳毅就選擇吉日完成婚禮。男女雙方都是豪門富族聯姻，羡煞當時所有金陵人。

過了一個多月，柳毅晚上進屋，端詳他的妻子，覺得她很像龍女，然而飄逸的神情和艷麗豐滿的姿態又超過龍女，因此他和妻子講起往事。妻子對他說：「人世間哪有這樣的事呢？」過了一年多，他們生了一個兒子，柳毅更加珍重她。到了孩子滿月，妻子換了衣服好好裝扮一番，把柳毅喚到掛著簾幕的內房中，笑著對柳毅說：「你還記得我過去沒和你成婚前的事嗎？」柳毅說：「我們兩家過去又不是姻親故舊，怎麼會對過去有什麼回憶呢？」妻子說：「我就是洞庭龍王的女兒呀。在涇河的冤屈，是你才使我得以伸張。我記著你的恩情，在心中發誓要報答。自從錢塘叔父作媒不成，天各一方，不能相問。我父母想將我嫁給濯錦江龍王的兒子，我便足不出門，剪掉頭髮，堅決表明自己不願意。我當初雖然被你拒絕，自料沒有再次相見的時候，但是我當初對你的愛慕之心至死不渝。後來父母同情我的想法，想再來對你訴說。正趕上你累次婚娶，開始娶了張姓女子，後來又娶了韓姓女子。等到張、韓二人相繼死去，你又遷居到這裡。我的父母很高興我有機會能報答你。如今我能服侍你，彼此相親相愛過一輩子，就是死了也沒有遺憾了。」說著就嗚嗚咽咽，哭了出來。她又對柳毅說：「一開始我不跟你講明，是知道你沒有重色求報之心。現在我講這些，是知道你對我有了情感。女人身分地位微賤，自古色衰愛弛，我害怕感情生變，所以利用你的愛子之心，來寄託我想與你永遠在一起的願望。我不知道你的心意如何，心裡又擔心又害怕，自己無法開解。你受託替我捎信的那天，曾經笑著說：『改天妳回了洞庭，可不要避而不見呀。』我確實不知道在當時那種情況下，你是否對我有意。後來，叔父向你提親，你堅決不同意。你是確實不想娶我，還是因為氣憤他的態度呢？你可要說明白！」柳毅說：「這好像是命運的安排啊。我一開始在涇水一角遇見妳時，看到妳形容憔悴，確實有打抱不平的意思。這種心情壓抑了愛慕妳的情感，除了替妳申冤之外，我沒有想到過別的。之所以說不要避而不見，只是隨口說說，哪有其他的意思呢？等到錢塘君逼迫成親的時候，只是因為他毫不講理，而令我氣憤。我當初的行動是因為見義勇為，哪能殺掉丈夫而後娶他妻子呢？這是第一個不可以的理由。我柳某向來以堅持正義為志向，哪能違背自己的心願而屈從別人呢？這是第二個不可以的理由。在宴席上應酬氛亂的時候，我只想表白心志，沒考慮之後的事。但在我們要分別時，我看見妳依依不捨的樣子，心中也十分悔恨。最終因為人情事理的束縛，無法回報妳的情誼。唉！如今妳是盧家的女子，家在人間，不是龍女了，這樣就沒有違背我當初的心意。從今以後，我倆可以永遠恩愛相好，心中沒有一丁點兒顧慮了。」龍女喜極而泣，久久不能平靜。過了一會兒，她對柳毅說：「不要因為我不是同類，就以為我沒有人類的情感，我也知道有恩必報的。龍能長壽萬年，現在我與你一起共享長壽，無論在水中陸地都可以自由來往。你不要覺得我是在胡說。」柳毅說：「我真沒想到娶了天姿國色的妻子，竟讓我獲得成仙的機會。」於是夫妻倆一起去見洞庭龍王。到了那兒，賓主相見那盛大的場面，沒辦法一一記錄下來。後來，柳毅和龍女遷居南海，不過四十年的功夫，他們的府第車馬、珍奇異寶、服飾古玩，連公侯伯爵都比不上。柳毅的親族也跟著沾光。隨著時光的推移，他們容顏體態都不見衰老，南海一帶的人，沒有不驚奇的。到了開元年間，皇帝到處追求長生不老的神仙之術，柳毅不堪其擾，就與龍女一起回到洞庭湖中。十多年來，沒人知道他們的蹤跡。

到了開元末年，柳毅的表弟薛嘏在京城周圍當縣令，後來被貶謫到東南一帶做官。他途經洞庭湖時，一片萬里長空，一會兒，見一座青山在遠處的波浪中出現。船上的水手都嚇得沒法好好站著，他們說：「這個地方原本沒有山，應該是水怪作亂吧。」頃刻間山和船就逼近了。這時有一艘彩船自山那邊前來，船上人問起薛嘏。彩船中有一人喊著：「柳老爺恭候大人。」薛嘏才回過神想起柳毅來。他趕忙催促船駛到山下，提起官袍跑上山。只見山上有同人世間一樣的宮殿，柳毅正站立在宮室之中，前面排著樂隊，後面圍繞著侍女，稀奇的事物眾多，遠遠超過人世間。柳毅的言談更加玄妙，外貌也更加年輕。他一開始在台階上迎接薛嘏，握著他的手說：「分別不過瞬息之間，而表弟毛髮已花白。」薛嘏笑著說：「表兄做了神仙，小弟我已接近枯骨，這都是命呀。」柳毅就拿出五十顆藥丸送給表弟，說：「這種藥一粒可使人增添一年陽壽。過了五十年你再來，不要長住人世，使自己受苦。」兄弟二人歡宴結束後，薛嘏就告辭了。從此以後，再也沒有柳毅的任何消息。薛嘏經常將這件事告訴人們。過了將近四十八年，連薛嘏也消失無蹤了。

隴西人李朝威敘述了這件事情，嘆息道：「作為五種動物之首的人、麟、鳳、龍、龜，一定有特別的靈性，和一般的動物不同，從這裡就可以看出分別。人是沒有羽毛和鱗甲的，卻能把人類的信義用於鱗蟲。洞庭君氣度寬宏又正直，錢塘君果敢又坦蕩，他們的好品性應該傳頌發揚。薛嘏時常稱讚柳毅，講他的事情，可是卻不知道怎麼樣可以成神仙。不過因為他和柳毅是親戚，所以能夠達到神仙的境界。我認為他們都是講信義之人，所以寫下這篇文章。

◈儀鳳中，有儒生柳毅者，應舉下第，將還湘濱。念鄉人有客於涇陽者，遂往告別。至六七里，鳥起馬驚，疾逸道左，又六七里，乃止。見有婦人，牧羊於道畔，毅怪視之，乃殊色也。然而蛾臉不舒，巾袖無光，凝聽翔立，若有所伺。

毅詰之曰：「子何苦而自辱如是？」婦始楚而謝，終泣而對曰：「賤妾不幸，今日見辱於長者。然而恨貫肌骨，亦何能媿避？幸一聞焉。妾洞庭龍君小女也，父母配嫁涇川次子。而夫壻樂逸，為婢僕所惑，日以厭薄。既而將訴於舅姑，舅姑愛其子，不能禦。迨訴頻切，又得罪舅姑。舅姑毀黜以至此。」言訖，歔欷流涕，悲不自勝。又曰：「洞庭於茲，相遠不知其幾多也。長天茫茫，信耗莫通，心目斷盡，無所知哀。聞君將還吳，密通洞庭，或以尺書，寄託侍者，未卜將以為可乎？」毅曰：「吾義夫也。聞子之說，氣血俱動，恨無毛羽，不能奮飛，是何可否之謂乎？然而洞庭，深水也，吾行塵間，寧可致意耶？唯恐道途顯晦，不相通達，致負誠託，又乖懇願。子有何術，可導我邪？」

女悲泣且謝，曰：「負載珍重，不復言矣。脫獲回耗，雖死必謝。君不許，何敢言。既許而問，則洞庭之與京邑，不足為異也。」毅請聞之。女曰：「洞庭之陰，有大橘樹焉，鄉人謂之社橘。君當解去茲帶，束以他物，然後叩樹三發，當有應者。因而隨之，無有礙矣。幸君子書叙之外，悉以心誠之話倚託，千萬無渝。」毅曰：「敬聞命矣。」女遂於襦間解書，再拜以進，東望愁泣，若不自勝。毅深為之戚，乃置書囊中，因復問曰：「吾不知子之牧羊，何所用哉？神祇豈宰殺乎？」女曰：「非羊也，雨工也。」「何為雨工？」曰：「雷霆之類也。」數顧視之，則皆矯顧怒步，飲齕甚異，而大小毛角，則無別羊焉。毅又曰：「吾為使者，他日歸洞庭，幸勿相避。」女曰：「寧止不避，當如親戚耳。」語竟，引別東去。不數十步，回望女與羊，俱亡所見矣。

其夕，至邑而別其友。月餘，到鄉還家，乃訪於洞庭。洞庭之陰，果有社橘。遂易帶向樹，三擊而止。俄有武夫出於波間，再拜請曰：「貴客將自何所至也？」毅不告其實，曰：「走謁大王耳。」武夫揭水指路，引毅以進，謂毅曰：「當閉目數息，可達矣。」毅如其言，遂至其宮。始見臺閣相向，門戶千萬，奇草珍木，無所不有。夫乃止毅，停於大室之隅，曰：「客當居此以伺焉。」毅曰：「此何所也？」夫曰：「此靈虛殿也。」諦視之，則人間珍寶，畢盡於此。柱以白璧，砌以青玉，牀以珊瑚，簾以水精；雕琉璃於翠楣，飾琥珀於虹棟。奇秀深杳，不可殫言。然而王久不至。毅謂夫曰：「洞庭君安在哉？」曰：「吾君方幸玄珠閣，與太陽道士講《火經》，少選當畢。」毅曰：「何謂《火經》？」夫曰：「吾君，龍也。龍以水為神，舉一滴可包陵谷。道士，乃人也。人以火為神聖，發一燈可燎阿房。然而靈用不同，玄化各異，太陽道士精於人理，吾君邀以聽。」語畢而宮門闢。景從雲合，而見一人，披紫衣，執青玉。夫躍曰：「此吾君也。」乃至前以告之。君望毅而問曰：「豈非人間之人乎？」毅對曰：「然。」毅而設拜，君亦拜，命坐於靈虛之下。謂毅曰：「水府幽深，寡人暗昧。夫子不遠千里，將有為乎？」毅曰：「毅，大王之鄉人也。長於楚，遊學於秦。昨下第，閒驅涇水右涘，見大王愛女，牧羊於野，風環雨鬢，所不忍視。毅因詰之，謂毅曰：『為夫壻所薄，舅姑不念，以至於此。』悲泗淋漓，誠怛人心。遂託書於毅，毅許之。今以至此。」因取書進之。洞庭君覽畢，以袖掩面而泣曰：「老父之罪，不能鑒聽，坐貽聾瞽，使閨窗孺弱，遠罹搆害。公乃陌上人也，而能急之。幸被齒髮，何敢負德！」詞畢，又哀咤良久，左右皆流涕。

時有宦人密侍君者，君以書授之，令達宮中。須臾，宮中皆慟哭。君驚，謂左右曰：「疾告宮中，無使有聲，恐錢塘所知。」毅曰：「錢塘，何人也？」曰：「寡人之愛弟。昔為錢塘長，今則致政矣。」毅曰：「何故不使知？」曰：「以其勇過人耳。昔堯遭洪水九年者，乃此子一怒也。近與天將失意，塞其五山。上帝以寡人有薄德於古今，遂寬其同氣之罪。然猶縻繫於此。故錢塘之人，日日候焉。」語未畢，而大聲忽發，天拆地裂，宮殿擺簸，雲煙沸湧。俄有赤龍長千餘尺，電目血舌，朱鱗火鬣，項掣金鎖，鎖牽玉柱，千雷萬霆，激繞其身，霰雪雨雹，一時皆下，乃擘青天而飛去。毅恐蹶仆地。君親起持之曰：「無懼，固無害。」毅良久稍安，乃獲自定，因告辭曰：「願得生歸，以避復來。」君曰：「必不如此。其去則然，其來則不然。幸為少盡繾綣。」因命酌互舉，以款人事。

俄而，祥風慶雲，融融怡怡，幢節玲瓏，簫韶以隨。紅妝千萬，笑語熙熙，後有一人，自然蛾眉，明璫滿身，綃縠參差。迫而視之，乃前寄辭者。然若喜若悲，零淚如絲。須臾，紅烟蔽其左，紫氣舒其右，香氣環旋，入於宮中。君笑謂毅曰：「涇水之囚人至矣。」君乃辭歸宮中。須臾，又聞怨苦，久而不已。有頃，君復出，與毅飲食。又有一人，披紫裳，執青玉，貌聳神溢，立於君左右。君謂毅曰：「此錢塘也。」毅起，趨拜之。錢塘亦盡禮相接，謂毅曰：「女侄不幸，為頑童所辱。賴明君子信義昭彰，致達遠冤。不然者，是為涇陵之土矣。饗德懷恩，詞不悉心。」毅撝退辭謝，俯仰唯唯。

然後回告兄曰：「向者辰發靈虛，巳至涇陽。午戰於彼，未還於此。中間馳至九天，以告上帝。帝知其冤，而宥其失，前所譴責，因而獲免。然而剛腸激發，不遑辭候，驚擾宮中，復忤賓客，愧惕慚懼，不知所失。」因退而再拜。君曰：「所殺幾何？」曰：「六十萬。」「傷稼乎？」曰：「八百里。」「無情郎安在？」曰：「食之矣。」君撫然曰：「頑童之為是心也，誠不可忍。然汝亦太草草。賴上帝顯聖，諒其至冤。不然者，吾何辭焉？從此已去，勿復如是。」錢塘復再拜。

是夕，遂宿毅於凝光殿。明日，又宴毅於凝碧宮。會友戚，張廣樂，具以醪醴，羅以甘潔。初，笳角鼙鼓，旌旗劍戟，舞萬夫於其右。中有一夫前曰：「此錢塘〈錢塘破陣樂〉。」旌鈚傑氣，顧驟悍慄。坐客視之，毛髮皆竪。復有金石絲竹，羅綺珠翠，舞千女於其左。中有一女前進曰：「此〈貴主還宮樂〉。」清音宛轉，如訴如慕。坐客聽之，不覺淚下。二舞既畢，龍君大悅，錫以紈綺，頒於舞人。然後密席貫坐，縱酒極娛。酒酣，洞庭君乃擊席而歌曰：「大天蒼蒼兮，大地茫茫。人各有志兮，何可思量。狐神鼠聖兮，薄社依牆。雷霆一發兮，其孰敢當。荷真人兮信義長。令骨肉兮還故鄉。齊言慚愧兮何時忘。」洞庭君歌罷，錢塘君再拜而歌曰：「上天配合兮，生死有途。此不當婦兮，彼不當夫。腹心辛苦兮，涇水之隅。風霜滿鬢兮，雨雪羅襦。賴明公兮引素書。令骨肉兮家如初。永言珍重兮無時無。」錢塘君歌闋，洞庭君俱起，奉觴於毅。毅踧踖而受爵，飲訖，復以二觴奉二君，乃歌曰：「碧雲悠悠兮，涇水東流。傷美人兮，雨泣花愁。尺書遠達兮，以解君憂。哀冤果雪兮，還處其休。荷和雅兮感甘羞。山家寂寞兮難久留。欲將辭去兮悲綢繆。」歌罷，皆呼萬歲。洞庭君因出碧玉箱，貯以開水犀；錢塘君復出紅珀盤，貯以照夜璣，皆起進毅。毅辭謝而受。然後宮中之人，咸以綃綵珠璧，投於毅側，重疊煥赫，須臾，埋沒前後。毅笑語四顧，愧揖不暇。洎酒闌歡極，毅辭起，復宿於凝光殿。

翌日，又宴毅於清光閣。錢塘因酒作色，踞謂毅曰：「不聞猛石可裂不可捲，義士可殺不可羞耶？愚有衷曲，欲一陳於公。如可，則俱在雲霄；如不可，則皆夷糞壤。足下以為何如哉？」毅曰：「請聞之。」錢塘曰：「涇陽之妻，則洞庭君之愛女也。淑性茂質，為九姻所重。不幸見辱於匪人，今則絕矣。將欲求託高義，世為親戚。使受恩者知其所歸，懷愛者知其所付。豈不為君子始終之道者？」毅肅然而作，欻然而笑曰：「誠不知錢塘君孱困如是！毅始聞跨九州，懷五嶽，洩其憤怒；復見斷鎖金、掣玉柱，赴其急難。毅以為剛決明直，無如君者。蓋犯之者不避其死，感之者不愛其生，此真丈夫之志。奈何簫管方洽，親賓正和，不顧其道，以威加人。豈僕之素望哉？若遇公於洪波之中、玄山之間，鼓以鱗鬚，被以雲雨，將迫毅以死，毅則以禽獸視之，亦何恨哉！今體被衣冠，坐談禮義，盡五常之志性，負百行之微旨，雖人世賢傑，有不如者，況江河靈類乎！而欲以蠢然之軀、悍然之性，乘酒假氣，將迫於人，豈近直哉？且毅之質，不足以藏王一甲之間，然而敢以不伏之心，勝王不道之氣。惟王籌之。」錢塘乃逡巡致謝曰：「寡人生長宮房，不聞正論。向者詞述疎狂，唐突高明。退自循顧，戾不容責。幸君子不為此乖間可也。」其夕復歡宴，其樂如舊，毅與錢塘，遂為知心友。

明日，毅辭歸。洞庭君夫人別宴毅於潛景殿，男女僕妾等，悉出預會。夫人泣謂毅曰：「骨肉受君子深恩，恨不得展媿戴，遂至睽別。」使前涇陽女當席拜毅以致謝。夫人又曰：「此別豈有復相遇之日乎？」毅其始雖不諾錢塘之請，然當此席，殊有歎恨之色。宴罷，辭別，滿宮悽然，贈遺珍寶，怪不可述。毅於是復循途出江岸，見從者十餘人，擔囊以隨，至其家而辭去。

毅因適廣陵寶肆，鬻其所得，百未發一，財以盈兆。故淮右富族，咸以為莫如。遂娶於張氏，亡。而又娶韓氏，數月，韓氏又亡。徙家金陵，常以鰥曠多感，或謀新匹。有媒氏告之曰：「有盧氏女，范陽人也。父名曰浩，嘗為清流宰，晚歲好道，獨遊雲泉，今則不知所在矣。母曰鄭氏，前年適清河張氏，不幸而張夫早亡。母憐其少，惜其慧美，欲擇德以配焉。不識何如？」毅乃卜日就禮。既而男女二姓，俱為豪族，法用禮物，盡其豐盛。金陵之士，莫不健仰。

居月餘，毅因晚入戶，視其妻，深覺類於龍女，而逸艷豐厚，則又過之，因與話昔事。妻謂毅曰：「人世豈有如是之理乎？」經歲餘，有一子，毅益重之。既產踰月，乃穠飾換服，召毅於簾室之間，笑謂毅曰：「君不憶余之於昔也？」毅曰：「夙非姻好，何以為憶？」妻曰：「余即洞庭君之女也。涇川之冤，君使得白。銜君之恩，誓心求報。洎錢塘季父論親不從，遂至睽違，天各一方，不能相問。父母欲配嫁於濯錦小兒。某遂閉戶剪髮，以明無意。雖為君子棄絕，分無見期，而當初之心，死不自替。他日父母憐其志，復欲馳白於君子。值君子累娶，當娶於張，已而又娶於韓。迨張、韓繼卒，君卜居於茲。故余之父母，乃喜余得遂報君之意。今日獲奉君子，咸善終世，死無恨矣。」因嗚咽，泣涕交下。對毅曰：「始不言者，知君無重色之心。今乃言者，知君有感余之意。婦人匪薄，不足以確厚永心，故因君愛子，以託相生。未知君意如何，愁懼兼心，不能自解。君附書之日，笑謂妾曰：『他日歸洞庭，慎無相避。』誠不知當此之際，君豈有意於今日之事乎。其後季父請於君，君固不許。君乃誠將不可邪？抑忿然邪？君其話之。」毅曰：「似有命者。僕始見君於長涇之隅，枉抑憔悴，誠有不平之志。然自約其心者，達君之冤，餘無及也。以言慎勿相避者，偶然耳，豈有意哉！洎錢塘逼迫之際，唯理有不可直，乃激人之怒耳。夫始以義行為之志，寧有殺其壻而納其妻者邪？一不可也。善素以操真為志尚，寧有屈於己而伏於心者乎。二不可也。且以率肆胸臆，酧酢紛綸，唯直是圖，不遑避害。然而將別之日，見君有依然之容，心甚恨之。終以人事扼束，無由報謝。吁！今日，君，盧氏也，又家於人間，則吾始心未為惑矣。從此以往，永奉歡好，心無纖慮也。」妻因深感嬌泣，良久不已。有頃，謂毅曰：「勿以他類，遂為無心，固當知報耳。夫龍壽萬歲，今與君同之，水陸無往不適，君不以為妄也。」毅嘉之曰：「吾不知國容乃復為神仙之餌。」乃相與覲洞庭。既至，而賓主盛禮，不可具紀。後居南海，僅四十年，其邸第輿馬、珍鮮服玩，雖侯伯之室，無以加也。毅之族咸遂濡澤。以其春秋積序，容狀不衰，南海之人，靡不驚異。洎開元中，上方屬意於神仙之事，精索道術，毅不得安，遂相與歸洞庭。凡十餘歲，莫知其跡。

至開元末，毅之表弟薛嘏，為京畿令，謫官東南。經洞庭，晴晝長望，俄見碧山出於遠波。舟人皆側立曰：「此本無山，恐水怪耳！」指顧之際，山與舟相逼。乃有彩船自山馳來，迎問於嘏。其中有一人呼之曰：「柳公來候耳。」嘏省然記之。乃促至山下，攝衣疾上。山有宮闕如人世，見毅立於宮室之中，前列絲竹，後羅珠翠，物玩之盛，殊倍人間。毅詞理益玄，容顏益少。初迎嘏於砌，持嘏手曰：「別來瞬息，而髮毛已黃。」嘏笑曰：「兄為神仙，弟為枯骨，命也。」毅因出藥五十丸遺嘏曰：「此藥一丸，可增一歲耳。歲滿復來，無久居人世，以自苦也。」歡宴畢，嘏乃辭行。自是已後，遂絕影響。嘏常以是事告於人世。殆四紀，嘏亦不知所在。

隴西李朝威敘而嘆曰：五蟲之長，必以靈者，別斯見矣。人，裸也，移信鱗蟲。洞庭含納大直，錢塘迅疾磊落，宜有承焉。嘏詠而不載，獨可鄰其境。愚義之，為斯文。

關於〈柳毅傳〉

作者李朝威（約766～820）。本篇見於《太平廣記》。這個故事情節曲折動人、人物形象鮮明，對後代戲劇影響很大。後世劇作家以此為本，改編為各種戲劇作品，例如元代尚仲賢的《柳毅傳書》、李好古的《張生煮海》、明代黃說仲的《龍綃記》、清代李漁的《蜃中樓》等，除此之外也成為許多詩歌和小說的典故。

補江總白猿傳

作者：佚名

南朝梁武帝大同末年，朝廷派平南將軍藺欽到南方征討叛亂，部隊到達桂林後，打垮了叛軍李師古、陳徹。與藺欽配合作戰的另一支部隊將領歐陽紇，也率部隊攻到了長樂，平定當地山區，並將部隊帶進了險要的深山峻嶺裡。

歐陽紇的妻子，長得清秀苗條，容貌十分白淨美麗，歐陽紇所統治的山區居民看到後，都對歐陽紇說：「將軍您怎麼帶這麼美的女人到這荒郊野外來？這個地方有妖怪，喜歡偷盜年輕的女子，漂亮女人都難逃牠的手掌心，您要小心保護夫人才好。」歐陽紇聽後非常驚恐害怕，夜裡親自帶著士兵守衛在住宅的四周，並把妻子藏在一間密室裡，門窗釘牢關緊，還加派了十多個女僕守候。當天晚上，陰風慘慘，天昏地黑，直到五更天，都沒有什麼動靜。看守的人因為通宵疲乏，才打了一下盹，忽然間好像有什麼東西進來，他們驚醒一看，這時歐陽紇的妻子已經不知去向了。門窗卻還像先前一樣關得緊緊的，看不出來人是從哪裡被抓出去的。屋外山勢險峻，夜晚漆黑迷茫，寸步難行，追趕不易。等到了天亮，還是一點線索也沒有。

歐陽紇非常著急痛心，下定決心一定要找到妻子才回去，於是便請了病假，把他的部隊駐紮在那兒，每天深入山澗，攀登險峰，四處尋找妻子。一個月後，終於在百里外一處野生的細竹叢上，找到了一隻繡花鞋，那鞋子雖然被雨水打濕，但還可以辨認出是他妻子丟下的。歐陽紇睹物思人，越加悽惻懷念，尋妻的決心和意志更加的堅定。他挑選出三十個壯丁，親自帶著他們，手拿武器，肩背乾糧。睏了，就露宿山岩；餓了，就在野外採食。就這樣又找了十多天，在離他們駐地大約兩百里的地方，往南看見一座山，蔥鬱秀麗，昂然高聳。走到山下一看，深深的溪水環山而過，他們編了一道木筏才能渡河。從那陡峭山岩和青翠竹林的縫隙間，不時看到紅衫晃動，聽見一些歡聲笑語。他們便攀藤蘿、牽繩索，費了好大的力氣爬上去，看到珍貴的樹木栽種得井然有序，樹木之間點綴著名花異草，地上長滿軟綿綿的綠草，有如地毯。整個地方清幽靜寂，宛如世外桃源。

朝東的石門外，有幾十個穿著鮮豔亮麗的女人，在那裡唱唱跳跳，進進出出，嬉笑遊樂，他們看見歐陽紇等人，驚疑地起身仔細打量他們。等歐陽紇等人走近，她們問道：「你們怎麼會到這裡來？」歐陽紇將事情的原因和經過告訴她們。這些女人對望一眼，嘆口氣說：「你的妻子到這裡已經一個多月了。現在生病，正躺在床上休息，應該讓你進去看看她。」她們領著歐陽紇從石門進去，裡面像廳堂般寬敞開闊的房間有三、四間，用木板做門，靠牆放了一些床鋪，床上都鋪著錦緞製成的被褥。歐陽紇的妻子睡在一張石床上，身上墊著幾張毯子，蓋了幾層被褥，床前還擺滿了珍奇食品。歐陽紇走近看她，她回頭瞧了歐陽紇一眼，便馬上揮手示意要他趕快離開。那些女人說：「我們這些人與您的妻子，先後來到這裡，來得久的已經有十年了。這是妖怪住的地方，牠力氣極大，能取人性命，即使來了上百人拿著武器也無法制伏牠。幸好牠現在還沒有回來，您趕快逃走吧。只要您去找兩斛美酒、十頭肉狗和幾十斤麻，我們會想辦法幫您殺死牠的。只是您必須在中午以後來，而且千萬要小心，不能太早。請十天以後再來吧。」然後催促歐陽紇等人趕快離開。

歐陽紇立即下山，準備了美酒、肉狗和麻，如約再回到那裡。那些女人說：「這傢伙非常喜歡喝酒，每次都要喝得酩酊大醉，喝醉以後，總愛發洩力氣，叫我們用彩絹把牠的手腳綁在床頭，然後牠用力一蹬，彩絹就全給掙斷了。我們曾試著將三幅彩絹縫在一起去綁牠，牠才無法掙脫。現在我們把麻暗藏在彩絹中去綁牠，如此一來牠肯定掙脫不了。牠全身都堅硬如鐵，只有肚臍下幾寸處的地方常用東西遮護著，那個地方肯定是他最脆弱之處，不能抵禦刀槍。」她們又指著旁邊的一個岩洞說：「這是牠貯藏食物的倉庫，你們可以躲在這裡，靜靜的等候時機。把酒放在花叢裡面，把狗散放在在樹林裡，等我們準備好叫你們時，你們再出來。」歐陽紇等人按照她們說的，屏住呼吸，小心又緊張的等待著。

到了下午，有個像白色絲絹的東西，從另一座山上直飛過來，直直飛進洞裡，不一會兒，一個長著漂亮鬍子的男人，大約六尺多高，穿著白衣，拖著拐杖，在那些女人的簇擁下，從洞裡出來了。牠一看見樹林中的肉狗，驚疑地注視一會兒，忽然就騰地跳起來，撕咬肉狗並吸吮著牠們的血，飽餐一頓。那些女人搶著用玉杯向牠勸酒，諧戲調笑，非常快樂。喝了幾斗酒後，女人們便扶著牠離開樹林花叢，回到洞裡，又聽到洞裡傳出嬉笑的聲音。隔了許久，女人出來叫歐陽紇他們。歐陽紇等人拿著武器進去，只看見一隻大白猿，四肢被綁在床頭。牠看見歐陽紇他們，便氣得四腳亂踢，扭動身子掙扎著，雖用盡了力氣，但仍無法掙脫捆綁，雙眼發出閃電般的寒光。歐陽紇等人急忙跑上前去，爭相用武器去刺殺牠，但好像刺在鐵石上頭，直到刺中牠的肚臍下方，才刺了進去，鮮血像噴泉一樣飛射。這時，白猿嘆口氣，對歐陽紇怒吼說：「這是天意要滅了我，不然靠你的本領怎麼可能做到。只是你的妻子已有身孕，你不要殺這個孩子，他將會遇上聖明天子，一定會光宗耀祖。」說完便斷氣了。

歐陽紇他們搜尋白猿藏匿的東西，發現許多寶物，各種美食擺滿桌子。凡人間所有的珍品，無所不備。其中還有名貴香料數斛、寶劍一對。這裡的婦人有三十多個，個個漂亮無比，來得早的已有十年，據她們說，這裡的女人，到年老色衰時，就會被帶走，但都不知到哪裡去了。白猿在捕捉人獸、採摘花果時，都獨自一個，沒有其他同伴。牠早晨起來，先是洗漱一番，然後就戴上帽子，罩上白夾衣，披上青色羅衣，不論寒暑，都是這副裝扮。牠全身長滿白毛，有幾寸長。牠在洞裡時，經常閱讀木簡，木簡上的字像符上畫的花紋，其他人一個字也認不得，牠讀完後，便把木簡放在石階下面；若是晴天，就揮舞雙劍，舞劍時，銀光閃閃，好像閃電圍著牠飛轉，光華渾然一體，舞到極致時，彷佛一輪明月；牠的飲食沒有一定的規律，但愛吃果子，尤其喜歡吃狗肉、喝狗血。過了中午，就杳然不知去向，半天內能往返幾千里，一到傍晚，就必定回來，生活非常有規律。牠需要什麼東西，馬上就可以弄到。夜裡就到各張床上行那苟且之事，一個晚上行遍各床，從不睡覺。牠能說會道，談話中顯得知識淵博，但模樣就是猿猴之類。

今年初秋，白猿突然悲愴的說：「我被山神告發，要獲死罪。我會向眾神靈請求寬恕，或許可以免罪。」上個月，石階忽然起火，牠的木簡全部被燒毀了，見到這情景，牠愴然失意的說：「我已經一千歲了，卻一直沒有兒子。現在好不容易有了兒子，我的死期卻就要到了啊！」說完牠看了看身邊的女人們，悲傷落淚了許久。他接著又說：「這座山險峻陡峭，從來沒有人能到這裡來，站在高處遠眺，連一個樵夫也見不到，山下又有許多虎豹豺狼等凶猛的怪獸，如果真有人能夠平安來到這裡，若不是老天爺在幫他，那又是什麼呢？」

當天，歐陽紇等人就取了白猿的珍寶，帶著那些女人返家了，她們有的還記得自己的家在哪兒，就各自回去了。一年之後，歐陽紇的妻子生了一個兒子，模樣很像那隻白猿。後來歐陽紇被陳武帝殺了，所幸歐陽紇生前與大臣江總交情很好，江總很喜歡這個聰明過人的孩子，於是收養了他，這孩子因此逃脫了這場大難。孩子長大以後，果然學問與文采俱佳，書法寫得尤其好，非常有名。

◈梁大同末，遣平南將軍藺欽南征，至桂林，破李師古、陳徹。別將歐陽紇略地，至長樂，悉平諸洞，深入險阻。

紇妻纖白，甚美。其部人曰：「將軍何為挈麗人經此地？有神善竊，少女而美者尤所難免。宜謹護之。」紇甚疑懼，夜勒兵環其廬，匿婦密室中，謹閉甚固，而以女奴十餘伺守之。爾夕，陰雨晦黑，至五更，寂然無聞。守者怠而假寐，忽若有物驚寤者，即已失妻矣。門扃如故。莫知所出。出門山險，咫尺迷悶，不可尋逐。迨明，絕無其跡。

紇大憤痛，誓不徒還，因辭疾，駐其軍，日往四遐，即深陵險以索之。既逾月，忽於百里之外叢篠上，得其妻繡履一隻，雖雨浸濡，猶可辨識。紇尤悽悼，求之益堅。選壯士三十人，持兵負糧，巖棲野食。又旬餘，遠所舍約二百里，南望一山，蔥秀迥出。至其下，有深溪環之，乃編木以渡。絕巖翠竹之間，時見紅綵，聞笑語音。捫蘿引絙而陟其上，則嘉樹列植，間以名花，其下綠蕪，豐軟如毯。清迥岑寂，杳然殊境。

有東向石門，婦人數十，被服鮮澤，嬉遊歌笑，出入其中，見人皆慢視遲立。至，則問曰：「何因來此？」紇具以對。相視歎曰：「賢妻至此月餘矣。今病在牀，宜遣視之。」入其門，以木為扉，中寬闢若堂者三，四壁設牀，悉施錦薦。其妻臥石榻上，重茵累席，珍食盈前。紇就視之，回眸一睇，即疾揮手令去。諸婦人曰：「我等與公之妻，比來久者十年。此神物所居，力能殺人，雖百夫操兵不能制也。幸其未返，宜速避之。但求美酒兩斛，食犬十頭，麻數十斤，當相與謀殺之。其來必以正午後，慎勿太早，以十日為期。」因促之去。

紇亦遽退，遂求醇醪與麻犬，如期而往。婦人曰：「彼好酒，往往致醉，醉必騁力，俾吾等以綵練縛手足於牀，一踴皆斷。嘗紉三幅，則力盡不解。今麻隱帛中束之，度不能矣。遍體皆如鐵，唯臍下數寸，常護蔽之，此必不能禦兵刃。」指其旁一岩曰：「此其食廩，當隱於是，靜而伺之。酒置花下，犬散林中，待吾計成，招之即出。」如其言，屏氣以俟。

日晡，有物如匹練，自他山下，透至若飛，徑入洞中。少選，有美髯丈夫，長六尺餘，白衣曳杖，擁諸婦人而出。見犬驚視，騰身執之，披裂吮咀食之，致飽。婦人競以玉盃進酒，諧笑甚歡。既飲數斗，則扶之而去，又聞嬉笑之音。良久，婦人出招之，乃持兵而入，見大白猿，縛四足於牀頭。顧人蹙縮，求脫不得，目光如電。競兵之，如中鐵石，刺其臍下即飲刃，血射如注。乃大嘆咤曰：「此天殺我，豈爾之能？然爾婦已孕，勿殺其子，將逢聖帝，必大其宗。」言絕乃死。

搜其藏，寶器豐積，珍羞盈品，羅列几案。凡人世所珍，靡不充備。名香數斛，寶劍一雙。婦人三十輩，貌皆絕色，久者至十年。云：色衰必被提去，莫知所置。又捕採唯止其身，更無黨類。旦盥洗，著帽，加白袷，被表羅衣，不知寒暑。遍身白毛，長數寸。所居，常讀木簡，字若符篆，了不可識，已則置石磴下；晴晝或舞雙劍，環身電飛，光圓若月；其飲食無常，喜啗果栗，尤嗜犬，咀而飲其血；日始逾午，即欻然而逝，半晝往返數千里，及晚必歸，此其常也。所須無不立得，夜就諸牀嬲戲，一夕皆周，未嘗寐。言語淹詳，華音會利，然其狀即猳玃類也。

今歲木落之初，忽愴然曰：「吾為山神所訴，將得死罪。亦求護之於　靈，庶幾可免。」前此月，生魄石磴，生火焚其簡書，悵然自失曰：「吾已千歲而無子，今有子，死期至矣。」因顧諸女，汍瀾者久。且曰：「此山峻絕，未嘗有人至，上高而望，絕不見樵者。下多虎狼怪獸。今能至者，非天假之何耶？」

紇取寶玉、珍麗及諸婦人以皆歸，猶有知其家者。紇妻周歲生一子，厥狀肖焉。後紇為陳武帝所誅，素與江惣善，愛其子聰悟絕人，常留養之，故免於難。及長，果文學善書，知名於時。

關於〈補江總白猿傳〉

作者不詳，大概完成於高宗、武后時期。本篇見於《太平廣記》。故事主角歐陽紇是唐代書法家歐陽詢之父，據說歐陽詢容貌瘦削有如猿猴，人們寫了這篇小說來諷刺他。宋代話本〈陳巡檢梅嶺失妻記〉、志怪小說《稽神錄》裡的〈老猿竊婦人〉，明代話本小說《喻世明言》裡的〈陳從善梅嶺失渾家〉，以及元末明初筆記小說《剪燈新話》的〈申陽洞記〉，都是以此故事為本。

有此一說

自漢魏以來，民間早流傳著猿妖盜竊美婦的傳說，漢代焦延壽《易林．坤之剝》：「南山大玃（大猴），盜我媚妾。畏不敢逐，退而獨宿。」干寶在《搜神記》裡描述的「猳國」，則和晉張華的《博物志》記載相似，四川南部山上，有長得像獮猴的動物，身長七尺，能像人一樣直立行走，叫做猴玃。牠們會躲在路旁，看到有長得美貌的婦人，就會搶來作妻子。類似的故事經過口耳相傳，到唐代〈白猿傳〉時已有更高的文學價值和藝術成就，並且影響後世。

板橋三娘子

作者：薛漁思

唐代汴州的西部有一家板橋旅店，店裡的老闆娘名叫三娘子，沒人知道她的來歷。她大概三十多歲，一個人住在店裡，沒有丈夫兒女，也不曾見她有親戚往來。三娘子有幾間房舍，靠著開飯鋪為業，可是家裡卻很富足，畜養了很多頭驢子。來來往往乘車騎馬的官差、商人等各種旅客，若是盤纏不足的，三娘子還會少算些食宿的價格予以周濟。人們都稱讚她人品好，遠近來往的旅客，都喜歡到她這兒落腳休憩。

元和年間，許州有個叫趙季和的客人，要到東都洛陽，路過此處投宿在板橋店中。先到店的旅客有六、七個，已經占了方便好睡的床位。趙季和後到，只得睡到最靠裡頭的床位，這張床隔牆就緊挨著店主人的住房。三娘子安排完住宿，招待旅客們用餐，飯菜豐盛可口。夜深了，她還不斷給大家勸酒，也一起飲酒談笑，十分快樂。趙季和從不飲酒，但也跟著大家說說笑笑。就這樣直到二更時分，旅客們都醉了，精神困倦，於是各自就寢。三娘子也回到自己房裡，關了門，熄了燭。人人都熟睡了，只有趙季和翻來覆去睡不著。

他聽見隔壁房裡傳來窸窸窣窣的聲音，好像是三娘子拿動什麼東西。他一時好奇就從壁縫往裡頭窺看，竟看見三娘子從燈罩下取出燈燭，把燈光挑亮些後，從衣箱裡取出一副犁、一頭木牛及一個木偶人，大小皆約六、七寸。她把這些小玩藝兒放在灶前，口裡含水朝它們一噴，木牛、木偶人竟開始行走。木偶人牽著木牛套好犁，就在三娘子床前，一塊席子般大的地上耕種起來，來來去去反覆耕種了幾回。三娘子又從箱子裡拿出一小包蕎麥種子，交給木偶人種進土裡，轉眼麥子就生芽、開花、結出成熟的麥粒。三娘子叫木偶人收割蕎麥、打麥，大約獲得七、八升的麥子。接著三娘子又擺出一副小磨子，讓木偶人將麥子磨成麵粉，這才將木偶人等小玩藝兒收進箱中，然後就用這麵粉做了幾個燒餅。

沒過多久，雞鳴天亮了，旅客紛紛起身準備出發。三娘子先起來點亮了燈，把剛做好的燒餅端上桌，給旅客當早起充飢的點心。趙季和心生疑懼，馬上向三娘子告辭，假裝離開後，又隨即潛回到旅店窗外暗中觀察。只見其他旅客圍著餐桌吃起燒餅，燒餅還沒吃完，忽然都撲倒在地喊叫，竟然全變成驢子了！三娘子將這些驢子全趕入店後的驢圈裡，轉身回來搜刮這些人的財物占為己有。趙季和也沒把這件事告訴別人，心中暗暗羨慕三娘子的法術。

一個多月後，趙季和從洛陽回來，快到板橋店時，自己預先做了些蕎麥燒餅，大小就和先前三娘子做的一個模樣。他到了板橋店裡，又在此處住宿。三娘子還是像從前那般熱情，因這一晚沒有其他的旅客，三娘子的招待就更加豐厚細心。夜深時，三娘子殷勤的詢問客人有什麼需要。趙季和說：「明天早晨出發前，請給我做一些點心吃吧！」三娘子說：「這事不用費心，您只管安安穩穩的休息吧。」半夜，趙季和偷偷窺視她的舉動，所做之事和前次見到的一模一樣。

天亮時，三娘子準備好食盤，果然盤裡裝了好幾枚燒餅，她擺好盤子後，轉身去拿其他東西。趙季和趁機拿出事前準備好的燒餅，悄悄地調換了盤子中的其中一枚，不讓三娘子察覺。趙季和要開始用餐時，假意對三娘子說：「碰巧我自己也還剩些燒餅，請把妳做的燒餅收起來，留著款待其他旅客吧！」就拿出自己的燒餅吃。他正吃著，三娘子奉茶出來。趙季和說：「請妳也嘗一嘗我自己帶來的燒餅吧。」於是把剛剛換來的那個燒餅遞過去給三娘子吃。三娘子才剛把燒餅送入口中，就四肢趴在地上發出驢叫聲，立刻變成了一頭很健壯的驢子。趙季和將木偶人、木牛、種子等法術道具全收歸己有，騎著三娘子變成的驢子離開了。但他沒學得三娘子的法術，雖然試著讓木偶人、木牛去耕地種麥，卻一直無法成功。

趙季和騎著這匹驢子周遊各地，從沒遇到阻礙，也從未失足誤事，每天走的路程可達百里。四年後，他乘著驢子進到函谷關，到華岳廟東邊五、六里處，路旁忽然出現一位老人。老人拍手大笑說：「板橋三娘子呀，妳怎麼變成這副畜牲模樣！」說著牽住驢子對趙季和說：「她雖然犯錯，但受到的懲罰也夠了。可憐可憐她，就在這裡放了她吧。」於是老人就用手從驢的口鼻邊將驢皮撕開，三娘子從驢皮中跳了出來，仍是過去的模樣，她向老人拜謝後就跑走了。從此再也不知她到哪裡去了。

◆唐汴州西有板橋店，店娃三娘子者，不知何從來。寡居，年三十餘，無男女，亦無親屬。有舍數間，以鬻餐為業，然而家甚富貴，多有驢畜。往來公私車乘，有不逮者，輒賤其估以濟之。人皆謂之有道，故遠近行旅多歸之。

元和中，許州客趙季和，將詣東都，過是宿焉。客有先至者六七人，皆據便榻。季和後至，最得深處一榻，榻鄰比主人房壁。既而三娘子供給諸客甚厚。夜深致酒，與諸客會飲極歡。季和素不飲酒，亦預言笑。至二更許，諸客醉倦，各就寢。三娘子歸室，閉關息燭，人皆熟睡，獨季和轉展不寐。隔壁聞三娘子，悉窣若動物之聲。偶於隙中窺之，即見三娘子向覆器下，取燭挑明之，後於巾廂中，取一副耒耜，並一木牛、一木偶人，各大六七寸。置於竈前，含水噀之，二物便行走。小人則牽牛駕耒耜，遂耕牀前一席地，來去數出。又於廂中，取出一裹蕎麥子，受於小人種之。須臾生，花發麥熟，令小人收割持踐，可得七八升。又安置小磨子，磑成麵訖，却收木人子於廂中，即取麵作燒餅數枚。

有頃雞鳴，諸客欲發。三娘子先起點燈，置新作燒餅於食牀上，與客點心。季和心動，遽辭，開門而去，即潛於戶外窺之。乃見諸客圍牀，食燒餅未盡，忽一時踣地作驢鳴，須臾皆變驢矣。三娘子盡驅入店後，而盡沒其貨財。季和亦不告於人，私有慕其術者。

後月餘日，季和自東都回，將至板橋店，預作蕎麥燒餅，大小如前。既至，復寓宿焉，三娘子歡悅如初。其夕更無他客，主人供待愈厚。夜深，殷勤問所欲。季和曰：「明晨發，請隨事點心。」三娘子曰：「此事無疑，但請穩睡。」半夜後，季和窺見之，一依前所為。

天明，三娘子具盤食，果實燒餅數枚於盤中訖，更取他物。季和乘間走下，以先有者易其一枚，彼不知覺也。季和將發，就食，謂三娘子曰：「適會某自有燒餅，請撤去主人者，留待他賓。」即取己者食之。方飲次，三娘子送茶出來。季和曰：「請主人嘗客一片燒餅。」乃揀所易者與噉之。纔入口，三娘子據地作驢聲，立變為驢，甚壯健。季和即乘之發，兼盡收木人木牛子等。然不得其術，試之不成。

季和乘策所變驢，周遊他處，未嘗阻失，日行百里。後四年，乘入關，至華岳廟東五六里，路傍忽見一老人。拍手大笑曰：「板橋三娘子，何得作此形骸。」因捉驢謂季和曰：「彼雖有過，然遭君亦甚矣。可憐許，請從此放之。」老人乃從驢口鼻邊，以兩手擘開，三娘子自皮中跳出，宛復舊身，向老人拜訖，走去。更不知所之。

關於〈板橋三娘子〉

作者薛漁思，生平不詳。本文出自《河東記》，原書已佚，僅存於《太平廣記》中。作者在自序中說此書為續牛僧孺《玄怪錄》而作，內容多記載神怪詭譎之事。

任氏傳

作者：沈既濟

任氏是個女妖。

有個姓韋的刺史，名叫崟，在家中排行第九，是信安王李禕的外孫，他年輕時放浪不羈，喜歡飲酒。他有個堂妹的丈夫姓鄭，排行第六，記不得叫什麼名字。鄭六早年曾學習武藝，也喜好酒色，因為貧窮而無家居住，只能依附妻子家族，他和韋崟的交情很好，出遊起居常在一起。

唐玄宗天寶九年夏季六月，韋崟和鄭某一起走在長安的街道上，打算到新昌里喝酒。到了宣平里的南邊時，鄭某突然想起臨時有事，請求暫時離開一會，然後直接去酒館會合。於是韋崟騎著白馬往東邊走，鄭某則是乘著驢子往南，進入昇平里的北門，恰巧遇到三個女子一起在路上行走，其中一個穿白衣服的女子，容貌極為美麗。鄭某看到以後驚為天人，心生愛慕，趕著他的驢子，一下子走在前面，一下子又跟在後面，想向她搭訕又不敢。

白衣女子不時地往他的方向看，似乎感受到鄭某的心意。鄭某於是大起膽子和她開玩笑說：「妳這麼美麗漂亮，為什麼徒步行走呢？」白衣女子笑著說：「有人有坐騎卻不願借我乘坐，我不徒步又能怎麼辦呢？」鄭某馬上說：「這麼劣等的坐騎不配當美人的代步，現在就奉送給妳。我能夠步行跟隨在後就很滿足了。」兩人相視大笑，同行的另外兩個女人更是輪流地調笑、誘惑他，於是兩人愈來愈熟悉親密了。

鄭某跟著她往東走，來到樂遊園，這時天色已經昏黑了。只看到一間房宅，外面圍繞著土牆，前方有可以容納車子進出的大門，房子高大莊嚴。白衣女子走進去屋子前，回頭對鄭某說：「請稍等一下。」有個隨侍的婢女，留在房門和屏風之間，隨口問起鄭某的姓名和排行，鄭某告訴她以後，反問起白衣女子的姓氏和排行，她回答：「姓任，排行二十。」沒多久，白衣女子就請他進去。鄭某將驢子繫在門口，把帽子放在鞍上。他看見一個大約三十多歲的婦人出來迎接，自稱是任氏的姊姊。屋子裡已點起蠟燭、擺好筵席，婦人舉杯敬了鄭某幾杯酒，任氏才換好衣服出來，兩人對坐暢飲，極為歡樂，直到夜深了才上床睡覺。她容貌身材都非常美麗，談笑歌唱的神態，一舉一動都極為美豔，不像是人世間所能有的。

天快亮時，任氏對鄭某說：「你可以走了，我們姊妹都列名在教坊，隸屬南衙管轄，清晨起來就要出門，所以不能讓你久留。」鄭某約定下次見面的日期後就先行離去。他回到了里門，大門還緊閉著沒有開，門邊有個胡人賣餅的屋子，才剛掛上燈點燃爐火。鄭某就在簾下休息，等著街鼓響起，解除宵禁。鄭某和主人隨意攀談，指著昨夜任氏的住處問他說：「從這裡往東轉，有個大門，那是誰家的住宅？」主人說：「這裡是一片斷垣殘壁的廢墟，沒有什麼住宅。」鄭某說：「我剛剛才經過那裡，怎麼會說是廢墟呢？」於是和主人爭執起來。主人突然醒悟過來，說：「啊！我知道了。這個地方有一隻狐狸，多次引誘男人一起過夜，我曾經看過幾次。如今你也是遇到了狐狸吧？」鄭某覺得有點羞愧，隨口說：「沒有啊。」等到天亮後，他又回去那個地方查看，只見土牆車門還在，但往門裡一看，只有一片長滿雜草的廢棄園子。回家後，遇到韋崟，韋崟責怪他失約，問他跑去哪裡，鄭某隱瞞了昨晚的奇遇，隨便找了其他理由搪塞過去。然而一想起任氏的美貌，就還是希望能再見她一面，這樣的想法一直在心裡縈繞。

過了十多天後，有次鄭某出遊，走到西市賣衣服的店鋪，突然看見任氏，之前的婢女也跟在旁邊。鄭某立即大聲叫她。任氏在人群裡閃躲，想要避開他。鄭某連聲呼喊她的名字，並緊追在她身後，她才背向鄭某站住，用扇子擋著說：「你已經知道我的身分，為什麼還敢接近我呢？」鄭某說：「雖然知道，但有什麼好怕的？」任氏回答：「這種事讓人感到羞恥，沒有臉見你。」鄭某說：「我對妳如此朝思暮想，妳忍心拋棄我嗎？」任氏說：「我怎麼敢拋棄你呢？只怕你討厭我啊！」鄭某馬上發誓說絕對不會，神情十分誠懇。任氏這才轉頭看他，並拿開扇子，她的臉孔依舊美豔動人。她對鄭某說：「世間像我這類的妖不只一個，只是你自己不認識罷了，不要只是覺得我奇怪。」鄭某請求與她同敘舊日歡好，她回答：「像我們這樣的，會被人們厭惡忌恨的原因，沒有別的，就是因為會傷害人。但是你放心，我不會害你，如果你不嫌棄，我願意終身服侍你。」鄭某答應找一個地方和她同居。任氏說：「從這裡往東，有一間房子，裡面有棵大樹從屋梁中間穿過去，那裡的巷弄幽靜，可以租來居住。上次從宣平里的南邊，騎著白馬往東去的人，不是你妻子的堂兄弟嗎？他們家裡有一些多的日常用具，可以借用。」

這時韋崟的叔叔伯伯都在外地做官，幾座宅院的日常用具全部收在倉庫。鄭某依照任氏的話找到房子，又去找韋崟借用具。韋崟問他要做什麼，鄭某說：「新得到一個美女，已經租好房子，想借點家具來用。」韋崟笑著說：「看你的長相，能夠得到的一定也是個醜八怪，哪有什麼絕代美人。」韋崟便把帳幔床鋪席子等用具全都借給他，並找一個比較聰明機靈的家僮，跟在後面偷看。家僮沒多久就氣喘吁吁流著滿身大汗跑回來報告。韋崟連忙迎上前問：「有女子嗎？」又問道：「長得怎麼樣？」家僮回答：「很奇怪啊！天底下從來沒看過有這樣的美人。」韋崟的親戚族人眾多，而且向來和他們一起遊蕩玩耍，見過許多不同的美女。他問說：「與某人比誰美？」家僮說：「無法和她相比。」韋崟又遍舉了四、五個美女，家僮都說：「無法和她相比。」當時吳王的第六個女兒，也就是韋崟妻子的妹妹，外表豔麗，美得像天仙下凡，眾多姊妹中向來被推為第一。韋崟問家僮說：「如果和吳王的第六個女兒相比，誰比較美？」家僮還是說：「無法和她相比。」韋崟拍手大驚說：「世上怎麼會有這樣的人？」連忙命人打水，清洗頭臉，戴好頭巾稍做打扮後，就前去鄭某住所。

韋崟抵達時，鄭某剛好外出。韋崟一進門，看見小家僮拿著掃帚在掃地，一個婢女在門邊，其他什麼人也沒看見。他向小僮打聽，小僮笑著說：「沒有你說的這個人。」韋崟環顧室內，看見門下露出一截紅色的裙子，他走近查看，發現任氏躲在門後。韋崟把她拉到到明亮的地方仔細細看，覺得她的美貌遠遠超過家僮的描述。韋崟見色心喜，愛得快發狂，忍不住伸手摟著她要侵犯，任氏不從，極力抵抗。韋崟靠著力氣大，強壓著逼迫她，正當危急時，她說：「好吧，我服從就是了，請稍等一下，不要這麼用力。」韋崟聽她的話稍微鬆手，她又像先前一樣拚命抵抗，就這樣來回好幾次，韋崟便用全力緊緊抱住她。任氏已經完全精疲力盡，汗如雨下，料想自己無法掙脫，就乾脆放手不再抗拒，然而神情淒慘哀傷。韋崟問：「妳何必這麼不開心？」任氏長嘆一口氣說：「鄭六這個人真是可憐啊！」韋崟說：「怎麼說？」答道：「鄭六有六尺之軀，卻連一個女人都保護不了，算什麼男子漢？而你從小過著豪華奢侈的生活，擁有那麼多美女佳人，遇到像我這樣的人多得是。但鄭六過得卻是貧窮卑賤的生活，讓他稱心快意的，只有我而已。你忍心以你的有餘，去奪取他的不足嗎？可憐他窮困匱乏，不能自立自足，穿你的衣服，吃你的食物，所以要看你的臉色過活。如果他能夠自給，也不至於到這地步。」韋崟向來豪爽重義氣，聽到任氏所說的話，立即放開她，整理衣襟道歉說：「我不敢再無禮了。」過了一會，鄭某回來了，任氏和韋崟相視而笑，好像什麼事都沒發生。

從此之後，任氏的日常所需，包括柴米肉食，都由韋崟供應。任氏時常外出，有時坐車，有時騎馬，有時乘轎，有時步行，沒有固定去什麼地方。韋崟常和她一起遊玩，非常歡樂，每次相互調笑，沒什麼忌諱，只是不涉及淫亂罷了。韋崟愛她、敬重她，對她從不吝嗇，不論吃什麼喝什麼，從來不會忘記她。任氏知道他愛自己，向他道謝說：「蒙你厚愛，我很慚愧，只是我如此醜陋又平凡，實在不足以報答厚恩，而且我不能做出對不起鄭六的事，所以不能滿足你的歡愛。我是陝西秦人，生長在長安城，家族以娼優歌伎為業，親戚族人中，很多人成為人家寵妾，因此我對長安的妓院很熟悉。如果你有看上什麼美女，喜歡卻得不到的，我也許能替你弄來，希望以此報答你的恩德。」韋崟說：「太好了！」市場上有個賣衣服的女子叫張十五娘，膚肌潔白得像凝脂一樣，韋崟一直對她有意思，於是問任氏是否認識她。任氏回答：「她是我表妹，得到她很容易。」十多天後，任氏果然幫助韋崟追到她，但幾個月後韋崟就覺得膩了。

任氏說：「商人重利，容易用利誘得，這不足以顯示我的能力。如果有什麼隔絕深遠而難於訪求的人，可以試著說看看，我願意竭盡心力來幫你。」韋崟說：「昨天是寒食節，我和兩三個朋友去千福寺遊賞，看到刁緬將軍的樂隊在殿堂上演奏。其中有個吹笙的女子，年紀大約十六歲，雙鬟垂在耳邊，嬌麗的容貌無人能比。妳應該認得她吧？」任氏說：「這是刁緬將軍的寵婢，她母親是我的表姊，求她就行了。」韋崟立刻拜倒在地，求任氏幫忙。任氏答應了，於是經常出入刁家。一個多月後，韋崟催促著任氏，問她有什麼辦法。任氏說想要兩匹絹來送禮，韋崟二話不說就全數給她。過了兩天，任氏和韋崟正在吃飯，刁緬派僕人牽著青黑色的馬來迎接任氏。任氏聽到刁家派人來召喚，笑著對韋崟說：「你的事應該沒問題了。」原來，一開始任氏就想辦法讓那個寵婢生病，不論針灸、吃藥都無法好轉，她母親和刁緬很擔心，於是找巫師來驅邪治療。任氏事先暗中賄賂巫師，指示他說要讓寵婢到自己的住處靜養。等到巫師幫寵婢診治時，就說：「繼續住在家裡會對她不利，應該要外出到東南方的某個處所居住，才能夠獲取生氣。」刁緬和她母親仔細問清楚那個地方的位置，發現正是任氏的住處。刁緬便請求任氏讓寵婢居住養病，任氏假意推辭說地方狹小不方便，經過再三請求，才勉為其難地答應。於是刁緬用車子裝運衣物和珍寶，把寵婢和她母親一起送到任氏家。寵婢才剛到沒多久，身上的病就好了，沒過幾天，任氏偷偷把韋崟帶來和她私通，一個月後就懷孕了。她母親知道後很害怕，立即帶著女兒回到刁緬身邊，從此和韋崟斷絕了關係。

有一天，任氏對鄭某說：「你能湊到五、六千文錢嗎？我打算幫你賺錢。」鄭某說：「應該可以。」於是向友人借貸，借到六千文錢。任氏說：「市場上有人在賣馬，那匹馬的大腿上有些小毛病，可以去買回來養。」鄭某到市場，果然看見一個人牽著馬要賣，那匹馬的左大腿生病，行動不便，鄭某就把牠買下來。他妻子的兄弟知道後都譏笑他，說：「這匹馬是廢物，買來能幹什麼？」過沒幾天，任氏說：「可以把馬賣掉了，要開價三萬文錢。」鄭某就去市集上賣馬。有人出價兩萬，鄭某不肯賣。市集上的人七嘴八舌地說：「那人何苦要對一匹跛馬出高價？」「這麼高的價錢這人為什麼還捨不得賣呢？」鄭某騎著馬回家，那個出價買馬的人跟他到家門口，又再提高價錢，到了二萬五千文錢，但是鄭某仍然不肯賣，對他說：「沒有三萬文錢不賣。」妻子的兄弟都聚在一起罵他，鄭某不得已，就把馬賣了，最後沒有賣到三萬錢。鄭某隨後暗中打聽買馬的人，了解買馬的原因。原來是昭應縣飼養著一匹皇家的馬，這匹馬的大腿上也有點毛病，已經死了三年，但負責養馬的吏卒當時沒有在記錄薄上注銷。官府核算這匹馬的價錢，要賠六萬文；假如用半價買馬，等於可以省下很多錢，而且如果有相似的馬充數，還可以得到這三年餵養的糧草費用，算一算要支付的錢不多，所以不惜高價買下這匹跛馬。

任氏因為衣服破舊，向韋崟要衣服。韋崟打算買整匹的彩緞布給她做衣服，任氏不願意，說：「只要有現成的衣服就好。」韋釜把賣衣服的商人張大找來，讓他去見任氏，問她想要哪種樣式的衣服。張大一看到任氏，驚訝地對韋釜說：「這一定是神仙的親戚，被您偷來這裡，這樣的美女不是人世間所應有的，希望儘快把她送回去，免得招致災禍。」任氏的美貌就是如此動人。最後，任氏還是買了現成的衣服，而不願買新布量身縫製，不曉得她有什麼用意。

過了一年多以後，鄭某通過武職的調選，授命擔任槐里府的果毅都尉，在金城縣任職。當時鄭某因為本來就有妻子，雖然白天在外遊蕩，但晚上還是得回家睡覺，常恨不能和任氏過夜。他要去上任前，邀請任氏跟他一起去。任氏不想去，說：「這樣來回十幾天只是一起趕路而已，不算什麼開心的事，不如留給我足夠的食物，我會好好地住在這裡等你回來。」鄭某再三懇求，任氏始終不答應，鄭某於是請求韋崟幫助。韋崟和鄭某不斷勸說，並詢問她堅持不去的原因。任氏猶豫了很久，好不容易才說：「有個巫師說我今年不能往西行，所以我不想去。」鄭某覺得奇怪，但也沒有多想，就和韋崟一起大笑說：「這麼聰明的人，居然會迷信巫師說的話，這是什麼原因啊！」於是依然堅持要她一起去，任氏說：「如果巫師說的是真的，我因為你的堅持而白白送死，有什麼好處？」兩人說：「哪裡有這種道理呢？」還是不斷懇求。任氏不得已，只好勉為其難地跟著鄭某出發。韋崟把自己的馬借給她，在臨皋驛幫兩人餞行，揮袖告別。過了兩天，到了馬嵬坡，任氏騎著馬走在前面，鄭某騎著驢走在後面，婢女們另有坐騎，跟在他們後面。到了半路，遇到西門的官府養馬人在洛川訓練獵犬，已經有十幾天了。一行人剛好遇上，一隻青灰色的獵犬忽然從草叢裡竄出來。鄭某看見任氏嚇到從馬上摔下來，露出原形，往南飛奔而去，獵犬在後面緊追不放，鄭某一邊呼喊一邊追在後面，卻制止不了，跑了一里多，才看到任氏已經被獵狗咬死了。

鄭某含著淚從包裹中拿出錢，把任氏的屍體贖回來埋葬，並削了一塊木板插在墳上做為標記。鄭某回頭只看到任氏的馬在路邊吃草，衣服全都散落在馬鞍上，鞋襪則是懸掛在馬鐙間，像蟬蛻的空殼一樣，首飾則是掉在地上，其它就什麼也沒有了，連婢女也消失不見了。十多天後，鄭某回城了。韋崟看到他很高興，迎上去問說：「任氏還好嗎？」鄭某哭著說：「她已經死了。」韋崟聽了也很傷心，兩人在屋裡手拉著手，盡情地痛哭一場。等情緒稍微平復後，韋崟慢慢問起任氏的死因。鄭某說：「她是被獵犬咬死的。」韋崟不可置信地說：「獵犬雖然凶猛，怎麼可能把人咬死？」鄭某哀傷地回答：「其實任氏不是人。」韋崟驚訝地說：「不是人的話是什麼？」鄭某這才把事情的經過，詳細地跟韋崟說明，韋崟既驚訝又悲傷，嘆息不已。第二天，讓人駕車和鄭某一同前往馬嵬坡，挖開任氏的墳墓，看著她的屍體，又悲傷痛哭了好久才回家。追想起過去任氏的種種事跡，只有不願意自己縫製衣服，和一般人很不一樣。後來，鄭某當了總監使，家裡變得很富裕，馬廄裡有十多匹馬，直到六十五歲才去世。

大曆年間，沈既濟住在鐘陵，曾與韋崟有所往來，常聽他說起這件事，所以知道得很詳細。後來韋崟當了殿中侍御史，兼任隴州刺史，最後死在任上。唉，動物的感情，也有合乎人情的，遇到強暴能堅定不失去貞節，獻身於人後就終身不變、一直到死，即使是現今的婦女，也有很多人比不上。可惜的是鄭生不是個精明細心的人，只是愛戀她的美貌卻無法細察她的性情。假使他是個知識淵博的人，一定能從萬物變化的道理，察覺神與人之間的異同，寫成美妙的文章，傳播精要而微妙的人情事理，而不是只單純欣賞她的風情姿態而已，真是可惜啊！建中二年，既濟從左拾遺任上，與金吾將軍裴冀、京兆少尹孫成、戶部郎中崔需、右拾遺陸淳，一起被貶官到東南地區。從秦地到吳地，水陸車船一起同行。當時前任的拾遺朱放，因外出旅遊也跟大家一起，從潁水一直渡過淮河，乘著船順流而下。白天喝酒，晚上閒聊，每個人分享一些奇異的故事，所有人聽了任氏的故事，都深深地為她嘆息，因而請既濟幫任氏寫個傳，記載這件特異的事。於是，沈既濟就寫下了這個故事。

◈任氏，女妖也。

有韋使君者，名崟，第九，信安王禕之外孫。少落拓，好飲酒。其從父妹婿曰鄭六，不記其名。早習武藝，亦好酒色，貧無家，託身於妻族；與崟相得，遊處不間。天寶九年夏六月，崟與鄭子偕行於長安陌中，將會飲於新昌里。至宣平之南，鄭子辭有故，請間去，繼至飲所。崟乘白馬而東，鄭子乘驢而南，入昇平之北門，偶值三婦人行於道中，中有白衣者，容色姝麗。鄭子見之驚悅，策其驢，忽先之，忽後之，將挑而未敢。

白衣時時盼睞，意有所受。鄭子戲之曰：「美豔若此，而徒行，何也？」白衣笑曰：「有乘不解相假，不徒行何為？」鄭子曰：「劣乘不足以代佳人之步，今輒以相奉。某得步從，足矣。」相視大笑。同行者更相眩誘，稍已狎暱。

鄭子隨之東，至樂遊園，已昏黑矣。見一宅，土垣車門，室宇甚嚴。白衣將入，顧曰：「願少踟躕。」而入。女奴從者一人，留於門屏間，問其姓第，鄭子既告，亦問之。對曰：「姓任氏，第二十。」少頃，延入。鄭縶驢於門，置帽於鞍。始見婦人年三十餘，與之承迎，即任氏姊也。列燭置膳，舉酒數觴，任氏更妝而出，酣飲極歡，夜久而寢。其嬌姿美質，歌笑態度，舉措皆豔，殆非人世所有。

將曉，任氏曰：「可去矣。某兄弟名系教坊，職屬南衙，晨興將出，不可淹留。」乃約後期而去。既行，乃里門，門扃未發。門旁有胡人鬻餅之舍，方張燈熾爐。鄭子憩其簾下，坐以候鼓。因與主人言，鄭子指宿所以問之曰：「自此東轉，有門者，誰氏之宅？」主人曰：「此隤墉棄地，無第宅也。」鄭子曰：「適過之，曷以云無？」與之固爭。主人適悟，乃曰：「吁！我知之矣。此中有一狐，多誘男子偶宿，嘗三見矣，今子亦遇乎？」鄭子赧而隱曰：「無。」質明，復視其所，見土垣車門如故。窺其中，皆蓁荒及廢圃耳。既歸，見崟。崟責以失期。鄭子不泄，以他事對。然想其豔冶，願復一見之心，嘗存之不忘。

經十許日，鄭子遊，入西市衣肆，瞥然見之，曩女奴從。鄭子遽呼之。任氏側身周旋於稠人中以避焉。鄭子連呼前迫，方背立，以扇障其後，曰：「公知之，何相近焉？」鄭子曰：「雖知之，何患？」對曰：「事可愧恥。難施面目。」鄭子曰：「勤想如是，忍相棄乎？」對曰：「安敢棄也，懼公之見惡耳。」鄭子發誓，詞旨益切。任氏乃回眸去扇，光彩豔麗如初，謂鄭子曰：「人間如某之比者非一，公自不識耳，無獨怪也。」鄭子請之與敘歡，對曰：「凡某之流，為人惡忌者，非他，為其傷人耳。某則不然。若公未見惡，願終己以奉巾櫛。」鄭子許與謀棲止。任氏曰：「從此而東，大樹出於棟間者，門巷幽靜，可稅以居。前時自宣平之南，乘白馬而東者，非君妻之昆弟乎？其家多什器，可以假用。」

是時崟伯叔從役於四方，三院什器，皆貯藏之。鄭子如言訪其舍，而詣崟假什器。問其所用。鄭子曰：「新獲一麗人，已稅得其舍，假具以備用。」崟笑曰：「觀子之貌，必獲詭陋，何麗之絕也。」崟乃悉假帷帳榻席之具，使家僮之惠黠者，隨以覘之。俄而奔走返命，氣吁汗洽。崟迎問之：「有乎？」又問：「容若何？」曰：「奇怪也！天下未嘗見之矣。」崟姻族廣茂，且夙從逸遊，多識美麗。乃問曰：「孰若某美？」僮曰：

「非其倫也！」崟遍比其佳者四五人，皆曰：「非其倫。」是時吳王之女有第六者，則崟之內妹，穠豔如神仙，中表素推第一。崟問曰：「孰與吳王家第六女美？」又曰：「非其倫也。」崟撫手大駭曰：「天下豈有斯人乎？」遽命汲水澡頸，巾首膏唇而往。

既至，鄭子適出。崟入門，見小僮擁篲方掃，有一女奴在其門，他無所見。征於小僮，小僮笑曰：「無之。」崟周視室內，見紅裳出於戶下，迫而察焉，見任氏戢身匿於扇間。崟引出就明而觀之，殆過於所傳矣。崟愛之發狂，乃擁而凌之，不服。崟以力制之，方急，則曰：「服矣。請少迴旋。」既從，則捍禦如初，如是者數四，崟乃悉力急持之。任氏力竭，汗若濡雨，自度不免，乃縱體不復拒抗，而神色慘變。崟問曰：「何色之不悅？」任氏長歎息曰：「鄭六之可哀也！」崟曰：「何謂？」對曰：「鄭生有六尺之軀，而不能庇一婦人，豈丈夫哉！且公少豪侈，多獲佳麗，遇某之比者眾矣。而鄭生，窮賤耳，所稱愜者，唯某而已。忍以有餘之心，而奪人之不足乎？哀其窮餒，不能自立，衣公之衣，食公之食，故為公所系耳。若糠糗可給，不當至是。」崟豪俊有義烈，聞其言，遽置之，斂衽而謝曰：「不敢。」俄而鄭子至，與崟相視咍樂。

自是，凡任氏之薪粒牲餼，皆崟給焉。任氏時有經過，出入或車馬輿步，不常所止。崟日與之遊，甚歡，每相狎暱，無所不至，唯不及亂而已。是以崟愛之重之，無所恡惜，一食一飲，未嘗忘焉。任氏知其愛己，言以謝曰：「愧公之見愛甚矣。顧以陋質，不足以答厚意，且不能負鄭生，故不得遂公歡。某，秦人也，生長秦城，家本伶倫，中表姻族，多為人寵媵，以是長安狹斜，悉與之通。或有姝麗，悅而不得者，為公致之可矣，願持此以報德。」崟曰：「幸甚！」廛中有鬻衣之婦曰張十五娘者，肌體凝結，崟常悅之，因問任氏識之乎，對曰：「是某表娣妹，致之易耳。」旬餘，果致之，數月厭罷。

任氏曰：「市人易致，不足以展效。或有幽絕之難謀者，試言之，願得盡智力焉。」崟曰：「昨者寒食，與二三子遊於千福寺，見刁將軍緬張樂於殿堂。有善吹笙者，年二八，雙鬟垂耳，嬌姿豔絕。當識之乎？」任氏曰：「此寵奴也。其母，即妾之內姊也，求之可也。」崟拜於席下。任氏許之，乃出入刁家。月餘，崟促問其計。任氏願得雙縑以為賂，崟依給焉。後二日，任氏與崟方食，而緬使蒼頭控青驪以迓任氏。任氏聞召，笑謂悺曰：「諧矣。」初，任氏加寵奴以病，針餌莫減。其母與緬憂之方甚，將征諸巫。任氏密賂巫者，指其所居，使言從就為吉。及視疾，巫曰：「不利在家，宜出居東南某所，以取生氣。」緬與其母詳其地，則任氏之第在焉。緬遂請居。任氏謬辭以逼狹，勤請而後許。乃輦服玩，並其母偕送於任氏。至，則疾愈，未數日，任氏密引崟以通之，經月乃孕。其母懼，遽歸以就緬，由是遂絕。

他日，任氏謂鄭子曰：「公能致錢五六千乎？將為謀利。」鄭子曰：「可。」遂假求於人，獲錢六千。任氏曰：「鬻馬於市者，馬之股有疵，可買入居之。」鄭子如市，果見一人牽馬求售者，眚在左股，鄭子買歸。其妻昆弟皆嗤之，曰：「是棄物也。買將何為？」無何，任氏曰：「馬可鬻矣，當獲三萬。」鄭子乃賣之。有酬二萬，鄭子不與。一市盡曰：「彼何苦而貴賣？」「此何愛而不鬻？」鄭子乘之以歸，買者隨至其門，累增其估，至二萬五千也，不與，曰：「非三萬不鬻。」其妻昆弟聚而詬之。鄭子不獲已，遂賣，卒不登三萬。既而密伺買者，征其由。乃昭應縣之御馬疵股者，死三歲矣，斯吏不時除籍。官征其估，計錢六萬；設其以半買之，所獲尚多矣，若有馬以備數，則三年芻粟之估，皆吏得之，且所償蓋寡，是以買耳。

任氏又以衣服故弊，乞衣於崟。崟將買全彩與之，任氏不欲，曰：「願得成制者。」崟召市人張大為買之，使見任氏，問所欲。張大見之，驚謂崟曰：「此必天人貴戚，為郎所竊，且非人間所宜有者，願速歸之，無及於禍。」其容色之動人也如此。竟買衣之成者而不自紉縫也，不曉其意。

後歲餘，鄭子武調，授槐里府果毅尉，在金城縣。時鄭子方有妻室，雖晝遊於外，而夜寢於內，多恨不得專其夕。將之官，邀與任氏俱去。任氏不欲往，曰：「旬月同行，不足以為歡。請計給糧餼，端居以遲歸。」鄭子懇請，任氏愈不可。鄭子乃求崟資助。崟與更勸勉，且詰其故。任氏良久，曰：「有巫者言某是歲不利西行，故不欲耳。」鄭子甚惑也，不思其他，與崟大笑曰：「明智若此，而為妖惑，何哉！」固請之。任氏曰：「倘巫者言可征，徒為公死，何益？」二子曰：「豈有斯理乎？」懇請如初。任氏不得已，遂行。崟以馬借之，出祖於臨皋，揮袂別去。信宿，至馬嵬。任氏乘馬居其前，鄭子乘驢居其後，女奴別乘，又在其後。是時西門圉人教獵狗於洛川，已旬日矣。適值於道，蒼犬騰出於草間。鄭子見任氏欻然墜於地，復本形而南馳，蒼犬逐之。鄭子隨走叫呼，不能止，里餘，為犬所獲。

鄭子銜涕出囊中錢，贖以瘞之，削木為記。回睹其馬，齧草於路隅，衣服悉委於鞍上，履襪猶懸於鐙間，若蟬蛻然，唯首飾墜地，餘無所見，女奴亦逝矣。旬餘，鄭子還城。崟見之喜，迎問曰：「任子無恙乎？」鄭子泫然對曰：「歿矣。」崟聞之亦慟，相持於室，盡哀。徐問疾故，答曰：「為犬所害。」崟曰：「犬雖猛，安能害人？」答曰：「非人。」崟駭曰：「非人，何者？」鄭子方述本末。崟驚訝歎息不能已。明日，命駕與鄭子俱適馬嵬，發瘞視之，長慟而歸。追思前事，唯衣不自製，與人頗異焉。其後鄭子為總監使，家甚富，有櫪馬十餘匹，年六十五，卒。

大曆中，沈既濟居鐘陵，嘗與崟遊，屢言其事，故最詳悉。後崟為殿中侍御史，兼隴州刺史，送歿而不返。嗟乎，異物之情也有人道！遇暴不失節，徇人以至死，雖今婦人，有不如者矣。惜鄭生非精人，徒悅其色而不徵其情性。向使淵識之士，必能揉變化之理，察神人之際，著文章之美，傳要妙之情，不止於賞玩風態而已。惜哉！建中二年，既濟自左拾遺於金吳將軍裴冀、京兆少尹孫成、戶部郎中崔需、右拾遺陸淳皆適居東南，自秦徂吳，水陸同道。時前拾遺朱放因旅遊而隨焉，浮潁涉淮，方舟沿流。晝宴夜話，各徵其異說。眾君子聞任氏之事，共深歎駭，因請既濟傳之，以志異云。沈既濟撰。

關於〈任氏傳〉

作者沈既濟，生卒年不詳。本篇見於《太平廣記》。這個故事描寫的狐妖可愛又人性化，不是只會魅惑害人，可說是賦予狐妖嶄新的文學形象，也是最早借狐仙寫人、反應現實生活的篇章，讓後世如蒲松齡等作家，可在此基礎上進行更多精彩的創作。

離魂記

作者：陳玄祐

唐朝天授三年，清河的張鎰因為任官，舉家搬到衡州居住。他的個性簡樸沉靜，很少有知己好友。他沒有兒子，只有兩個女兒，大女兒也很早就過世了，小女兒叫倩娘，長得端莊美麗，無人可比。張鎰的外甥王宙是太原人，從小聰明伶俐，長得英俊瀟灑，張鎰很器重他，常常說：「將來一定要把倩娘嫁給你。」

後來王宙和倩娘都長大了，兩人互相愛慕思念、魂牽夢縈，但是雙方家人都不知道兩人的心事。後來張鎰的賓客幕僚中，有一個將要赴京任官的人來求娶倩娘，張鎰就答應了。倩娘知道這件事後，心中憂憤鬱悶，王宙也深深感到怨恨與憤怒，於是以外調任官為藉口，向張鎰告辭，前往京城，離開這個傷心地。張鎰勸阻無效，於是給了王宙厚重的禮金，為他送行。

王宙強忍著心中的怨恨與悲痛，跟大家告別後就上船離開了。天色漸暗，船隻來到距離山城幾里的地方。到半夜的時候，王宙睡不著覺，突然聽到岸上有人匆匆趕來的聲音，沒多久就來到船邊。一問之下，來的人竟然是倩娘，她光著腳徒步而來。王宙又驚又喜，高興得要瘋了，牽著倩娘的手問她怎麼來了，倩娘哭著說：「你對我如此情深義重，我在睡夢中都能感受的到，如今父親不顧我的心意，要將我嫁給別人，我知道你對我的深情不變，心想就算是付出生命，我也要報答你，所以從家裡私奔來找你。」王宙喜出望外，開心得不得了，於是把倩娘藏匿在船裡，連夜逃走。他讓船隻加速前進，兼程趕路，幾個月以後到達四川。

過了五年，兩人生下兩個兒子。這段期間王宙與張鎰斷絕了音信，倩娘常常思念父母，哭著說：「我過去不能辜負你，拋棄父女的大義跟你私奔，從那時候到現在已經五年了，和父母遠隔天涯。我在這天地之間，怎麼有臉丟下雙親獨活呢？」王宙聽了也很難過，說：「我們回去一趟吧，妳不要傷心了。」於是兩人一起回到衡州。

抵達衡州後，王宙獨自先到張鎰家拜訪，首先對於帶著倩娘私奔的事謝罪道歉。張鎰驚訝地說：「倩娘臥病在閨房裡已經好幾年了，你在胡說什麼？」王宙疑惑地說：「倩娘現在在船上啊。」張鎰嚇了一跳，連忙派家中僕人前去查驗，果然看見倩娘在船上，神情氣色非常和悅舒暢，她問僕人說：「我爸媽現在好嗎？」僕人十分驚異，跑回家向張鎰報告。原本躺在閨房中的倩娘聽到這個消息，高興地起床，梳妝打扮，更換衣服，笑著不說話，出門迎接正要回家的倩娘，兩個人一見到面以後，就突然合為一體，連衣服都重疊在一起。他們家認為這件事太過不可思議、太過邪門，因此一直保守祕密，沒有對外張揚，只有少數的親戚暗中知曉。

過了四十年後，王宙夫妻都去世了，兩個兒子都被推舉為孝廉，當官當到丞尉。

◈天授三年，清河張鎰因官家於衡州。性簡靜，寡知友。無子，有女二人，其長早亡，幼女倩娘，端妍絕倫。鎰外甥太原王宙，幼聰悟，美容範，鎰常器重，每曰：「他時當以倩娘妻之。」

後各長成，宙與倩娘，常私感想於寤寐，家人莫知其狀。後有賓寮之選者求之，鎰許焉。女聞而鬱抑，宙亦深恚恨，託以當調，請赴京。止之不可，遂厚遣之。

宙陰恨悲慟，決別上船。日暮，至山郭數里。夜方半，宙不寐，忽聞岸上有一人行聲甚速，須臾至船。問之，乃倩娘，徒行跣足而至。宙驚喜發狂，執手問其從來，泣曰：「君厚意如此，寢食相感，今將奪我此志，又知君深倩不易，思將殺身奉報，是以亡命來奔。」宙非意所望，欣躍特甚，遂匿倩娘於船，連夜遁去。倍道兼行，數月至蜀。

凡五年，生兩子。與鎰絕信，其妻常思父母，涕泣言曰：「吾曩日不能相負，棄大義而來奔君，向今五年，恩慈間阻。覆載之下，胡顏獨存也。」宙哀之曰：「將歸無苦。」遂俱歸衡州。

既至，宙獨身先至鎰家，首謝其事。鎰曰：「倩娘病在閨中數年，何其詭說也？」宙曰：「見在舟中。」鎰大驚，促使人驗之，果見倩娘在船中，顏色怡暢，訊使者曰：「大人安否？」家人異之，疾走報鎰。室中女聞，喜而起，粧更衣，笑而不語，出與相迎，翕然而合為一體，其衣裳皆重。其家以事不正，祕之，惟親戚間有潛知之者。

後四十年間，夫妻皆喪，二男並孝廉擢第，至丞尉。

關於〈離魂記〉

作者陳玄佑，生卒年均不詳。本篇見於《太平廣記》。元代鄭光祖的雜劇《迷青瑣倩女離魂》，即據此篇改編。明代湯顯祖有名的戲曲《牡丹亭》，唱詞中也用了倩女離魂的典故。

第二部　愛情

霍小玉傳

作者：蔣防

唐代宗大曆年間，隴西有一個書生叫做李益，二十歲的時候，參加科舉考試，登科及第考取進士。第二年，李益進京參加拔萃考試，等待由吏部主持的任官考試。他在盛夏的六月來到長安，暫時住在新昌里。李益出身望族，門第高貴，從小就有才氣，他的詞藻華麗常有佳句，當時的人稱讚他天下無雙，連前輩尊長們，也都對他推崇佩服。李益平時總自負風雅有才情，想要得到佳人陪伴，曾四處尋求名妓，但一直沒有找到合適的對象。

長安有個媒婆叫做鮑十一娘，以前曾是薛駙馬家的婢女，後來贖身嫁人，已經十幾年了。她很懂得逢迎奉承，也很會講話，不論富豪或是貴族人家，沒有她不去打聽消息的地方，說媒獻策、撮合婚姻，可說是首屈一指。鮑十一娘常受到李益誠懇地委託和豐厚的財物，心裡很感謝他。幾個月以後，有一天李益正閒居在屋舍的南亭，下午的時候，忽然聽到有人敲門敲得很急促，家僕通報說是鮑十一娘來了。李益趕緊提著衣服下襬出來迎接她，問說：「鮑大姊，今天是什麼原因突然來了？」鮑十一娘笑著說：「李公子最近有沒有作什麼好夢啊？我聽說有一個仙女，被貶謫到人間，不追求錢財寶物，只愛慕風雅瀟灑的人物。像這樣的美人，和你正好是天生一對啊。」李益聽了驚喜雀躍，整個人輕飄飄的，連忙拉著鮑十一娘的手，一邊鞠躬一邊道謝說：「我這輩子願意為妳做牛做馬，就算為妳死都甘願。」連忙詢問對方的姓名及住處，鮑十一娘詳細地說：「她是已故的霍王最小的女兒，字小玉，霍王很疼愛她。母親叫淨持，是霍王寵受的婢女。霍王過世的時候，眾兄弟認為小玉是低賤的婢女生的，沒有人要收留她們母女，於是分了一點財產給她們，讓她們去外面居住。母女倆人就改姓鄭氏，沒人知道她是霍王的女兒。她的姿態容貌非常漂亮，是我這輩子從沒見過的；她的情致高雅，神態飄逸，各方面都超過別人，就連音樂詩書，也沒有不精通的。昨天，她請我幫她找一個如意郎君，品格情調都要能跟她相匹配的。我就跟她說了你的名字，沒想到她也聽過李十郎你的名字，而且聽完非常高興。她家住在勝業坊的古寺巷裡，剛進巷子有個車門宅院就是了。我已經跟她約好時間，明天午時，你只要到巷子口找一個叫桂子的婢女就可以了。」

鮑十一娘離開後，李益就開始為明天的約會做準備，他派遣家僮秋鴻到堂兄京兆府參軍尚公那裡，借了一匹青黑色的駿馬，還有一副黃金馬籠頭。當天晚上，李益洗澡沐浴，換洗衣服，仔細修飾儀表容貌，心中又歡喜又期待，整夜都睡不著覺。等到天一亮，李益就戴上頭巾，對著鏡子反覆照看，只怕有什麼地方還不夠完美，然後就在房間裡來回踱步，等待約會時間到來。好不容易等到中午，立即命僕人備好馬匹，一路上縱馬奔馳，直到勝業坊才停下來。到了約定的地方，果然看見有一個婢女站著等候，她迎上來問說：「是李十郎嗎？」李益立即下馬，讓她牽進屋子裡，並急忙把門鎖上。只見鮑十一娘果然從房裡走出來，遠遠地就笑著說：「哪來的郎君冒失地闖進這裡？」李益隨口調笑，話還沒說完，就被帶進中門。庭院裡有四棵櫻桃樹，西北角懸掛著一個鸚鵡籠，那隻鸚鵡一看到李益走進來，馬上就說：「有人來了，趕快放下簾子。」李益的個性向來恬淡安靜，剛進門時心中正忐忑不安，突然聽到鸚鵡說話的聲音，更是嚇得不敢往前走，正在猶豫之間，鮑十一娘帶著淨持走下臺階來迎接他，邀請李益進屋，與他面對面坐下。淨持年紀大約四十歲，姿態婉約，談吐舉止相當動人。她告訴李益說：「向來聽說十郎既有才華又風雅，今天親眼看到你的儀表文雅俊秀，果然名不虛傳。我有一個女兒，雖然沒受多少教育，但容貌還不算太差，可以和你匹配，應該滿合適的。鮑十一娘已經多次來表達你的心意了，今天就讓她永遠服侍你。」李益連忙道謝說：「我既粗鄙又笨拙平庸，沒想到能得到您的看重，倘若承蒙您的接納，就是我一生最大的榮幸。」於是淨持命人準備酒宴，隨即讓霍小玉從聽堂東邊的小屋裡出來。李益立即起身拜見迎接，只覺得整個室內有如充滿瓊林玉樹一樣，光彩照耀，小玉的眼神轉動，彷彿光芒射人。小玉坐到了母親身旁，淨持跟她說：「妳平常喜歡吟詠的『開簾風動竹，疑是故人來』，就是這位李十郎所寫的詩。妳整天吟誦思念，怎麼比得上當面一見呢？」小玉於是低著頭微笑，輕聲說：「見面不如聞名，才子怎麼沒有俊美的相貌呢？」李益連忙起來下拜說：「小姐喜愛的是才情，我看重的是美色，雙方的喜好相互映照，正是郎才女貌。」母女兩人相視而笑，便舉起酒杯敬了幾杯酒。李益起身，請求小玉唱首歌，小玉剛開始不願意，母親也再三要求她獻唱，小玉才勉為其難答應。小玉輕啟朱唇，聲音清越嘹亮，曲調旋律精彩美妙。酒宴結束後，已經是晚上，鮑十一娘帶李益到西院休息。庭院清閑，屋子深邃，簾帳帷幕看起來頗為華麗。鮑十一娘讓婢女桂子、浣沙幫李益脫去靴子、寬衣解帶。不久，小玉來了，言談溫柔和順，語氣婉約動人。當她解下身上的羅衣時，體態更是美麗。兩人放下幃帳，同枕共衾，極為恩愛，李益心想，就算宋玉所說的巫山神女、曹植遇到的洛水女神也比不過小玉吧。

半夜，小玉突然流著眼淚看著李益，說：「我出身娼妓人家，自己知道配不上你，如今因為姿色才受到你的憐愛，得以託身給仁厚賢能的君子。只是擔心有一天年老色衰，你的恩寵可能就會轉移衰退，使我像女蘿一樣沒有大樹可以依靠，像秋天的扇子一樣遭到拋棄。所以才會在歡樂到極點的時候，忍不住悲傷湧上心頭。」李益聽了她的話，不由得感嘆與憐惜，於是把手臂伸過去讓她當枕頭，慢慢地對小玉說：「我平生最大的願望，已經在今天實現。未來就算是粉骨碎身，我發誓絕對不會把妳拋棄。妳為什麼說出這樣的話？請拿出白色的絹布，我願意寫下盟約。」小玉於是慢慢止住眼淚，叫婢女櫻桃揭開帷帳，拿著蠟燭，把筆硯給李益。原來霍小玉平常在吹奏管絃的空暇時間，喜歡吟詩讀書，屋內的箱子放著筆硯，都是霍王家的舊物。小玉從一個錦繡的袋囊中，取出越地女子所織的三尺白絹交給李益。李益向來就很有才思，提起筆立刻就寫成文章，引用山河為喻，立下山盟海誓，指著天上的日月，證明自己一片誠心，一字一句都極為懇切，讓人聽了以後覺得非常感動。寫完之後，李益讓小玉收進珍寶盒裡。從此，兩人纏綿恩愛，有如翡翠鳥在天空上比翼雙飛。就這樣過了兩年，兩人形影不離，日夜相隨。

後一年的春天，李益因書判成績出眾，通過科舉考試，被授任為鄭縣主簿。到了四月，即將前去上任，順便回東都洛陽探親報喜。長安的親戚朋友都舉辦酒宴來替他餞行。當時春天的景物還沒完全消逝，夏天的景致剛展現秀麗的色彩，酒宴結束賓客離去後，離別之情在胸中縈繞。霍小玉對李益說：「以你的才華和名聲，想必得到很多人的仰慕，甚至願意和你結婚的，一定也很多。何況你堂上有嚴厲的雙親，家裡還沒有正室妻子，你這次回家，一定會被安排婚事，締結美滿的姻緣，過去那些盟約上的誓言，只是空談罷了。然而我有個小小的心願，想要直接跟你說明，希望能夠永遠放在你的心裡，不知道你能聽一聽嗎？」李益大驚說：「我做錯了什麼，犯了什麼罪過，為什麼突然說出這樣的話？妳想說什麼就儘管說，我一定會謹記在心。」小玉說：「我的年齡剛滿十八歲，你也才二十二歲，到你三十而立、成家立業的時候，還有八年的時間。我希望把一生的歡樂愛戀，都在這段時間享用完，然後你再去挑選名門世家的女子，結成秦晉之好，那時也還不算太晚。到時候我願意捨棄人間的事物，剪去長髮，披上僧衣，出家為尼。畢生的願望，至此也就滿足了。」李益又慚愧又感動，忍不住流下眼淚，於是告訴小玉說：「我已向天上的太陽發誓，不論生死都會信守承諾。與妳白頭偕老，只怕還不能滿足平生的願望，哪裡還敢三心二意？請妳務必不要再有所懷疑，只要安心在家等待。到了八月，我一定會再回到華州，並立即派人來接妳，相見的日子不會太遙遠的。」過了幾天，李益就和霍小玉辭別，往東去上任了。

到任十日以後，李益就請假回東都洛陽探親。還沒回到家，母親已經替他與表妹盧氏商議婚事，連婚約都已經定好了。母親向來嚴厲剛毅，李益猶豫遲疑，不敢推辭拒絕，只能去行禮答謝，並約好在近期內成婚。盧家也算是名門大族，嫁女兒到他家，要求百萬的聘禮，如果達不到這個金額，就無法舉辦婚禮。李益家不怎麼有錢，準備婚事必須向親友借貸，於是找理由向朝廷請假，到遠地投奔親戚朋友，一路上渡過長江、淮河，從秋天一直忙到夏天。李益自己知道違背了對小玉的盟約，又耽誤了約定回去找她的日期，索性完全不跟她聯絡，想要斷絕小玉的希望。他甚至想辦法囑託遠方的親友，不要洩漏任何的消息。

霍小玉自從李益逾期未歸，幾次打探李益的音信，得到的卻都只是一些虛假不實的傳聞，每天聽到的消息都不一樣。小玉到處求神問卜，訪詢巫師，心中又是擔憂又是怨恨，一年多的時間下來，憔悴消瘦，獨臥在空閨裡，終於染上重病。雖然完全沒有李益的音訊，但小玉的思念盼望始終不變。她派人四處送禮，想要籠絡、買通李益的親戚朋友，希望能得到一點消息，由於探求急切，家裡的錢財一下就花光了，只好把箱裡珍藏的衣服、飾品讓婢女偷偷拿去變賣，這些東西大多請託西市侯景先家的寄賣店鋪替她販售。有一次小玉讓婢女浣沙拿了一支紫玉釵，到侯景先家販賣，路上遇到一個皇宮工坊的老玉工，他看到浣沙手上拿的玉釵，走上前來辨認，說：「這支玉釵是我製作的。當年霍王的小女兒，準備要梳髮及笄的時候，讓我打造了這支玉釵，還酬謝我一萬文錢，所以我一直記得。妳是什麼人？從哪裡得到這支玉釵的？」浣沙說：「我家小姐就是霍王的小女兒，因為家道衰敗，又淪落失身於人。她的夫婿前陣子到東都去，至今完全沒有消息。小姐憂鬱成疾，到現在已經快二年了。她讓我賣了這支玉釵，好去給人送禮，拜託他們幫忙打探消息。」老玉工聽完忍不住感傷落淚，說：「顯貴人家的子女，落魄失意，命運乖違，竟然到了這種地步。我雖老邁，殘年將盡，但是看到這樣的盛衰變化，還是忍不住覺得傷感。」於是帶著浣沙到延光公主的府第，詳細敘述了這件事。公主也為此悲嘆了很久，送給她十二萬錢。

那時候李益所定親的盧氏女也在長安，李益籌到聘娶的費用以後，回到鄭縣。這年臘月，他又請假到長安城和盧氏成親，祕密地尋找一個幽靜的住所，不讓別人知道。有個考取明經科的人叫做崔允明，是李益的表弟，個性恭謹寬厚。前幾年常與李益一起到霍小玉家歡聚，一起吃吃喝喝、談天說笑，交情親密深厚，所以只要一得到李益的音信，一定會誠實地告訴小玉。小玉也常送他生活用品或衣服，並資助他生活費，崔允明很感激她。當李益到了長安城以後，崔允明就把他的行蹤如實告知小玉，小玉怨恨地嘆息說：「天下間竟然有這樣的事啊！」她拜託所有的親朋好友，想盡各種方法希望把李益找來。李益自知辜負兩人的盟誓，也沒有依約定的日期回去見小玉，又得知小玉病情沉重，覺得羞恥慚愧，索性把心一橫，狠心割斷往日的情誼，始終不願前去探望小玉。他每天早出晚歸，想要藉此躲避小玉。小玉日夜哭泣，吃也吃不下，睡也睡不著，只希望能再見李益一面，卻完全沒有辦法。她的委屈和悲憤越來越深，身體卻越來越差，只能臥病在床，無法起身。這時候，長安城裡漸漸有人知道這件事，風流人士為小玉的多情而感動；豪傑俠客都對李益的薄情寡義感到憤怒。

時節到了春天三月，人們大多趁著春天風光明媚出遊，李益也和五、六個同輩友人一起到崇敬寺欣賞牡丹花，一群人漫步在西廊，輪流吟誦詩句。京兆的韋夏卿是李益的好朋友，此時也一起同行出遊，他對李益說：「春天的風光實在美麗，草木欣欣向榮地生長。可憐的鄭家姑娘，卻只能含冤獨守空閨，你竟然會狠心把她給拋棄，實在是殘忍的人。大丈夫的心胸，不應該這樣，你實在該為她想一想。」就在他一邊嘆息一邊責備李益的時候，忽然有一個豪士，穿著黃色的麻布衫，手裡挾著彈弓，神采風度相當俊美，身上的衣服輕便而華麗，只有一個剪成短髮的小胡僮跟在後面，他暗中跟著他們，並且偷聽他們的對話。突然間，那人走上前向李益拱手行禮，說：「您莫非是李十郎嗎？我的家族本來在山東，和外戚結為姻親，所以住進長安城。我雖然沒什麼文才，心裡卻一直喜歡賢能的人，向來仰慕您的名聲與才華，常希望能見您一面，今日有幸與您相會，得以一睹您的風采。我的住所離這裡不遠，也有歌伎樂班，足以娛悅性情；還有舞姬八、九位，駿馬十幾匹，都可以任您高興玩樂，只希望您能賞光到我家作客。」李益的友人們聽到這些話，讚嘆羨慕不已，都催促慫恿他去。於是李益與這個豪士騎馬同行，很快地繞過幾個街坊，就快抵達勝業坊。李益發現快到霍小玉的住處附近，心裡不願經過那裡，就推託臨時有事，想要勒馬轉頭回去。豪士說：「我家就近在咫尺，您真的忍心在這裡丟下我不去嗎？」於是拉住李益的馬，牽著繼續往前走，就在拉拉扯扯的時候，已經來到小玉家的巷子口。李益神情恍惚，鞭打著馬就要回頭。豪士急忙命令幾個奴僕架住李益，押著他進巷子，快步把他推進霍小玉家大門，並讓人都把門鎖上，大聲通報說：「李十郎到了！」霍小玉全家人又驚又喜，喧鬧的聲音連外面都聽的到。

在這天的前一晚，霍小玉夢見一個穿著黃色衣衫的男子抱著李益過來，到了坐席前面，讓小玉替李益脫鞋。小玉突然驚醒，把夢中的情景告訴母親，然後自己解夢說：「鞋是和諧的意思，象徵我們夫婦將再度會合；脫是指脫離、解脫，表示會面之後又將分離，我也將會永遠解脫。從這個徵兆來看，表示我們一定會見面，但見完面之後，我就要死了。」到了清晨，小玉請求母親替她梳妝打扮。母親認為她是因為久病在床，神智錯亂，不相信她說的話。在小玉竭力掙扎、不斷堅持之下，母親才勉為其難地為她梳妝。沒想到才梳妝打扮完，李益就真的來了。小玉病重臥床的時日已久，連翻身都要有人幫忙，突然聽見李益來了，忽然就自己起身下床，換好衣服走出房間，彷彿有神明相助。小玉與李益見面，飽含怒氣的眼睛凝視著李益，卻不再說什麼話。她虛弱嬌柔的身體，好像隨時支撐不住，有時用衣袖掩著臉，有時又轉頭看李益。看到這樣的情景，令人觸景傷情，在場的人都不勝感傷嘆息。不久，有幾十盤酒菜從外面送了進來，在座的人都相當驚訝，連忙詢問原因，原來全都是那個豪士派人送來的。於是大家擺好酒宴，小玉和李益就坐了下來。小玉側著身體，斜著眼看了李益許久，隨即舉起杯子以酒祭地，說：「我是一個女子，卻如此薄命；你是個大丈夫，卻如此負心。可憐我還年輕貌美，卻要含恨而終。慈母還在堂上，我卻不能供養她。那些絲綢羅衣、絃管樂器，從此將永遠放下。我帶著悲痛走向黃泉路，都是你造成的。李益啊李益，今天就要和你永別了，我死了以後，一定會化成厲鬼，讓你和你的妻妾們，終日不得安寧。」小玉說完伸出左手握住李益的手臂，把酒杯擲在地上，大哭大叫了好幾聲以後，就氣絕身亡。母親抱著小玉的屍體放在李益懷裡，要他呼喚小玉，只是小玉再也無法甦醒了。

小玉死後，李益為她穿上白色的喪服，從早到晚悲傷哭泣。到了要下葬那天，李益突然看見小玉出現在靈帳之中，容貌依然美麗，好像還活著一樣。她穿著朱紅色的裙子，紫色的罩袍，披著紅綠的披肩，身體斜倚著靈帳，手裡握著繡帶，看著李益說：「蒙你替我送別，真是慚愧，可見你對我還有點情意，我在幽冥的九泉之下，怎麼能夠不感嘆呢？」說完以後，就不見了。第二天，霍小玉被安葬在長安城南的御宿原。李益到了墓地，哀傷痛哭了一場才回家。

一個多月後，李益和盧氏成婚，睹物傷情，一直悶悶不樂。到了夏季五月，李益和盧氏一起回到鄭縣。過了十天，李益正與盧氏要睡覺的時候，忽然聽見帳子外面有人說話的聲音，李益吃了一驚，看到有一個男子，年紀大約二十多歲，身形姿態溫柔俊美，躲藏在帳幕外，連連向盧氏招手。李益倉惶地跳下床，急忙地繞著帳子好幾圈，但那個身影卻忽然不見了。李益從此對妻子產生懷疑和憎惡，心中充滿猜忌，夫妻之間因為嫌隙而生厭。後來在一些親戚委婉相勸之下，李益的猜忌之心才稍微化解。後來又過了十天，李益又從外面回到家裡，盧氏正在床邊彈琴，忽然看到一個犀牛角製成的斑紋花盒子從門口拋了進來，正好掉在盧氏的懷裡，那個盒子方圓一寸多，中間還用絲絹打了一個象徵愛情堅貞的同心結。李益把盒子打開來看，看到兩顆象徵相思的紅豆，一隻表示祈求的叩頭蟲，還有一些發殺觜、驢駒媚這類男女合歡的春藥。李益當下立即憤怒發狂，不斷大吼大叫，聲音有如豺狼虎豹似的，抓起琴來就暴打盧氏，逼著她說出實情，只是盧氏怎麼解釋也無法證明自己的清白。此後，李益動不動就粗暴地鞭打妻子，對她百般虐待，最後竟告到官府裡，把她給休掉了。

盧氏被趕出家門後，李益只要和侍妾婢女偶爾同寢，之後就會開始對她們猜疑妒忌，有侍妾甚至因此遭到李益殺害的。李益曾經遊歷廣陵，得到一位叫做營十一娘的名姬，容貌體態非常豐滿嫵媚，李益十分喜歡她。每當兩人相對閒坐的時侯，李益就對營十一娘說：「我曾經在某個地方得到某個女人為妾，因為違犯了某個過錯，我用某種方法殺了她。」天天都說這些話，想讓她害怕自己，不敢背叛自己。每次李益出門的時候，就用澡盆把營十一娘蓋在床上，並在周圍貼上封條，回家後一定要仔細檢查，然後才打開澡盆放出十一娘。李益又收藏了一把短劍，非常鋒利，他常常看著侍婢們說：「這把劍是用信州葛溪出產的鋼鐵製成的，專門用來砍殺有罪者的人頭！」凡是李益接觸過的女人，他總是會加以猜忌懷疑，以至於接連娶過三任妻子，都和當初盧氏的結局一樣。

◈大曆中，隴西李生名益，年二十，以進士擢第。其明年，拔萃，俟試於天官。夏六月，至長安，舍於新昌里。生門族清華，少有才思，麗詞嘉句，時謂無雙，先達丈人，翕然推伏。每自矜風調，思得佳偶，博求名妓，久而未諧。

長安有媒鮑十一娘者，故薛駙馬家青衣也，折券從良，十餘年矣。性便僻，巧言語，豪家戚里，無不經過，追風挾策，推為渠帥。常受生誠託厚賂，意頗德之。經數月，李方閒居舍之南亭，申未間，忽聞扣門甚急，云是鮑十一娘至。攝衣從之，迎問曰：「鮑卿，今日何故忽然而來？」鮑笑曰：「蘇姑子作好夢也未。有一仙人，謫在下界，不邀財貨，但慕風流。如此色目，共十郎相當矣。」生聞之驚躍，神飛體輕，引鮑手且拜且謝曰：「一生作奴，死亦不憚。」因問其名居，鮑具說曰：「故霍王小女字小玉，王甚愛之。母曰淨持，淨持即王之寵婢也。王之初薨，諸弟兄以其出自賤庶，不甚收錄，因分與資財，遣居於外。易姓為鄭氏，人亦不知其王女。姿質穠艷，一生未見；高情逸態，事事過人，音樂詩書，無不通解。昨遣某求一好兒郎，格調相稱者。某具說十郎，他亦知有李十郎名字，非常歡愜。住在勝業坊古寺曲，甫上車門宅是也。已與他作期約，明日午時，但至曲頭覓桂子，即得矣。」

鮑既去，生便備行計。遂令家僮秋鴻，於從兄京兆參軍尚公處，假青驪駒，黃金勒。其夕，生澣衣沐浴，修飾容儀，喜躍交并，通夕不寐。遲明，巾幘，引鏡自照，惟懼不諧也，徘徊之間。至於亭午，遂命駕疾驅，直抵勝業。至約之所，果見青衣立候，迎問曰：「莫是李十郎否？」即下馬，令牽入屋底，急急鎖門。見鮑果從內出來，遙笑曰：

「何等兒郎造次入此？」生調誚未畢，引入中門。庭間有四櫻桃樹，西北懸一鸚鵡籠，見生入來，即語曰：「有人入來，急下簾者。」生本性雅淡，心猶疑懼，忽見鳥語，愕然不敢進，逡巡，鮑引淨持下堦相迎，延入對坐。年可四十餘，綽約多姿，談笑甚媚。因謂生曰：「素聞十郎才調風流，今又見容儀雅秀，名下固無虛士。某有一女子，雖拙教訓，顏色不至醜陋，得配君子，頗為相宜。頻見鮑十一娘說意旨，今亦便令永奉箕箒。」生謝曰：「鄙拙庸愚，不意顧盼，倘垂採錄，生死為榮。」遂命酒饌，即令小玉自堂東閤子中而出。生即拜迎，但覺一室之中，若瓊林玉樹，互相照曜，轉盼精彩射人。既而遂坐母側，母謂曰：「汝嘗愛念『開簾風動竹，疑是故人來。』即此十郎詩也。爾終日吟想，何如一見？」玉乃低鬟微笑，細語曰：「見面不如聞名，才子豈能無貌？」生遂連起拜曰：「小娘子愛才，鄙夫重色，兩好相映，才貌相兼。」母女相顧而笑，遂舉酒數巡。生起，請玉唱歌，初不肯，母固強之。發聲清亮，曲度精奇。酒闌及暝，鮑引生就西院憩息。閒庭邃宇，簾幕甚華。鮑令侍兒桂子、浣沙，與生脫靴解帶。須臾玉至，言叙溫和，辭氣宛媚。解羅衣之際，態有餘妍。低幃暱枕，極其歡愛，生自以為巫山洛浦不過也。

中宵之夜，玉忽流涕觀生曰：「妾本倡家，自知非匹，今以色愛，托其仁賢。但慮一旦色衰，恩移情替，使女蘿無托，秋扇見捐。極歡之際，不覺悲至。」生聞之，不勝感歎，乃引臂替枕，徐謂玉曰：「平生志願，今日獲從。粉骨碎身，誓不相捨。夫人何發此言？請以素縑，著之盟約。」玉因收淚，命侍兒櫻桃，褰幄執燭，授生筆研。玉管絃之暇，雅好詩書，筐箱筆研，皆王家之舊物。遂取繡囊，出越姬烏絲欄素縑三尺以授生。生素多才思，援筆成章，引諭山河，指誠日月，句句懇切，聞之動人。染畢，命藏於寶篋之內。自爾婉孌相得，若翡翠之在雲路也。如此二歲，日夜相從。

其後年春，生以書判拔萃登科，授鄭縣主簿。至四月，將之官，便拜慶於東洛。長安親戚，多就筵餞。時春物尚餘，夏景初麗，酒闌賓散，離思縈懷。玉謂生曰：「以君才地名聲，人多景慕，願結婚媾，固亦眾矣。況堂有嚴親，室無冢婦，君之此去，必就佳姻，盟約之言，徒虛語耳。然妾有短願，欲輒指陳，永委君心，復能聽否？」生驚怪曰：「有何罪過，忽發此辭？試說所言，必當敬奉。」玉曰：「妾年始十八，君纔二十有二。迨君壯室之秋，猶有八歲。一生歡愛，願畢此期，然後妙選高門，以諧秦晉，亦未為晚。妾便捨棄人事，剪髮披緇。夙昔之願，於此足矣。」生且媿且感，不覺涕流，因謂玉曰：「皎日之誓，死生以之。與卿偕老，猶恐未愜素志，豈敢輒有二三。固請不疑，但端居相待。至八月，必當却到華州，尋使奉迎，相見非遠。」更數日，生遂訣別東去。

到任旬日，求假往東都覲親。未至家日，太夫人已與商量表妹盧氏，言約已定。太夫人素嚴毅，生逡巡不敢辭讓，遂就禮謝，便有近期。盧亦甲族也，嫁女於他門，聘財必以百萬為約，不滿此數，義在不行。生家素貧，事須求貸，便托假故，遠投親知，涉歷江淮，自秋及夏。生自以孤負盟約，大愆回期，寂不知聞，欲斷其望。遙託親故，不遺漏言。

玉自生逾期，數訪音信，虛詞詭說，日日不同。博求師巫，遍詢卜筮，懷憂抱恨，周歲有餘，羸臥空閨，遂成沈疾。雖生之書題竟絕，而玉之想望不移。賂遺親知，使通消息，尋求既切，資用屢空，往往私令侍婢潛賣篋中服玩之物，多託於西市寄附鋪侯景先家貨賣。曾令侍婢浣沙，將紫玉釵一隻，詣景先家貨之，路逢內作老玉工，見浣沙所執，前來認之曰：「此釵吾所作也。昔歲霍王小女，將欲上鬟，令我作此，酧我萬錢，我嘗不忘。汝是何人？從何而得？」浣沙曰：「我小娘子即霍王女也。家事破散，失身於人。夫壻昨向東都，更無消息。悒怏成疾，今欲二年。令我賣此，賂遺於人，使求音信。」玉工悽然下泣曰：「貴人男女，失機落節，一至於此。我殘年向盡，見此盛衰，不勝傷感。」遂引至延先公主宅，具言前事。公主亦為之悲歎良久，給錢十二萬焉。

時生所定盧氏女在長安，生既畢於聘財，還歸鄭縣。其年臘月，又請假入城就親，潛卜靜居，不令人知。有明經崔允明者，生之中表弟也，性甚長厚。昔歲常與生同歡於鄭氏之室，盃盤笑語，曾不相間，每得生信，必誠告於玉。玉常以薪蒭衣服，資給於崔，崔頗感之。生既至，崔具以誠告玉，玉恨歎曰：「天下豈有是事乎。」遍請親朋，多方召致。生自以愆期負約，又知玉疾候沈綿，慙恥忍割，終不肯往。晨出暮歸，欲以廻避。玉日夜涕泣，都忘寢食，期一相見，竟無因由。冤憤益深，委頓牀枕。自是長安中稍有知者，風流之士，共感玉之多情；豪俠之倫，皆怒生之薄行。

時已三月，人多春遊，生與同輩五六人詣崇敬寺翫牡丹花，步於西廊，遞吟詩句。有京兆韋夏卿者，生之密友，時亦同行，謂生曰：「風光甚麗，草木榮華。傷哉鄭卿，銜冤空室，足下終能棄置，寔是忍人。丈夫之心，不宜如此，足下宜為思之。」歎讓之際，忽有一豪士，衣輕黃紵衫，挾弓彈，丰神雋美，衣服輕華，唯有一剪頭胡雛從後，潛行而聽之。俄而前揖生曰：「公非李十郎者乎？某族本山東，姻連外戚，雖乏文藻，心嘗樂賢，仰公聲華，常思覯止，今日幸會，得覯清揚。某之敝居，去此不遠，亦有聲樂，足以娛情；妖姬八九人，駿馬十數匹，唯公所欲，但願一過。」生之儕輩，共聆斯語，更相歎美。因與豪士策馬同行，疾轉數坊，遂至勝業。生以近鄭之所止，意不欲過，便託事故，欲回馬首。豪士曰：「敝居咫尺，忍相棄乎？」乃輓挾其馬，牽引而行，遷延之間，已及鄭曲。生神情恍惚，鞭馬欲回。豪士遽命奴僕數人，抱持而進，疾走推入車門，便令鎖却，報云：「李十郎至也。」一家驚喜，聲聞於外。

先此一夕，玉夢黃衫丈夫抱生來，至席，使玉脫鞋。驚寤而告母，因自解曰：「鞋者諧也，夫婦再合。脫者解也，既合而解，亦當永訣。由此徵之，必遂相見，相見之後，當死矣。」凌晨，請母粧梳。母以其久病，心意惑亂，不甚信之。僶勉之間，強為粧梳。粧梳纔畢，而生果至。玉沈綿日久，轉側須人，忽聞生來，欻然自起，更衣而出，恍若有神。遂與生相見，含怒凝視，不復有言。羸質嬌姿，如不勝致，時復掩袂，返顧李生。感物傷人，坐皆欷歔。頃之，有酒餚數十盤，自外而來，一座驚視，遽問其故，悉是豪士之所致也。因遂陳設，相就而坐。玉乃側身轉面，斜視生良久，遂舉杯酒酹地曰：「我為女子，薄命如斯；君是丈夫，負心若此。韶顏稚齒，飲恨而終。慈母在堂，不能供養。綺羅絃管，從此永休。徵痛黃泉，皆君所致。李君李君，今當永訣，我死之後，必為厲鬼，使君妻妾，終日不安。」乃引左手握生臂，擲盃於地，長慟號哭數聲而絕。母乃舉尸寘於生懷，令喚之，遂不復蘇矣。

生為之縞素，旦夕哭泣甚哀。將葬之夕，生忽見玉繐帷之中，容貌妍麗，宛若平生。

着石榴裙，紫褴襠，紅綠帔子，斜身倚帷，手引繡帶，顧謂生曰：「媿君相送，尚有餘情，幽冥之中，能不感歎。」言畢，遂不復見。明日，葬於長安御宿原。生至墓所，盡哀而返。

後月餘，就禮於盧氏，傷情感物，鬱鬱不樂。夏五月，與盧氏偕行，歸於鄭縣。至縣旬日，生方與盧氏寢，忽帳外叱叱作聲，生驚視之，則見一男子，年可二十餘，姿狀溫美，藏身暎幔，連招盧氏。生惶遽走起，遶幔數匝，倏然不見。生自此心懷疑惡，猜忌萬端，夫妻之間，無聊生矣。或有親情，曲相勸喻，生意稍解。後旬日，生復自外歸。盧氏方鼓琹於牀，忽見自門拋一斑屏鈿花合子，方圓一寸餘，中有輕絹，作同心結，墜於盧氏懷中。生開而視之，見相思子二，叩頭蟲一，發殺觜一，驢駒媚少許。生當時憤怒叫吼，聲如豺虎，引琴撞擊其妻，詰令實告，盧氏亦終不自明。爾後往往暴加捶楚，備諸毒虐，竟訟於公庭而遣之。

盧氏既出，生或侍婢媵妾之屬，蹔同枕席，便加妒忌，或有因而殺之者。生嘗遊廣陵，得名姬曰營十一娘者，容態潤媚，生甚悅之。每相對坐，嘗謂營曰：「我嘗於某處得某姬，犯某事，我以某法殺之。」日日陳說，欲令懼己，以肅清閨門。出則以浴斛覆營於牀，週廻封署，歸必詳視，然後乃開。又畜一短劍，甚利，顧謂侍婢曰：「此信州葛溪鐵，唯斷作罪過頭。」大凡生所見婦人，輒加猜忌，至於三娶，率皆如初焉。

關於〈霍小玉傳〉

作者為蔣防，生卒年不詳。本篇見於《太平廣記》。明代戲劇家湯顯祖的《紫釵記》即根據本篇改編，但是結局變成兩人得黃衫俠客相助團圓相守。

李娃傳

作者：白行簡

汧國夫人李娃原本是長安的妓女，節操和品行高貴奇特，值得人們的稱讚，所以監察御史白行簡為她作了傳記。

唐玄宗天寶年間，有位常州刺史叫做滎陽公，這裡略去他的姓名，不寫出來。他在當時很有名望，家境相當優渥富裕，五十歲那年，他兒子剛滿二十歲時，俊秀聰明又有文才，頗為與眾不同，深受同輩推崇佩服。滎陽公很喜歡也很器重他，常說：「這是我們家的千里馬啊！」這位公子參加鄉試秀才的科舉考試，出發前，滎陽公替他準備衣服、飾品及車馬，還計算好在京城的日常生活費用，並對他說：「我看以你的才華，應該會一舉考中，金榜題名。我現在替你準備了兩年所需的費用，並且多給了你一些，讓你能夠達成你的志願。」公子也相當有自信，覺得考取功名就像彈一下手指那樣容易。他從毗陵出發，一個多月後抵達長安，住在布政里。

有一次他去東市逛街，回來時從平康坊的東門進去，打算到京城西南去拜訪朋友。到了嗚珂曲的煙花巷時，看見有一座住宅，門庭不算太寬廣，但房子很整齊幽深，大門關了一半。有個年輕女子正靠著一個梳著雙環形髮髻的侍女站在那裡，姿態嫵媚美麗，當代找不到第二個。公子無意間看見女子後，不由自主地停下馬，徘徊了許久捨不得離去，於是假裝不小心把馬鞭子掉到地上，等著跟在後面的僕人到來，讓僕人幫他撿起來。公子多次偷看那個女子，女子也轉過頭來凝望著他，看起來好像對他也有好感，只是公子不敢貿然上前搭訕，只好默默離開。公子從此心裡彷彿若有所失似的，於是偷偷地向熟悉長安的朋友打聽，朋友說：「那是妓女李氏的住宅。」公子又問：「這個女子是可以追求的嗎？」朋友回答說：「李家算是滿富裕的，從前與她往來的，大多是貴戚和富豪，她得到的錢財很多，如果沒有花費個上百萬，恐怕不能打動她的心。」公子說：「我只擔心事情無法成功，就算花掉百萬，有什麼好捨不得的？」

過幾天，公子便穿上乾淨整齊的衣服，帶著一大群侍從前去，他上前敲門，沒多久，有一個侍女出來開門。公子說：「請問這是誰家的府第啊？」侍女沒有回答，一邊往回跑一邊喊著：「前陣子掉馬鞭的那位公子來了！」李娃很高興，說：「妳請他暫時稍等，我要打扮一下，換好衣服再出去。」公子聽到以後，心裡暗暗歡喜。公子被侍女帶到內牆前等侯，看見一位頭髮花白駝著背的老婆婆，這就是李娃的母親。公子向前跪下拜見說：

「聽說這裡有空房要出租，不知道是不是真的？」老婆婆說：「只怕那間房子太過簡陋，低下狹窄，不足以委屈貴客居住，哪裡敢說什麼出租呢？」說著邀請公子到客廳，客廳的擺設裝飾很華麗。老婆婆和公子一起坐下，告訴他說：「我有個小女兒，雖然技藝還不純熟，但喜歡見客人，希望能讓她出來見見你。」於是她就叫李娃出來。李娃眼睛明亮有神，手腕潔淨白皙，走起路來體態嬌豔美麗，公子驚訝得立刻站了起來，不敢抬頭正眼看她。兩人相互拜見之後，寒暄了幾句話，只覺得李娃的一舉一動，一顰一笑都嫵媚動人，是以前從來沒見過的。幾個人重新坐下後，李娃就替他煮茶、倒酒，所用的器皿都相當乾淨。

過了很久，天漸漸黑了，報更的鼓聲響起。老婆婆問他住處是遠是近，公子騙她說：「我住在延平門外好幾里的地方。」心裡希望因為路途遙遠而被留下來過夜。老婆婆說：「更鼓已經敲過了，公子應該要趕快回去了，不要觸犯了宵禁的法令。」公子說：「今天有幸能接受你們的招待，歡樂地談笑，竟不知道天色已經很晚了。只是我的歸途遙遠，城裡又沒有親戚，要怎麼辦呢？」李娃說：「公子不嫌棄這裡狹小簡陋，將來還打算來這裡租房子居住，今天先讓他住一晚又有什麼關係呢？」公子幾次用哀求的眼神看著老婆婆，老婆婆說：「好吧！好吧！」公子就叫僮僕拿出兩匹絹布，請求用這些充當一頓晚餐的費用。李娃笑著阻止說：「這樣不合賓主間的禮節，今晚費用由我們窮苦人家來出吧，請你一起隨便吃點粗茶淡飯，其他的就等以後再說吧！」李娃堅決推辭，始終不肯答應把絹布收下。過了一會兒，他們改坐到西邊的廳房，房內帷幕床帳，都十分光彩豔麗；梳妝的鏡臺、枕頭被子，也都相當豪華漂亮。李娃點起蠟燭，女侍送上飯菜，菜餚的種類和味道都是上等的。吃完飯後，老婆婆先起身離開了，公子與李娃的談話才親暱起來，幽默風趣，互相逗笑，無所不談。公子說：「前幾天偶然經過妳家門口，正好看到妳站在門邊。從此以後我心中常常想著妳，即使睡覺和吃飯的時候，也沒有片刻忘記。」李娃回答說：「我的心裡也是這樣。」公子說：「今天我來這裡，並非只是想租房子，而是希望實現這輩子最大的願望，只是不知道我的夢想是否能成真呢？」話還沒說完，老婆婆回來了，問他們在說什麼，公子就把自己的心事全告訴她。老婆婆笑著說：「男女之間，企求相親相愛的欲望是自然的，感情如果相契合，即使是父母的命令，也阻擋不了。我這女兒實在太醜陋，怎麼能夠服侍公子呢？」公子於是走下臺階，向老婆婆拜謝說：「如蒙答應，我甘願做奴僕來報答。」老婆婆於是把公子當成女婿來看，他們又盡興暢飲了一陣子才散去。

第二天天亮，公子把自己的行李物品全部搬來，就直接住進了李家。從此公子隱匿形跡，不再跟其他親友來往，每天跟娼妓、伶優聚在一起吃喝玩樂，他把行囊裡的錢都花完了，於是開始變賣車輛、駿馬和家僮。過了一年多，錢財、僕人和馬匹都沒有了。慢慢地，老太太對他的態度愈來愈冷淡，而李娃對他的情意卻愈來愈深厚。有一天，李娃對公子說：「我和你恩愛一年了，卻一直沒有懷孕，常聽人家說竹林神有求必應，我想要獻上酒食供品，向神明祈求，可以嗎？」公子不知這是她們的計謀，還非常高興。他便拿衣服到當鋪典當，準備了牛豬羊三牲和祭酒，跟李娃一起到竹林的廟裡向神明祈禱，連住了二晚才回去。公子騎著驢跟在李娃的車子後面，到了宣陽里的北門，李娃對公子說：「從這裡向東轉，有個小巷子，我姨母家就在那裡，我打算到那裡稍稍休息一下，順便拜見她，可以嗎？」公子答應了。他們往前走了不到百步，果然看見一個可以通車馬的院門。公子向裡面張望了一下，看見院子很寬敞。李娃的婢女在車子後面叫住他說：「到了。」公子下了驢，剛好有一人出來，問說：「你們是誰啊？」公子回答說：「是李娃。」那人就進去稟報。不一會，有一個婦人出來了，年紀大約四十多歲，她看到公子就問說：「我外甥女來了嗎？」李娃下車，那女人迎上來說：「怎麼很久沒有來看我呢？」兩人對望而笑。李娃介紹公子拜見她，然後就一起進入西門的偏院裡。院子裡有山亭，竹林樹木長得青翠茂盛，池塘小屋幽靜。公子對李娃說：「這是姨母的私人住宅嗎？」李娃只是笑笑沒有回答，用別的話語搪塞過去。不久，有人獻上茶與水果，也都是稀有的珍品。大約過了一頓飯的時間，忽然有一個人騎著一匹快馬，滿身大汗地奔馳而來，說：「老太太突然患了急病，病情嚴重，幾乎連人都認不得了，請趕快回去。」李娃對姨母說：「我心亂不已，先騎馬趕回去，然後再叫人騎馬回來，妳再跟郎君一起來吧。」公子本來打算跟李娃一起走，姨母和侍女私下說了幾句話，就揮手叫公子先等在門外，說：「老太太就要死了，你應該和我商量一下如何辦理喪事，好處理這個緊急情況，怎麼能跟著回去？」公子只好留下，與姨母一起計算舉行喪禮祭奠的費用。天色漸暗，但是馬卻一直沒有回來，姨母說：「怎麼到現在還沒有回音？怎麼回事？你趕快回去看看她們！我會隨後趕到。」公子於是獨自一個人回去，到了李家的住宅，發現門窗都緊緊地鎖住，還用泥封起來。他心裡十分震驚，連忙詢問那裡的鄰居。鄰居說：「李家本來是在這裡租房子住，如今租約已經到期，房東把房子收回去，老太太就搬家了，已經搬走兩天了。」公子詢問搬到什麼地方，鄰居說：「不清楚她們搬去哪裡。」

公子想要趕回宣陽里去問李娃的姨母，但天色已經晚了，計算路程恐怕到不了，只好脫下衣服典當，隨便吃點東西，又租了一張床過夜。公子憤怒到了極點，從傍晚到天亮，一整夜都沒闔眼。天一亮，就騎著跛腳的驢子趕往宣陽里。他到了姨母家門口，不停敲門，但敲了一頓飯的時間也沒有人回應。公子高聲大喊了好幾聲，有一個官員慢慢走出來。公子急忙上前問他：「李娃的姨母在嗎？」那人回答說：「這裡沒有什麼姨母。」公子說：「昨天黃昏還在這裡，為什麼藏起來了？」又問這是誰家的房子，那人回答說：「這是崔尚書的房子。昨天有一個人租了這裡，說要用來招待遠來的表親，但還沒到天黑就走了。」公子更加驚慌困惑，氣到快要發狂了，卻又不知道怎麼辦，只能返回布政里原來住的地方。屋主很同情他，拿了飯菜給他吃。公子心中充滿怨恨，三天不吃飯，結果生了重病，十多天以後病情加劇，屋主怕他一病不起，就把他搬到了殯儀鋪中。公子奄奄一息，躺了好幾天，病情一直不見好轉，全鋪子的人都可憐他，為他嘆息，大家輪流餵他吃東西。後來公子的病情稍微好轉了一些，能夠拄著拐杖站起來了。從此殯儀鋪每天都給他一點工作做，讓他拿著靈柩的帳幕，賺點報酬來養活自己。

過了幾個月，公子的身體漸漸康復，每當聽到有人在唱輓歌，就哀傷嘆氣，覺得自己還不如那些死去的人，於是低聲流淚哭泣，自己也控制不住悲傷。回去以後，他就跟著學唱輓歌。公子本來就是聰明的人，所以沒多久的時間，就掌握了唱輓歌的全部技巧，整個長安城沒有人能夠跟他相比。當時，有兩間殯儀鋪在幫人辦理喪事，彼此常相互競爭。東邊鋪子的車子、轎子都相當新奇華麗，幾乎沒人比得上，只有在輓歌的部分唱得比較差一點。東鋪的老闆知道公子的輓歌唱得很好，就湊了兩萬錢雇用他，公子店中唱輓歌的老前輩，教他自己的拿手本領，還偷偷教給他新的曲子，並跟他一起唱和。兩人練了十幾天，沒有人知道這件事。兩間殯儀鋪的老闆相互較勁說：「我們各把自己辦喪事的器物陳列在天門街展示，比一下誰優誰劣，輸的人要罰錢五萬，用來準備酒食請客，怎麼樣？」兩個老闆都同意了。於是邀人立下契約，簽名劃押當做保證，然後就把器物都展示出來。城裡的男男女女聽到消息後都來看熱鬧，聚集了好幾萬人。看到這種情況，管理街道的里胥向管理治安的賊曹報告，賊曹又向京城的執政官京兆尹報告。消息愈傳愈開，四面八方的人全都湧到這裡，城裡的其他街巷空無一人。兩間鋪子從早晨開始陳列治喪的祭器，一直到中午，依序展出了轎子、車輿、儀仗等送葬用具，結果西鋪都比不過，老闆很沒面子，就在會場的南邊搭了一個高榻當做舞臺，有位長鬍子的人拿著大鈴走了過來，好幾個人在後面簇擁著他。他撩起鬍鬚，揚起眉毛，握著手腕，點著頭登上高臺，唱了一首叫〈白馬〉的輓歌。他依仗過去總是獲勝，充滿自信地左顧右盼，彷彿旁若無人。演唱完畢後，觀眾們齊聲喝彩，他也自認為唱藝高超，獨一無二，沒有人可以贏過他。過了一會，東鋪的老闆也在會場北邊設了一個臺子，一位頭戴黑色頭巾的年輕人手拿羽扇，在五、六個人簇擁下上臺，就是那個公子。他整理了一下衣服，緩慢從容地抬起頭，清了一下喉嚨，就開始唱了起來，神情彷彿因悲痛而承受不住。他唱了一首輓歌叫〈薤露〉，歌聲悠揚，連樹林都在震動，一首歌還沒唱完，觀眾們就已經感動得掩面哭泣。比賽結果東鋪大獲全勝，西鋪的老闆被眾人譏笑，覺得很沒面子，把所輸的錢留下以後，就偷偷地溜走了。四周的民眾都對比賽結果感到驚訝，尤其是公子的表現更出乎所有人的意料。

在此以前，皇帝下詔讓外地各州郡的州牧長官每年進京城一次，稱之為「入計」。當時，恰好遇上公子的父親滎陽公也在京城，他與同僚們換上便服，偷偷到那裡湊熱鬧。有個老僕人，就是公子奶媽的丈夫，看見唱輓歌的人，舉止語氣很像公子，想去跟他相認卻又不敢，忍不住傷心落淚。滎陽公吃驚地問他怎麼了，他說：「唱歌的那個人，相貌舉止都非常像您死去的兒子。」滎陽公說：「我兒子因為身上的財物太多而被強盜殺害，怎麼會在這裡呢？」說完，也哭了起來。等到回去後，老僕人找了機會趕快跑到殯儀鋪，向鋪子裡的人打聽說：「剛才唱歌的那個人是誰？他怎麼唱得這麼好？」鋪子裡的人說是某某人的兒子。老僕人又問起他的名字，發現公子的名字已經改了，老僕人非常吃驚，慢慢走過去，靠近他仔細察看。公子看見老僕人，臉色大變，立即轉身，想躲進人群中。老僕人於是拉住他的袖子說：「你不是公子嗎？」兩人抱著哭泣，老僕便用車把他載回去。到了住所，父親責備他說：「你的品行和行為墮落到這種地步，汙辱了我的家門，還有什麼臉來見我？」於是帶著公子步行出去，到了曲江西杏園的東面，剝去他的衣服，用馬鞭狠狠地抽打了幾百鞭。公子承受不了疼痛，昏死過去，父親就丟下他離開了。公子被帶走時，他的師傅就請和公子比較要好的同伴暗中跟著他，他回去把公子的遭遇告訴大家，每個人都傷心嘆息，決定找兩個人帶著草席去把他埋了。到了那裡時，他們覺得公子的心口還有點微溫，連忙把他扶起來，過了很久，才稍微有了點氣息，於是一起把他抬了回去，用蘆葦管餵他喝水，經過一夜才慢慢甦醒。一個多月後，公子的手腳仍不能動彈，那被鞭打過的地方都感染化膿，又臭又髒。殯儀鋪的人開始嫌棄他，一天晚上，就把他丟在路邊。路過的人看到了覺得很可憐，常常丟給他一些剩餘的食物，才使他能夠充飢。又過了將近百天以後，公子才勉強能拄著拐杖站起來。他穿著布棉襖，上面全都是補丁，破爛不堪，像掛著的鵪鶉一樣。他拿著一個破瓦罐，在街里間穿梭遊走，以乞討要飯維生，從秋天到冬天，夜晚就鑽進廁所、地窖中，白天在鬧市中遊蕩。

有一天下大雪，公子又凍又餓，只好冒著大雪出去討飯，乞討聲非常淒慘，聽到、看到的人都感到同情、傷心。當時雪下得正大，許多人家大多沒有開門。公子到了安邑里東門，沿著里巷的牆向北走，經過了七、八戶人家，有一戶只開著左半邊的門，這就是李娃的住所，但是公子不知道，就連連大聲呼喊：「好餓啊！好冷啊！」叫聲淒涼悲哀，令人不忍心聽。李娃在房裡聽到了，對侍女說：「這一定是那個公子，我聽得出他的聲音。」

她快步走了出來，只看到公子乾枯瘦弱，滿身疥瘡，幾乎不成人形。李娃心裡受到觸動，於是對他說：「這不是公子嗎？」公子一見到她，悲憤交加，昏倒在地，一句話也說不出來，只能微微點頭而已。李娃上前抱住他的脖子，用錦繡花襖裹著他，扶到西邊廂房，忍不住失聲痛哭，說：「讓你淪落到這個地步，都是我的罪過啊！」她哭昏過去，過了一陣子才甦醒過來。老婆婆大驚，急忙跑過來，問說：「怎麼了？」李娃說：「這是那個公子。」老婆婆馬上說：「應當把他趕走，怎麼還讓他來這裡？」李娃臉色一沉，回過頭斜看著老婆婆說：「不能這樣。他本來是出身良好的公子，當初駕著華麗高大的馬車，帶著裝滿財寶的貴重行裝，來到我們家，不到一年就把錢全部用光了。我們卻合謀設下詭計，把他拋棄並且趕出去，這不是人應該做的行為。害得他失去理想，被父親瞧不起。父子之間的感情，本是人性天倫，我們卻害他父親對他斷絕骨肉親情，甚至要殺死並拋棄他。如今公子淪落到如此困頓潦倒，天下的人都知道是為了我才變成這樣。公子的親戚滿朝廷，一旦有掌權的親戚查明這件事的來龍去脈，災禍就要降臨了。更何況欺騙上天、辜負人心，鬼神也不會保佑的，還是不要給自己遺留禍殃吧！我當您的女兒，至今已有二十年了，算一算花費的錢財，應該不只千金。現在您已經六十多歲了，我願意計算這二十年來我在衣食方面所花的費用，把它還給您來替自己贖身，我要和他另找住處。我住的地方不會離您太遠，早晚還可以來侍候您、孝敬您，只要您答應，我的心願也就滿足了。」老婆婆料想她的心志是不會改變了，只好答應她。

李娃把錢給了老婆婆替自己贖身以後，還剩下百金。她在北邊角落大約經過四、五家的地方，租了一個空房子。李娃幫公子洗澡，換掉又髒又破的衣服，又做了湯粥給公子喝，使他腸胃暢通，然後又讓他吃奶酥乳汁，來滋潤他的內臟，經過十幾天以後，才開始讓他吃些美味佳餚。公子的頭巾鞋襪，也都挑選珍貴的讓他穿戴。不到幾個月，公子的肌膚漸漸豐滿；過了一年，身體就完全康復痊癒，像以前一樣了。有一天，李娃對公子說：「你的身體已經康復了，精神也旺盛了，你好好深思考慮一下，默想看看從前的功課學業，可以重新複習嗎？」公子想了一會兒，說：「大概只記得十之二三了。」李娃叫人駕車出門，公子騎著馬跟在後面，到了旗亭南邊的偏門賣書的店鋪裡，讓公子從中選購了一些書，共計花費了一百金，然後把書全部裝上車運回家。李娃叫公子排除各種雜念，專心致力學習，不分黑夜白天，勤勉不懈地讀書。李娃經常陪在公子身邊坐著，一直到半夜才睡覺；每當看到他疲倦時，就勸他練習詩賦來轉換心情。過了二年，公子的學業有很大的成就，天下的文章典籍，沒有沒讀過的。公子對李娃說：「現在我可以報名參加應試了。」李娃說：「還不到時候，要讓學業更加精通熟悉，才能面對各種考試。」又過了一年，李娃說：「現在可以去應考了。」於是公子一舉就考上了甲科，名聲震動禮部。即使是前輩看了他的文章，也都肅然起敬，大家都想跟他交朋友，卻找不到機會。李娃說：「你現在還不行。當今才德俊秀的人，一旦考中科舉後，就自認為可以取得朝廷的要職，美名傳頌天下，實在太自大了。更何況你過去的行為不端正、品德有汙點，比不上其他的文人，應當繼續磨利你的寶劍，以便在第二次的科考中取得勝利。那時你才可以結交眾多文士，並在群英中稱霸。」公子從此更加勤奮苦讀，名聲也愈來愈高。那一年正趕上三年一次的全國大考，皇帝下詔要求四方才子應考，公子報考「直言極諫科」，對策名列第一，被授予成都府參軍的職務。三公以下的官員，都來與他結交。

公子準備去上任時，李娃對他說：「現在你已經恢復自己原來的樣子，我沒有對不起你的地方了。我想用剩下的歲月，回去奉養老母親。你應當跟一個名門貴族的小姐結婚，讓她主持家務與家族祭祀，並結交朝廷內外的姻親，不要糟蹋自己的身分。希望你要自重自愛，從此我就要離開了。」公子哭著說：「妳如果丟下我，我就自刎而死。」李娃態度堅定地拒絕公子的要求，公子再三苦苦懇切哀求。李娃說：「我送你渡過長江，到達四川劍門以後，就要讓我回來。」公子答應了。一個多月以後，兩人來到劍門。在兩人還沒出發前，調動官職的詔書下來了，公子的父親滎陽公從常州調任為成都尹，兼任劍南採訪使。十二天後，滎陽公到達劍門，公子於是送上名片，到驛站拜見新任府尹。父親一開始不敢相信這是自己的兒子，但看到名片上公子祖父三代的官職和名諱，才大吃一驚，讓公子登上臺階接見他，父子重逢，滎陽公撫摸著他被鞭打的後背痛哭，過了好久才說：「我們父子和好如初吧！」於是問他這段時間的經歷，公子就把自己的遭遇詳細敘述了一遍。滎陽公感到非常驚奇，問李娃在什麼地方。公子說：「她送我到此地，現在正準備要回去。」父親說：「這可不行。」第二天，便命令車馬與公子先到成都，讓李娃留在劍門，安排一間房子讓她住下。第二天，他請媒人去說親，備齊六禮，依照完整的結婚禮儀去劍門迎娶李娃，從此兩人正式結為夫妻。

李娃結婚後，逢年過節的祭祀禮節，以及平時的家務，把妻子及媳婦該做的事都處理得非常周到，管理家務嚴格有條理，非常受到公婆和親戚的喜愛。過了幾年以後，公子的父母都去世了，李娃依禮守孝，盡心盡責。不久，在她守孝的草屋竟然長出靈芝，一個花穗開出三朵花，當地的長官把這件事向上稟告；又有幾十隻白燕在他們家的橫梁上築巢。皇帝對此感到驚奇，額外給予賞賜嘉獎。服孝期滿後，公子連連升遷，擔任顯高的官職。十年當中，做過好幾個郡的長官，李娃也被封為汧國夫人。他們生了四個兒子，都做了大官，官職最低的也做到太原府府尹。幾個兄弟的結婚對象都是名門大族，京城內外的望族，沒有哪一家能比得上。

唉！一個風塵中的妓女，節操行為竟能達到這種地步，即使是古代的烈女也無法超過她，怎麼能不為她讚嘆呢？我的伯祖曾任晉州牧，後來轉任戶部，擔任水陸運使，三任官職都與那位公子做過職務上的交接，所以熟悉這件事。貞元年間，我與隴西的李公佐談論婦女的操守品德，於是敘述汧國夫人的事跡。李公佐聽完後，不停地拍手讚嘆，叫我替李娃作傳。我於是拿起筆蘸上墨汁，詳細地寫下這個故事以便保存下來。時間是乙亥年秋天八月，太原白行簡記。

◈汧國夫人李娃，長安之倡女也，節行瑰奇，有足稱者，故監察御史白行簡為傳述。

天寶中，有常州刺史滎陽公者，略其名氏，不書。時望甚崇，家徒甚殷，知命之年，有一子，始弱冠矣，雋朗有詞藻，迥然不群，深為時輩推伏。其父愛而器之，曰：「此吾家千里駒也。」應鄉賦秀才舉，將行，乃盛其服玩車馬之飾，計其京師薪儲之費，謂之曰：「吾觀爾之才，當一戰而霸。今備二載之用，且豐爾之給，將為其志也。」生亦自負視上第如指掌。自毗陵發，月餘抵長安，居於布政里。

嘗游東市還，自平康東門入，將訪友於西南，至鳴珂曲，見一宅，門庭不甚廣，而室宇嚴邃，闔一扉。有娃方憑一雙鬟青衣立，妖姿要妙，絕代未有。生忽見之，不覺停驂久之，徘徊不能去，乃詐墜鞭於地，候其從者，敕取之。累眄於娃，娃回眸凝睇，情甚相慕，竟不敢措辭而去。生自爾意若有失，乃密徵其友游長安之熟者以訊之。友曰：「此狹邪女李氏宅也。」曰：「娃可求乎？」對曰：「李氏頗贍，前與通之者，多貴戚豪族，所得甚廣，非累百萬，不能動其志也。」生曰：「苟患其不諧，雖百萬，何惜！」

他日，乃潔其衣服，盛賓從而往。扣其門，俄有侍兒啟扃。生曰：「此誰之第耶？」侍兒不答，馳走大呼曰：「前時遺策郎也。」娃大悅曰：「爾姑止之，吾當整妝易服而出。」生聞之，私喜。乃引至蕭墻間，見一姥垂白上僂，即娃母也。生跪拜前致詞曰：「聞茲地有隙院，願稅以居，信乎？」姥曰：「懼其淺陋湫隘，不足以辱長者所處，安敢言直耶？」延生於遲賓之館，館宇甚麗。與生偶坐，因曰：「某有女嬌小，技藝薄劣，欣見賓客，願將見之。」乃命娃出，明眸皓腕，舉步艷冶。生遂驚起，莫敢仰視。與之拜畢，敘寒燠，觸類姸媚，目所未睹。復坐，烹茶斟酒，器用甚潔。

久之日暮，鼓聲四動。姥訪其居遠近。生紿之曰：「在延平門外數里。」冀其遠而見留也。姥曰：「鼓已發矣，當速歸，無犯禁。」生曰：「幸接歡笑，不知日之云夕。道里遼闊，城內又無親戚，將若之何？」娃曰：「不見責僻陋，方將居之，宿何害焉？」生數目姥，姥曰：「唯唯。」生乃召其家僮，持雙縑，請以備一宵之饌。娃笑而止之曰：「賓主之儀，且不然也。今夕之費，願以貧窶之家，隨其粗糲以進之，其餘以俟他辰。」固辭，終不許。俄徙坐西堂，帷幙簾榻，煥然奪目；妝奩衾枕，亦皆侈麗。乃張燭進饌，品味甚盛。徹饌，姥起，生娃談話方切，詼諧調笑，無所不至。生曰：「前偶過卿門，遇卿適在屏間。厥後心常勤念，雖寢與食，未嘗或舍。」娃答曰：「我心亦如之。」生曰：「今之來，非直求居而已，願償平生之志，但未知命也若何？」言未終，姥至，詢其故，具以告。姥笑曰：「男女之際，大欲存焉。情苟相得，雖父母之命，不能制也。女子固陋，曷足以薦君子之枕席！」生遂下階，拜而謝之曰：「願以己為廝養。」姥遂目之為郎，飲酣而散。

及旦，盡徙其囊橐，因家於李之第。自是生屏跡戢身，不復與親知相聞，日會倡優儕類，狎戲游宴。囊中盡空，乃鬻駿乘及其家童。歲餘，資財僕馬蕩然。邇來姥意漸怠，娃情彌篤。他日，娃謂生曰：「與郎相知一年，尚無孕嗣，常聞竹林神者，報應如響，將致薦酹求之，可乎？」生不知其計，大喜。乃質衣於肆，以備牢醴，與娃同謁祠宇而禱祝焉，信宿而返。策驢而後，至里北門，娃謂生曰：「此東轉小曲中，某之姨宅也，將憩而覲之，可乎？」生如其言，前行不逾百步，果見一車門。窺其際，甚弘敞。其青衣自車後止之曰：「至矣。」生下，適有一人出訪曰：「誰？」曰：「李娃也。」乃入告。俄有一嫗至，年可四十餘，與生相迎曰：「吾甥來否？」娃下車，嫗逆訪之曰：「何久疎絕？」相視而笑。娃引生拜之，既見，遂偕入西戟門偏院。中有山亭，竹樹蔥蒨，池榭幽絕。生謂娃曰：「此姨之私第耶？」笑而不答，以他語對。俄獻茶果，甚珍奇。食頃，有一人控大宛，汗流馳至曰：「姥遇暴疾頗甚，殆不識人，宜速歸。」娃謂姨曰：「方寸亂矣，某騎而前去，當令返乘，便與郎偕來。」生擬隨之，其姨與侍兒偶語，以手揮之，令生止於戶外，曰：「姥且歿矣，當與某議喪事，以濟其急，奈何遽相隨而去？」乃止，共計其兇儀齋祭之用。日晚，乘不至。姨言曰：「無復命何也？郎驟往覘之，某當繼至。」生遂往，至舊宅，門扃鑰甚密，以泥緘之。生大駭，詰其鄰人。鄰人曰：「李本稅此而居，約已周矣，第主自收，姥徙居而且再宿矣。」徵徙何處，曰：「不詳其所。」

生將馳赴宣陽，以詰其姨，日已晚矣，計程不能達，乃弛其裝服，質饌而食，賃榻而寢。生恚怒方甚，自昏達旦，目不交睫。質明，乃策蹇而去。既至，連扣其扉，食頃無人應。生大呼數四，有宦者徐出。生遽訪之：「姨氏在乎？」曰：「無之。」生曰：「昨暮在此，何故匿之？」訪其誰氏之第，曰：「此崔尚書宅。昨者有一人稅此院，雲遲中表之遠至者，未暮去矣。」生惶惑發狂，罔知所措，因返訪布政舊邸。邸主哀而進膳。生怨懣，絕食三日，遘疾甚篤，旬餘愈甚。邸主懼其不起，徙之於兇肆之中。綿綴移時，合肆之人，共傷嘆而互飼之。後稍愈，杖而能起。由是兇肆日假之，令執繐帷，獲其直以自給。

累月，漸復壯，每聽其哀歌，自嘆不及逝者，輒嗚咽流涕，不能自止。歸則效之。生聰敏者也，無何，曲盡其妙，雖長安無有倫比。初，二肆之傭兇器者，互爭勝負。其東肆車輿皆奇麗，殆不敵，唯哀挽劣焉。其東肆長知生妙絕，乃醵錢二萬索顧焉。其黨耆舊，共較其所能者，陰教生新聲，而相贊和。累旬，人莫知之。其二肆長相謂曰：「我欲各閱所傭之器於天門街，以較優劣。不勝者，罰直五萬，以備酒饌之用，可乎？」二肆許諾，乃邀立符契，署以保證，然後閱之。士女大和會，聚至數萬。於是里胥告於賊曹，賊曹聞於京尹。四方之士，盡赴趨焉，巷無居人。自旦閱之，及亭午，歷舉輦輿威儀之具，西肆皆不勝，師有慚色，乃置層榻於南隅，有長髯者，擁鐸而進，翊衛數人。於是奮髯揚眉，扼腕頓顙而登，乃歌〈白馬〉之詞。恃其夙勝，顧眄左右，旁若無人。

齊聲贊揚之，自以為獨步一時，不可得而屈也。有頃，東肆長於北隅上設連榻，有烏巾少年，左右五六人，秉翣而至，即生也。整衣服，俯仰甚徐，申喉發調，容若不勝。乃歌〈薤露〉之章，舉聲清越，響振林木，曲度未終，聞者歔欷掩泣。西肆長為眾所誚，益慚恥，密置所輸之直於前，乃潛遁焉。四座愕眙，莫之測也。

先是天子方下詔，俾外方之牧，歲一至闕下，謂之入計。時也，適遇生之父在京師，與同列者易服章，竊往觀焉。有小豎，即生乳母婿也，見生之舉措辭氣，將認之而未敢，乃泫然流涕。生父驚而詰之，因告曰：「歌者之貌，酷似郎之亡子。」父曰：「吾子以多財為盜所害，奚至是耶？」言訖，亦泣。及歸，豎間馳往，訪於同黨曰：「向歌者誰，若斯之妙歟？」皆曰：「某氏之子。」徵其名，且易之矣，豎凜然大驚。徐往，迫而察之。生見豎，色動回翔，將匿於眾中。豎遂持其袂曰：「豈非某乎？」相持而泣，遂載以歸。至其室，父責曰：「志行若此，污辱吾門，何施面目，復相見也？」乃徒行出，至曲江西杏園東，去其衣服。以馬鞭鞭之數百。生不勝其苦而斃，父棄之而去。其師命相狎暱者，陰隨之，歸告同黨，共加傷嘆。令二人齎葦席瘞焉。至則心下微溫，舉之良久，氣稍通。因共荷而歸，以葦筒灌勺飲，經宿乃活。月餘，手足不能自舉，其楚撻之處皆潰爛，穢甚。同輩患之，一夕棄於道周。行路咸傷之，往往投其餘食，得以充腸。十旬，方杖策而起。被布裘，裘有百結，襤褸如懸鶉。持一破甌巡於閭里，以乞食為事。自秋徂冬，夜入於糞壤窟室，晝則周游廛肆。

一旦大雪，生為凍餒所驅。冒雪而出，乞食之聲甚苦，聞見者莫不淒惻。時雪方甚，人家外戶多不發。至安邑東門，循里垣，北轉第七八，有一門獨啟左扉，即娃之第也，生不知之，遂連聲疾呼：「飢凍之甚。」音響淒切，所不忍聽。娃自閤中聞之，謂侍兒曰：「此必生也，我辨其音矣。」連步而出，見生枯瘠疥癘，殆非人狀。娃意感焉，乃謂曰：「豈非某郎也？」生憤懣絕倒，口不能言，頷頤而已。娃前抱其頸，以繡襦擁而歸於西廂，失聲長慟曰：「令子一朝及此，我之罪也。」絕而復蘇。姥大駭奔至，曰：「何也？」娃曰：「某郎。」姥遽曰：「當逐之，奈何令至此？」娃斂容卻睇曰：「不然，此良家子也，當昔驅高車，持金裝，至某之室，不逾期而蕩盡。且互設詭計，舍而逐之，殆非人行。令其失志，不得齒於人倫。父子之道，天性也，使其情絕，殺而棄之。又困躓若此，天下之人，盡知為某也。生親戚滿朝，一旦當權者熟察其本末，禍將及矣。況欺天負人，鬼神不祐，無自貽其殃也。某為姥子，迨今有二十歲矣，計其貲，不啻直千金。今姥年六十餘，願計二十年衣食之用以贖身，當與此子別卜所詣。所詣非遙，晨昏得以溫清，某願足矣。」姥度其志不可奪，因許之。

給姥之餘，有百金。北隅四五家，税一隙院。乃與生沐浴，易其衣服，為湯粥通其腸，次以酥乳潤其臟，旬餘，方薦水陸之饌。頭巾履襪，皆取珍異者衣之。未數月，肌膚稍腴；卒歲，平愈如初。異時，娃謂生曰：「體已康矣，志已壯矣，淵思寂慮，默想曩昔之藝業，可溫習乎？」生思之曰：「十得二三耳。」娃命車出游，生騎而從，至旗亭南偏門鬻墳典之肆，令生揀而市之，計費百金，盡載以歸。因令生斥棄百慮以志學，俾夜作晝，孜孜矻矻。娃常偶坐，宵分乃寐；伺其疲倦，即諭之綴詩賦。二歲而業大就，海內文籍，莫不該覽。生謂娃曰：「可策名試藝矣。」娃曰：「未也，且令精熟，以俟百戰。」更一年，曰：「可行矣。」於是遂一上登甲科，聲振禮闈。雖前輩見其文，罔不斂袵敬羨，願友之而不可得。娃曰：「未也。今秀士苟獲擢一科第，則自謂可以取中朝之顯職，擅天下之美名。子行穢跡鄙，不侔於他士，當礱淬利器，以求再捷，方可以連衡多士，爭霸群英。」生由是益自勤苦，聲價彌甚。其年遇大比，詔徵四方之雋。生應直言極諫策科，名第一，授成都府參軍。三事以降，皆其友也。

將之官，娃謂生曰：「今之復子本軀，某不相負也。願以殘年，歸養小姥。君當結媛鼎族，以奉蒸嘗。中外婚媾，無自黷也。勉思自愛，某從此去矣。」生泣曰：「子若棄我，當自剄以就死。」娃固辭不從，生勤請彌懇。娃曰：「送子涉江，至於劍門，當令我回。」生許諾。月餘，至劍門。未及發而除書至，生父由常州詔入，拜成都尹，兼劍南採訪使。浹辰，父到。生因投刺，謁於郵亭。父不敢認，見其祖父官諱，方大驚，命登階，撫背慟哭移時。曰：「吾與爾父子如初。」因詰其由，具陳其本末。大奇之，詰娃安在。曰：「送某至此，當令復還。」父曰：「不可。」翌日，命駕與生先之成都，留娃於劍門，築別館以處之。明日，命媒氏通二姓之好，備六禮以迎之，遂如秦晉之偶。

娃既備禮，歲時伏臘，婦道甚修，治家嚴整，極為親所眷尚。後數歲，生父母偕歿，持孝甚至。有靈芝產於倚廬，一穗三秀，本道上聞；又有白燕數十，巢其層甍。天子異之，寵錫加等。終制，累遷清顯之任。十年間，至數郡，娃封汧國夫人，有四子，皆為大官，其卑者猶為太原尹。弟兄姻媾皆甲門，內外隆盛，莫之與京。

嗟乎，倡蕩之姬，節行如是，雖古先烈女，不能逾也，焉得不為之嘆息哉！予伯祖嘗牧晉州，轉戶部，為水陸運使，三任皆與生為代，故諳詳其事。貞元中，予與隴西公佐，話婦人操烈之品格，因遂述汧國之事。公佐拊掌竦聽，命予為傳。乃握管濡翰，疏而存之。時乙亥歲秋八月，太原白行簡云。

關於〈李娃傳〉

作者白行簡（776~826），是唐代詩人白居易的弟弟。本篇見於《太平廣記》。後世改編作品眾多，有宋元南戲《李亞仙》，元代高文秀的雜劇《鄭元和風雪打瓦罐》，石君寶的雜劇《李亞仙花酒曲江池》，明代朱有燉的傳奇《曲江池》，徐霖的傳奇《繡襦記》（作者一說為薛近袞、鄭若庸，或為無名氏）等等。

鶯鶯傳

作者：元稹

唐德宗貞元年間，有一個張生，性格溫和、感情豐富，風度瀟灑、容貌俊俏，意志堅強、脾氣孤僻，凡是不合於禮的事情，就絕對不會去做。有時跟朋友一起出門遊覽宴飲，那種雜亂紛擾的場合，別人都是喧鬧歡騰，好像怕沒機會表現自己；而張生只是表面上敷衍著，始終保持穩重，從不跟著起鬨。所以他雖然已經二十三歲了，還沒有真正接近過女色。與他要好的朋友問他，他道歉著說：「登徒子不是好色的人，卻留下了不好的品行。我也是喜歡美麗的女子，卻一直沒有遇到心動的對象。為什麼這樣說呢？大凡出眾的美女，我也是會在心中留意的，從這點可以證明我並不是沒有感情的人。」問的人才對張生稍微了解一些。

過了不久，張生到蒲州遊覽。在蒲州的東邊十多里處，有間廟宇名叫普救寺，張生就寄住在這裡。當時有個崔家的寡婦，準備要回長安，路過蒲州，也暫住在這間寺廟中。這個崔夫人姓鄭，張生的母親也姓鄭，兩人談起親戚輩分，算是張生遠親，他要叫崔夫人姨母。這一年，鎮守地方的將領渾瑊死在蒲州，繼任的官員丁文雅不懂如何帶兵，底下的兵士趁著辦喪事到處擾亂，大肆搶劫蒲州百姓。崔家的財產很多，又帶著眾多奴僕，旅途中暫住此處，覺得驚慌害怕，不知該依靠誰。剛好過去張生跟蒲州的一些將領有交情，就請他們保護崔家，因此崔家沒受到作亂的士兵騷擾。過了十幾天，廉使杜確奉皇帝之命來蒲州主持軍務，向軍隊下了嚴格的命令，軍隊從此才安定下來。崔夫人十分感激張生的恩德，於是準備酒席宴請張生，在堂屋的大廳舉行宴會。她又對張生說：「我是個寡婦，帶著孩子，不幸遇到亂軍，實在無法保住生命，我那弱小的兒子和年幼的女兒，可說都是因為你，才有了活命的機會，這哪能用平常的恩德看待呢？現在我讓他們以對待兄長的禮節拜見你，希望以此報答你的恩情。」於是崔夫人叫兒子出來拜見，兒子叫歡郎，大約十多歲，長得溫和俊美。接著崔夫人又叫女兒出來拜見，說：「快出來拜見妳的兄長，是他救了妳。」過了好久，女兒還沒出來，只說身體不舒服。崔夫人生氣地說：「張兄保住了妳的命，不然的話，妳早就被那些賊人擄走了，這種大恩應該當面道謝，哪裡需要避什麼嫌疑呢？」過了好久她才出來，穿著平常的衣服，臉色洋溢著天然的光澤，沒有配戴新奇的飾品，環形的髮髻垂在眉毛旁，兩頰微微透著紅暈，長相豔麗與眾不同，散發著光彩，非常動人。張生被她的美貌嚇一跳，急忙跟她行禮，之後她坐到了母親身旁。因為是母親強迫她出來的，始終低著頭，神情顯得很不情願、一副楚楚可憐的樣子。張生問她年齡，崔夫人說：「當今皇上甲子那年的七月出生，到貞元庚辰年，今年十七歲了。」張生嘗試著找話題跟她聊天，但她根本無意回答，不久宴會結束，張生只好作罷。

張生從此對崔氏念念不忘，想要向她表明自己的感情，卻一直沒有機會。崔氏的小名叫鶯鶯，身邊的丫環叫紅娘，張生每次看到紅娘，總是私下討好她，向她行禮問候，然後找機會向她說出了自己的心事。紅娘果然大吃一驚，害羞地跑走了，張生覺得很後悔。第二天，張生又遇到紅娘，羞愧地向紅娘道歉，不敢再說想向鶯鶯告白的事。紅娘於是對張生說：「郎君所說的話，我不敢幫你轉達，也不敢洩露，然而崔家的狀況你應該很了解，為什麼不憑著你對崔家的恩情向他們求婚呢？」張生說：「我從孩童時候起，個性就不喜歡隨便附和別人。有時候和女孩子們在一起，也總是目不斜視。過去對其他女孩子不為所動，其實只是見識太少罷了。上次在宴會上看到妳家小姐，我幾乎控制不住自己，這幾天以來，我像是魂不守舍，走路忘了要去哪裡，吃飯也感覺不出有沒有吃飽。恐怕過不了多久，我就會因為相思過度而死了。如果要等媒人去提親，又要經過『納採』、『問名』等等複雜的手續和流程，少說也得花上三、四個月的時間，那時候恐怕要直接幫我收屍了。妳說我該怎麼辦呢？」紅娘說：「我們家小姐向來謹慎貞潔，注意保護自己，即使是尊敬的人，也不能用不正經的話語觸犯她，我們這些下人的意見，更難影響她的決心。不過小姐很會寫文章，常常沉浸在文章的句子當中，出神思慕很久。公子可以試著做些情詩來打動她，否則恐怕沒有其他辦法了。」張生非常高興，立刻寫了兩首詩交給紅娘。

當天晚上，紅娘又來了，拿著一封彩色的信箋交給張生說：「這是我家小姐要我交給你的。」紙上題了一首詩叫做〈明月三五夜〉：「待月西廂下，迎風戶半開。拂牆花影動，疑是玉人來。」（在西廂房裡等待月亮出來，迎著風半開著房門，牆上的花影在晚風吹拂下微微震動，還以為是心裡思慕的佳人來了。）張生看完，有點明白詩中的含義，那晚是二月十四日，再過一天就是十五。張生觀察了一下，崔鶯鶯房間的東側有一棵杏花樹，攀上那棵樹就可以越過圍牆。到了十五的晚上，張生就把那棵杏花樹當成梯子翻牆而過。他來到了西廂房，看到房門果然是半開著，但走進房間，躺在床上的卻是紅娘，張生大吃一驚。紅娘害怕地說：「你怎麼來了？」張生對她說：「是崔小姐在信中叫我來的，請妳替我通報一下。」沒多久，紅娘回來了，連聲說：「來了！來了！」張生又高興又害怕，以為心中的夢想要實現了。等崔鶯鶯到了，卻看到她穿戴整齊，表情嚴肅，大聲責備張生說：「兄長救了我們全家，這是極大的恩德，因此我母親把幼弱的子女託付給你，為什麼叫不守規矩的丫環，送來淫亂放蕩的詩詞？一開始保護別人免於兵亂之禍，這是義，但最後卻乘人之危來要挾索取，這是用亂取代另一個亂，二者其實差不多。假如隱瞞這件事，就是包庇別人的奸惡行為，這是不義的；如果向母親揭發這件事，就是對人家的恩情恩將仇報，這是不好的；本想讓婢女轉告，又怕不能表達我真實的心意。因此藉著這首小詩，希望當面向你說明，又怕兄長有所顧慮不敢來，所以詩中故意用些粗鄙俚俗的語言，以誘使你必定來赴約。我做了這些不合於禮教的行為舉動，心裡覺得很慚愧，只希望兄長用禮約束自己，不要沉溺於淫亂之中。」說完便迅速離開了。張生愣在原地很久，只好再翻牆回去，於是徹底絕望。

一連幾個晚上，張生都獨自靠著窗戶睡覺。有一天夜晚，突然有人把他叫醒，張生驚恐地坐了起來，竟然是紅娘抱著被子、帶著枕頭來了，她對張生說：「小姐來了！小姐來了！還睡什麼覺？」她把枕頭並排在張生枕頭旁邊，把被子疊在張生被子上，然後就走了。張生揉一揉眼睛，端坐在原地，還以為自己在做夢，但是還是稍做梳理，恭敬地等候著。沒多久時間，紅娘就扶著崔鶯鶯來了，只見鶯鶯顯得嬌美羞澀，整個人好像渾身無力，彷彿支撐不了身體，跟先前嚴肅端莊的樣子完全不一樣。那天晚上是十八日，斜掛在天上的月亮皎潔晶瑩，靜靜地照亮了半床。張生覺得整個人輕飄飄的，眼前的鶯鶯更像是神仙下凡，而不是從人間來的。兩人無限纏綿。過了一段時間，寺裡的鐘聲響起，天就要亮了。紅娘在房門外催促著快走，鶯鶯嬌滴滴地哭泣，紅娘又扶著她離開了，整個晚上，鶯鶯沒說一句話。張生看著天色一點一點亮了起來，自己在心裡懷疑：「這難道是在做夢嗎？」等到天完全亮了，看到手臂上還留著些許的殘妝，衣服上還留有淡淡的香氣，落在床上的點點淚珠還晶瑩閃爍。

之後又過了十幾天，一點也沒有關於鶯鶯的消息。張生於是作了〈會真詩〉三十韻，詩還沒作完，恰巧紅娘來了，趕緊把詩寫完交給她，請她轉交給鶯鶯。於是鶯鶯又答應與張生幽會了，張生總是晚上偷偷地到西廂房，早上再悄悄地離開，幾乎一整個月，兩人夜夜一起在西廂房幽會。張生常問起崔夫人的態度，鶯鶯幽幽地說：「我怎麼能開口跟她說？」張生便想當面和她談這事。不久，張生要去長安，先把情況告訴崔鶯鶯。鶯鶯什麼話也沒有說，然而憂愁哀怨的神情令人心疼。將要出發的前一天晚上，鶯鶯沒有出現，張生只好惆悵地動身西行。

過了幾個月，張生又來到蒲州，跟崔鶯鶯又幽會了幾個月。鶯鶯字寫得很好，還善於寫文章，張生再三向她索取，但始終沒看到她的字和文章。張生常常自己用文章挑逗她，崔鶯鶯也不大看。崔鶯鶯各方面都和一般人不同：在文學、藝術的造詣精湛，但表面上又好像什麼都不懂；言談敏捷、口齒伶俐，卻不太用於應酬；對張生情意深厚，卻始終沒有用話語表達出來。她經常一個人憂愁發呆出神，彷彿什麼都不知道的樣子；喜怒的表情，很少顯現於外表。有一天夜晚，她獨自彈琴，琴音哀傷淒惻，張生偷偷地聽到了，請求她再彈奏一次，但鶯鶯始終不肯，因此張生更猜不透她的心事。

不久張生考試的日子快到了，又要準備西行。臨走的那天晚上，張生不再訴說自己的心情，而是在鶯鶯面前憂愁嘆息。鶯鶯暗暗知道兩人又將要分別了，因而態度恭順，聲音柔和，輕輕地對張生說：「我們兩人一開始的所作所為就是不對的，所以你擾動我的心之後，再將我拋棄，也是理所當然的，我不敢有所怨恨。如果你引誘我之後，最後願意娶我與我終老，那是你的恩惠；不然就算是山盟海誓，也有到盡頭的時候，你又何必對這次的離去有這麼多感觸呢？既然你這麼不開心，我也沒有什麼能夠安慰你的。你常說我很會彈琴，但我之前害羞，不好意思在你面前演奏。如今你將要離去，就讓我彈琴來滿足你的心願。」於是她開始彈琴，彈奏了〈霓裳羽衣曲〉開頭，才彈了幾聲，琴音哀怨凌亂，已經聽不出來彈的是什麼曲子，身邊的人聽了都哭了起來，鶯鶯也突然停止演奏。她淚流滿面地扔下琴，跑回母親那裡，再沒有回到西廂房。第二天一早，張生就出發了。

隔年，張生應考失利，就留在長安，他擔心鶯鶯掛念，寫了一封信給她，要她看開一點。崔鶯鶯也回了一封信，信中大略是說：「接到你的來信，知道你對我的感情深厚，流露男女之情，使我悲喜交集。又送我一盒首飾、五寸脣膏，這些東西是讓我的頭髮增彩，使嘴脣潤澤，雖然承受這樣特殊的恩惠，但打扮了要給誰看呢？看到這些東西只是更增加對你的想念，只是讓我的悲傷嘆息愈積愈多罷了。你既然決定在京城專心課業，想必進修學習應該一切安好，沒什麼問題。只遺憾自己這僻居鄙陋的人，遭到拋棄，是我的命該如此，又有什麼好說的呢？從去年秋天以來，常常精神恍惚，好像失去了什麼，在喧鬧的場合，有時勉強說笑，但在閒靜的夜晚獨處時，總是忍不住掉眼淚，甚至在睡夢之中，也常感嘆哀傷。有時懷著離別的憂愁，在夢中與你纏綿，覺得好像回到平常的時候，但是幽會還沒有結束，好夢就突然驚醒中斷了。雖然一半的被子還是使人溫暖，但思念你的心卻更多更遠，好像昨天才分別，但轉眼就過去一年了。長安是個繁華行樂的地方，不知道是什麼牽動了你的思緒，沒有忘記我這個微不足道的人，還對我不停思念。只是我低下卑微的心，無法回報你什麼。至於我們曾許下的盟誓，我始終堅定地沒有改變。從前跟你因為表親關係而接觸，偶然一同宴飲相處，在婢女引誘搧動下，私下對你動心，少女情懷不能自我控制。你像司馬相如用琴聲挑逗卓文君那樣打動了我，我沒有像高氏女投梭拒絕謝鯤那樣拒絕你。等到與你有了肌膚之親，情深意濃，而我愚蠢粗陋的心，竟然以為終身有了依靠。哪能預料遇見了意中人以後，卻不能成婚？以致使我的獻身變成了羞恥，不再有機會讓你明媒正娶。這是死後也會遺憾的事情，我只能心中嘆息，還能說什麼呢？如果你能體念我對你的情意，願意完成我的心願，那麼就算我死了，也會像活著一樣高興。如果你是曠達的人，不在意兒女私情，捨棄小情小愛而追求大功大業，把婚前結合看作醜行，把我們的盟約看作可辜負的，那麼就算我的形體消失，我的心意也不會泯滅，會憑藉著風雨露水，依託塵土，讓我的靈魂跟在你身邊。我的生死誠心，只能說到這裡，面對眼前的信紙，我早已泣不成聲，心中的無限情感無法一一抒發。只是希望你千萬要珍重，千萬要珍重。寄上玉環一枚，是我嬰兒時配戴過的，送給你佩掛在身上。『玉』象徵堅潤不變。『環』象徵始終不斷；加上頭髮一縷，文竹茶碾子一枚。這幾種東西雖然一點也不珍貴，我只是希望你的意志像玉一樣堅貞，我對你的心像環一樣不變；文竹上的淚痕猶在，愁緒就像這纏繞的髮絲，藉著這些物品表達我的情意，希望你我能夠永遠歡好。我的心始終思念著你，但身體卻相隔千里之遠，想要相見卻遙遙無期，期望情有所鍾，雖千里之外，仍可以精神相合。請你千萬要珍重。雖已春天，但春風猛烈，還是要好好吃飯、好好保重自己。你要謹言慎行，愛惜保護自己，不要一直把我記掛在心上。」

張生把她的信拿給好朋友們看，因此當時有很多人知道這件事。張生的好友楊巨源很會寫詩填詞，還為這件事作了一首叫〈崔娘〉的七言絕句：「清潤潘郎玉不如，中庭蕙草雪銷初。風流才子多春思，腸斷蕭娘一紙書。」（潘郎的容貌清俊和潤，連玉都無法與他相比，冰雪初融的中庭長出了芬芳高雅的蕙草。風流才子有著許多春天的情思，那位女子卻在一紙書信中哭斷了肝腸。）河南的元稹亦接續張生的〈會真詩〉也寫了三十韻：「微月透簾櫳，螢光度碧空。遙天初縹緲，低樹漸蔥朧。龍吹過庭竹，鸞歌拂井桐。羅綃垂薄霧，環珮響輕風。絳節隨金母，雲心捧玉童。更深人悄悄，晨會雨濛濛。珠瑩光文履，花明隱繡龍。瑤釵行彩鳳，羅帔掩丹虹。言自瑤華浦，將朝碧玉宮。因游洛城北，偶向宋家東。戲調初微拒，柔情已暗通。低鬟蟬影動，回步玉塵蒙。轉面流花雪，登床抱綺叢。鴛鴦交頸舞，翡翠合歡籠。眉黛羞偏聚，唇朱暖更融。氣清蘭蕊馥，膚潤玉肌豐。無力傭移腕，多嬌愛斂躬。汗流珠點點，髮亂綠蔥蔥。方喜千年會，俄聞五夜窮。留連時有恨，繾綣意難終。慢臉含愁態，芳詞誓素衷。贈環明運合，留結表心同。啼粉流宵鏡，殘燈遠暗蟲。華光猶苒苒，旭日漸曈曈。乘鶩還歸洛，吹簫亦上嵩。衣香猶染麝，枕膩尚殘紅。冪冪臨塘草，飄飄思渚蓬。素琴鳴怨鶴，清漢望歸鴻。海闊誠難渡，天高不易沖。行雲無處所，蕭史在樓中。」（微微的月光穿過窗櫺與簾子，月光映照著天空一片明亮。遙遠的天空顯得模糊，低矮的樹木也略露出青翠的顏色。風聲如龍吟般吹拂著庭院裡的竹子，鸞鳳的歌聲穿過了井旁的桐樹。輕薄潔白的羅綃飄曳得像薄霧，身上佩掛的玉飾在輕風中發出響聲。儀仗跟隨著西王母，雲霧中托著玉童。夜深人靜四處無聲，早晨相會時卻下著濛濛細雨。繡鞋上的珠玉閃爍著瑩光，在花紋之下隱約繡著龍的形狀。行走時頭上的鳳形玉釵顫動著，絲綢做的披肩勝過紅色的虹霓。她說來自瑤華浦，要前往碧玉宮。因為來到洛城北面遊覽，偶然的機會遇見了宋玉的東鄰女。調戲時一開始雖然微微拒絕，實際上柔情已暗暗默許。低頭時蟬翼似的髮髻微微顫動，來回踱步使腳上蒙了一層塵土。轉過臉來貌美如花，膚白如雪，上床後抱著絲綢被子。兩人像鴛鴦那樣交頸舞動，又像翡翠鳥那樣歡樂相聚。眉上的黛色因羞澀而微蹙，嘴唇上的朱紅色因溫暖而融化。呼出的氣息像蘭花花蕊那樣馨香，皮膚滋潤且肌肉豐滿。渾身無力連手腕都懶得移動，有各種嬌態，還喜歡縮著身子。流出的汗珠一點一點，頭髮散亂有如青翠茂盛的綠草。正為千載難逢的相會喜悅高興，卻突然聽見已經到五更。依戀不捨的心中湧現遺憾，情意纏綿難以結束。懶洋洋的臉龐露出憂愁的神態，用美麗誓言說出心中的期盼。贈送玉環表明命運永遠相合，留下同心結象徵永結同心。夜晚照鏡梳妝，眼淚沖掉臉上的脂粉，昏暗的燈火下，傳來到遠處蟲子鳴叫的聲音。蠟燭的光彩依舊茂盛，而早晨的太陽卻漸漸出來了。乘著野鴨回歸洛水，吹簫的人也登上嵩山。衣服上還沾染香氣，枕頭上還留有紅色胭脂。濃密的塘邊草，輕飄飄像沙洲的蓬草。素琴彈奏著〈別鶴操〉，仰望天上盼望鴻雁歸來。大海寬闊難以飛渡，青天高遠也以沖天飛翔。神女如行雲飄去，不知所蹤，只有蕭史一個人，仍留在樓中。）

張生的朋友聽到這件事，沒有不感到驚異的，然而張生已下定決心斷絕這份感情。元稹與張生的交情深厚，便問他關於這事的想法。張生說：「大凡上天造就的豔麗美女，不禍害自身，就一定會禍害別人。假使崔鶯鶯遇到富貴的人，憑著寵愛，不成為雲雨，必成為潛於深淵的蛟龍，我不敢想像她會變成什麼。以前殷朝的紂王，周代的周幽王，擁有百萬戶口的國家，那勢力是很強大的。然而一個女子就使它崩壞瓦解，軍隊潰散，自身連命都沒了，至今被天下恥笑。我的德行難以勝過那種妖孽，只有克制自己的感情，跟她斷絕關係。」當時在座的人都為此深深感嘆。

過了一年多以後，崔鶯鶯嫁給別人，張生也另外娶親。有一次張生恰好經過崔鶯鶯住的地方，就透過她的丈夫轉告鶯鶯，要求以表兄的身分相見。丈夫告訴了鶯鶯，可是鶯鶯始終不願出來與張生見面。張生哀怨的心情，在臉色上表現得很明顯，崔鶯鶯知道後，暗地裡寫了一首詩：「自從消瘦減容光，萬轉千回懶下床。不為旁人羞不起，為郎憔悴卻羞郎。」（自從別後我日漸消瘦，容貌光彩已減損，內心經歷千山萬水，懶得再下床見客；我不為別人感到羞怯，而為了情郎憔悴，卻羞於見他一面。）最後鶯鶯還是不願意再見張生。後來又過了幾天，張生將要離開了，崔鶯鶯又寫了一首斷絕關係的詩：「棄置今何道，當時且自親。還將舊時意，憐取眼前人。」（當年拋棄我，如今又有什麼好說的？當時既然決定自親自愛，現在還是把過去的那些情意，留給眼前愛我們的人吧！）

從此以後兩人徹底斷絕了音信。當時的人大多稱讚張生是善於彌補過失的人。我常在朋友聚會時，談到這件事，希望讓那些明智的人不再做出這樣的事，而做這樣事的人不再被迷惑。貞元年九月，朋友李公垂，留宿在我們靖安里的住宅裡，我談起了這件事。李公垂覺得這件事非常出奇，連連稱道，於是寫下了〈鶯鶯歌〉來傳播這件事。崔氏小名叫鶯鶯，李公垂就把這個故事命名為〈鶯鶯傳〉。

◈唐貞元中，有張生者，性溫茂，美風容，內秉堅孤，非禮不可入。或朋從游宴，擾雜其間，他人皆洶洶拳拳，若將不及；張生容順而已，終不能亂。以是年二十三，未嘗近女色。知者詰之，謝而言曰：「登徒子非好色者，是有兇行。餘真好色者，而適不我值。何以言之？大凡物之尤者，未嘗不留連於心，是知其非忘情者也。」詰者識之。

無幾何，張生游於蒲。蒲之東十餘里，有僧舍曰普救寺，張生寓焉。適有崔氏孀婦，將歸長安，路出於蒲，亦止茲寺。崔氏婦，鄭女也，張出於鄭，緒其親，乃異派之從母。是歲，渾瑊薨於蒲，有中人丁文雅，不善於軍，軍人因喪而擾，大掠蒲人。崔氏之家，財產甚厚，多奴僕，旅寓惶駭，不知所托。先是張與蒲將之黨有善，請吏護之，遂不及於難。十餘日，廉使杜確將天子命以總戎節，令於軍，軍由是戢。鄭厚張之德甚，因飾饌以命張，中堂宴之。復謂張曰：「姨之孤嫠未亡，提攜幼稚，不幸屬師徒大潰，實不保其身，弱子幼女，猶君之生，豈可比常恩哉？今俾以仁兄禮奉見，冀所以報恩也。」命其子，曰歡郎，可十餘歲，容甚溫美。次命女：「出拜爾兄，爾兄活爾。」久之辭疾，鄭怒曰：「張兄保爾之命，不然，爾且擄矣，能復遠嫌乎？」久之乃至，常服睟容，不加新飾，垂鬟接黛，雙臉銷紅而已，顏色艷異，光輝動人。張驚為之禮，因坐鄭旁。以鄭之抑而見也，凝睇怨絕，若不勝其體者。問其年紀，鄭曰：「今天子甲子歲之七月，終於貞元庚辰，生年十七矣。」張生稍以詞導之，不對，終席而罷。

張自是惑之，願致其情，無由得也。崔之婢曰紅娘，生私為之禮者數四，乘間遂道其衷。婢果驚沮，腆然而奔，張生悔之。翼日，婢復至，張生乃羞而謝之，不復云所求矣。婢因謂張曰：「郎之言，所不敢言，亦不敢洩。然而崔之姻族，君所詳也，何不因其德而求娶焉？」張曰：「余始自孩提，性不苟合。或時紈綺間居，曾莫流盼。不為當年，終有所蔽。昨日一席間，幾不自持，數日來，行忘止，食忘飽，恐不能逾旦暮。若因媒氏而娶，納採問名，則三數月間，索我於枯魚之肆矣。爾其謂我何？」婢曰：「崔之貞慎自保，雖所尊不可以非語犯之，下人之謀，固難入矣。然而善屬文，往往沉吟章句，怨慕者久之。君試為喻情詩以亂之，不然則無由也。」張大喜，立綴春詞二首以授之。

是夕，紅娘復至，持彩箋以授張曰：「崔所命也。」題其篇曰〈明月三五夜〉，其詞曰：「待月西廂下，近風戶半開。拂墻花影動，疑是玉人來。」張亦微喻其旨，是夕，歲二月旬有四日矣。崔之東有杏花一株，攀援可逾。既望之夕，張因梯其樹而逾焉，達於西廂，則戶半開矣，紅娘寢於床，生因驚之。紅娘駭曰：「郎何以至？」張因紿之曰：「崔氏之箋召我也，爾為我告之。」無幾，紅娘復來，連曰：「至矣！至矣！」張生且喜且駭，必謂獲濟。及崔至，則端服嚴容，大數張曰：「兄之恩，活我之家，厚矣。是以慈母以弱子幼女見托，奈何因不令之婢，致淫逸之詞。始以護人之亂為義，而終掠亂以求之，是以亂易亂，其去幾何？試欲寢其詞，則保人之奸，不義；明之於母，則背人之惠，不祥；將寄與婢僕，又懼不得發其真誠。是用托短章，願自陳啟，猶懼兄之見難，是用鄙靡之詞，以求其必至。非禮之動，能不愧心，特願以禮自持，無及於亂。」言畢，翻然而逝。張自失者久之，復逾而出，於是絕望。

數夕，張生臨軒獨寢。忽有人覺之，驚駭而起，則紅娘斂衾攜枕而至，撫張曰：「至矣！至矣！睡何為哉？」並枕重衾而去。張生拭目危坐久之，猶疑夢寐，然而修謹以俟。俄而紅娘捧崔氏而至，至則嬌羞融冶，力不能運支體，曩時端莊，不復同矣。是夕旬有八日也，斜月晶瑩，幽輝半床。張生飄飄然，且疑神仙之徒，不謂從人間至矣。有頃，寺鐘鳴，天將曉，紅娘促去，崔氏嬌啼宛轉，紅娘又捧之而去，終夕無一言。張生辨色而興，自疑曰：「豈其夢邪？」及明，睹妝在臂，香在衣，淚光熒熒然，猶瑩於茵席而已。

是後又十餘日，杳不復知。張生賦〈會真詩〉三十韻，未畢，而紅娘適至，因授之，以貽崔氏。自是復容之，朝隱而出，暮隱而入，同安於曩所謂西廂者，幾一月矣。張生常詰鄭氏之情，則曰：「我不可奈何矣。」因欲就成之。無何，張生將之長安，先以情喻之。崔氏宛無難詞，然而愁怨之容動人矣。將行之再夕，不可復見，而張生遂西下。

數月，復游於蒲，會於崔氏者又累月。崔氏甚工刀札，善屬文，求索再三，終不可見。往往張生自以文挑，亦不甚睹覽。大略崔之出人者，藝必窮極，而貌若不知；言則敏辯，而寡於酬對；待張之意甚厚，然未嘗以詞繼之。時愁艷幽邃，恆若不識；喜慍之容，亦罕形見。異時獨夜操琴，愁弄淒惻，張竊聽之，求之，則終不復鼓矣，以是愈惑之。

張生俄以文調及期，又當西去。當去之夕，不復自言其情，愁嘆於崔氏之側。崔已陰知將訣矣，恭貌怡聲，徐謂張曰：「始亂之，終棄之，固其宜矣，愚不敢恨。必也君亂之，君終之，君之惠也；則歿身之誓，其有終矣，又何必深感於此行？然而君既不懌，無以奉寧。君常謂我善鼓琴，向時羞顏，所不能及。今且往矣，既君此誠。」因命拂琴，鼓〈霓裳羽衣序〉，不數聲，哀音怨亂，不復知其是曲也。左右皆噓唏，崔亦遽止之。投琴，泣下流連，趨歸鄭所，遂不復至。明旦而張行。

明年，文戰不勝，張遂止於京，因貽書於崔，以廣其意。崔氏緘報之詞，粗載於此，曰：「捧覽來問，撫愛過深，兒女之情，悲喜交集。兼惠花勝一合，口脂五寸，致耀首膏唇之飾。雖荷殊恩，誰復為容？睹物增懷，但積悲嘆耳。伏承使於京中就業，進修之道，固在便安。但恨僻陋之人，永以遐棄，命也如此，知復何言？自去秋已來，常忽忽如有所失，於喧嘩之下，或勉為語笑，閑宵自處，無不淚零，乃至夢寢之間，亦多感咽。離憂之思，綢繆繾綣，暫若尋常，幽會未終，驚魂已斷。雖半衾如暖，而思之甚遙，一昨拜辭，倏逾舊歲。長安行樂之地，觸緒牽情，何幸不忘幽微，眷念無斁。鄙薄之志，無以奉酬。至於終始之盟，則固不忒。鄙昔中表相因，或同宴處，婢僕見誘，遂致私誠，兒女之心，不能自固。君子有援琴之挑，鄙人無投梭之拒。及薦寢席，義盛意深，愚陋之情，永謂終托。豈期既見君子，而不能定情，致有自獻之羞，不復明侍巾幘。沒身永恨，含嘆何言？倘仁人用心，俯遂幽眇，雖死之日，猶生之年。如或達士略情，舍小從大，以先配為醜行，以要盟為可欺，則當骨化形銷，丹誠不泯，因風委露，猶托清塵。存沒之誠，言盡於此，臨紙嗚咽，情不能申。千萬珍重！珍重千萬！玉環一枚，是兒嬰年所弄，寄充君子下體所佩。玉取其堅潤不渝，環取其終使不絕；兼亂絲一絇，文竹茶碾子一枚。此數物不足見珍，意者欲君子如玉之真，弊志如環不解；淚痕在竹，愁緒縈絲，因物達情，永以為好耳。心邇身遐，拜會無期，幽憤所鐘，千里神合。千萬珍重！春風多厲，強飯為嘉。慎言自保，無以鄙為深念。」

張生發其書於所知，由是時人多聞之。所善楊巨源好屬詞，因為賦〈崔娘詩〉一絕云：「清潤潘郎玉不如，中庭蕙草雪銷初。風流才子多春思，腸斷蕭娘一紙書。」河南元稹，亦續生〈會真詩〉三十韻。詩曰：「微月透簾櫳，螢光度碧空。遙天初縹緲，低樹漸蔥朧。龍吹過庭竹，鸞歌拂井桐。羅綃垂薄霧，環珮響輕風。絳節隨金母，雲心捧玉童。更深人悄悄，晨會雨濛濛。珠瑩光文履，花明隱繡龍。瑤釵行彩鳳，羅帔掩丹虹。言自瑤華浦，將朝碧玉宮。因游洛城北，偶向宋家東。戲調初微拒，柔情已暗通。

低鬟蟬影動，回步玉塵蒙。轉面流花雪，登床抱綺叢。鴛鴦交頸舞，翡翠合歡籠。眉黛羞偏聚，唇朱暖更融。氣清蘭蕊馥，膚潤玉肌豐。無力慵移腕，多嬌愛斂躬。汗流珠點點，髮亂綠蔥蔥。方喜千年會，俄聞五夜窮。留連時有恨，繾綣意難終。慢臉含愁態，芳詞誓素衷。贈環明運合，留結表心同。啼粉流宵鏡，殘燈遠暗蟲。華光猶苒苒，旭日漸曈曈。乘鶩還歸洛，吹簫亦上嵩。衣香猶染麝，枕膩尚殘紅。冪冪臨塘草，飄飄思渚蓬。素琴鳴怨鶴，清漢望歸鴻。海闊誠難渡，天高不易沖。行雲無處所，蕭史在樓中。」

張之友聞之者，莫不聳異之，然而張志亦絕矣。稹特與張厚，因徵其詞。張曰：「大凡天之所命尤物也，不妖其身，必妖於人。使崔氏子遇合富貴，乘寵嬌，不為雲，不為雨，為蛟為螭，吾不知其所變化矣。昔殷之辛，周之幽，據百萬之國，其勢甚厚。然而一女子敗之，潰其眾，屠其身，至今為天下僇笑。予之德不足以勝妖孽，是用忍情。」於時坐者皆為深嘆。

後歲餘，崔已委身於人，張亦有所娶。適經所居，乃因其夫言於崔，求以外兄見。夫語之，而崔終不為出。張怨念之誠，動於顏色，崔知之，潛賦一章詞曰：「自從消瘦減容光，萬轉千回懶下床。不為旁人羞不起，為郎憔悴卻羞郎。」竟不之見。後數日，張生將行，又賦一章以謝絕云：「棄置今何道，當時且自親。還將舊時意，憐取眼前人。」

自是絕不復知矣。時人多許張為善補過者。予常與朋會之中，往往及此意者，夫使知者不為，為之者不惑。貞元歲九月，執事李公垂，宿於予靖安里第，語及於是。公垂卓然稱異，遂為〈鶯鶯歌〉以傳之。崔氏小名鶯鶯，公垂以命篇。

關於〈鶯鶯傳〉

作者為元縝（779~831）。本篇又稱〈會真記〉，見於《太平廣記》。後世改編作品有宋人趙令畤的《商調蝶戀花鼓子詞》，以及金人董解元的《西廂記諸宮調》，後者把「始亂終棄」的悲劇，改寫成爭取婚姻自由，和封建家長對抗後，有情人終成眷屬的喜劇，並且著重描寫了紅娘這一角色，塑造其熱心聰慧勇敢的形象，影響了元代王實甫的《崔鶯鶯待月西廂記》，「王西廂」更加深化對於封建禮教和婚姻制度的反抗，並且歌頌愛情，使其後來被朝廷列為禁書。

無雙傳

作者：薛調

唐德宗建中年間，有一個人叫王仙客，是朝中大臣劉震的外甥。小時候，王仙客的父親過世，於是和母親一起投靠母親的娘家。劉震有個女兒叫無雙，比仙客小幾歲，當時兩人都還是小孩子，所以經常親密地一起玩耍，劉震的妻子經常開玩笑地喊仙客為「王郎子」。就這樣過了好幾年，劉震照顧守寡的姊姊以及撫養王仙客，都非常周到。有一天，王仙客的母親生病了，而且病情很嚴重，就把劉震叫到面前，並跟他約定說：「我只有一個兒子，所以掛念他是理所當然的事，只是很遺憾我看不到他結婚成家、當官立業了。無雙端莊美麗，而且聰明賢慧，我非常喜歡她，以後不要讓她嫁到別的人家，我就把仙客託付給你了。你如果能夠答應我，我就沒有什麼遺憾，就算死也瞑目了。」劉震說：「姊姊應該要全心安靜地調養身體，不要想其他的事情擾亂自己的心緒。」然而沒過多久，劉震的姊姊還是病死了。王仙客護送她的遺體，回到襄鄧安葬。服完三年的喪期後，王仙客想到自己的身世，心想自己孤身一人，應該趕快娶妻成家，才能讓後代繁盛、壯大家業。無雙這幾年應該已經長大了，我舅舅難道會因為地位尊貴、官職顯赫，就食言廢除原來的婚約嗎？於是整理好行李，就來到了京城。

當時劉震擔任尚書租庸使，門庭顯赫，來來往往都是當官的人，車馬堵塞了門口。王仙客拜見舅舅之後，被安置在學館裡，與其他的學生弟子一起生活。舅甥之間的關係，雖然還是像過去一樣，但是對於挑選女婿的事，舅舅卻始終未曾提起。王仙客偶然從窗縫中偷偷看到過無雙，看到她的容貌姿態明媚豔麗，如同仙女下凡，仙客更是愛得發狂，只怕兩人的婚事不能成功。於是他賣掉帶來的行李，總共獲得幾百萬錢，給舅父、舅母身邊的隨從心腹，甚至是家中做粗活的奴僕，都送了豐厚的禮物，並擺設酒宴招待他們，於是劉府的中門以內，仙客都能夠自由進出了。此外，他在和其他的中表親戚相處時，態度都十分恭敬和善。不久遇到舅母生日，王仙客就細心挑選新奇精緻的東西作為賀禮，他買了雕刻的犀角和玉器，送給舅母當做首飾，舅母非常高興。又過了十天，王仙客請了一位老太太，向舅母提起求親的事。舅母說：「這是我的願望，應該要趕快找時間來商量這件事。」又過了幾天，有個婢女告訴仙客說：「夫人剛才把求婚的事對老爺說了，但是老爺說：『以前我從來沒有答應過這件事！』看這情形，親事恐怕會有什麼變化。」王仙客聽到這個消息，心裡覺得很沮喪，整晚都睡不著覺，只怕舅舅真的不認帳，但他侍奉舅父、舅母更是絲毫不敢懈怠。

有一天，劉震去上早朝，到了太陽剛升起時，忽然騎著馬匆忙跑回家中，全身汗流浹背，氣喘噓噓，只是不停地催促著：「快鎖上大門！快鎖上大門！」全家人驚慌害怕，猜不出來發生什麼事。過了很久，劉震才說：「涇源的士兵造反，姚令言帶著軍隊進入含元殿，天子從皇宮的北門逃出去了，百官都跟著皇帝走了，我擔心家中的妻子兒女，連忙回來安排一下。」又趕快把王仙客叫來說：「你替我處理家裡的事，等到事情結束以後我把無雙嫁給你！」仙客聽到吩咐，又驚又喜，再三拜謝。於是劉震裝滿二十車的金銀錦緞，對仙客說：「你快去換衣服，押著這些東西，從開遠門出去，找一個偏僻的旅店暫時住下。我會帶著你舅母和無雙從啟夏門出去，再繞過城去跟你會合。」王仙客依照他的吩咐行動，一直到太陽下山以後，在城外的旅店裡等了好久，劉震一家人始終沒有出現。聽說城門從中午後就關閉上鎖了，王仙客不斷向南遠望，但什麼也看不到，於是騎上青驄馬，拿著蠟燭繞城尋找，到了啟夏門，城門也是緊閉深鎖。守門的士兵都和平常不同，他們拿著白色木棒，有的站著，有的坐著。王仙客下馬，故作鎮定地慢慢問說：「城裡出了什麼事情嗎？為什麼這樣戒備森嚴？」又問：「請問今天有看到什麼人從這裡出城嗎？」守城門的人說：「朱太尉已經當了皇帝。今天午後有一個人帶了很多東西，還帶了四、五個家眷婦女，想從這個門出去，街上的人都認識他，說是租庸使劉尚書，當時守城的人不敢放行。接近傍晚時，追趕的騎兵到了，就押送著他們向北邊走了。」仙客忍不住失聲痛哭，只好又回到旅店。三更將盡的時候，城門忽然打開，只見火把照耀得如白晝一樣，士兵都拿著刀槍，大聲呼喊著說要追殺逃出城的使者，搜捕在城外的朝廷官員。王仙客聽了急忙丟下那二十車的財物，驚慌地逃走，並回到襄陽，躲在在鄉下住了三年。

後來得知叛亂平息，京城收復，天下重新太平了，王仙客才又再度動身進京，打探舅舅一家人的消息。他到了京城的新昌南街，正停下馬猶豫不知道該從哪裡找人時，忽然有一個人在馬前下拜，仙客仔細一看，原來是自己以前的老僕人塞鴻。塞鴻本來是王家的僕人，曾幫仙客的舅舅辦過一些事，舅舅覺得他做事很可靠，就把他留在家裡了。如今王仙客和他相見，不免感傷地握著手流淚。仙客問他說：「我舅舅和舅母都平安嗎？」塞鴻說：「他們都在興化的府宅中。」仙客高興地說：「我馬上就過街去探望他們。」塞鴻說：「我已經贖身成為平民了，租了一間小房子，以販賣絲織品為業。現在天色已經快黑了，您暫時先到我那裡住一晚，明天早上再陪您一起去也不算太晚。」塞鴻把王仙客帶回自己住的地方，準備了豐盛的飯菜。等到了天黑之後，塞鴻才對仙客說：「劉尚書向叛軍投降，接受叛軍的官職，叛亂平定後，和夫人一起被處死了，無雙則是被送進宮裡了。」

仙客悲傷哀號，痛哭欲絕，連鄰居們都感動不已。仙客對塞鴻說：「天下這麼大，我卻舉目無親，不知道自己託身的地方在哪裡！」又問他說：「以前的僕人還有誰在？」塞鳴說：「只有無雙身旁的婢女采蘋，現在還在金吾將軍王遂中的家裡。」仙客說：「無雙應該是沒有機會再見了，如果能再見到采蘋，死也無憾了。」於是遞上名帖，以堂侄的身分拜見王遂中，把事情的經過從頭到尾說了，並表示願用高價贖回采蘋。王遂中被仙客的深情感動，答應他的要求。王仙客於是租了房子，和采蘋、塞鴻同住。塞鴻常常對仙客說：「您年齡也不小了，應該謀求個一官半職，不然整天悶悶不樂，要怎麼過日子？」王仙客覺得他說得對，於是誠懇地去拜託王遂中。王遂中於是把王仙客推薦給京兆尹李齊運，李齊運就任命王仙客擔任富平縣尹，兼管長樂驛站。

過了幾個月，忽然有人報告說，宮裡派使者押著三十名宮女去清掃皇陵，途中要住宿在長樂驛。等宮中十輛氈車上的人都下來以後，王仙客對塞鴻說：「我聽說被選入內廷的宮女，大多是官宦人家的子女，恐怕無雙也會在裡面。你幫我去偷偷看一看，可以嗎？」塞鴻說：「皇宮裡的宮女有好幾千人，怎麼可能這麼巧，無雙就剛好在這裡？」仙客說：「你只要去幫我看一看就好，人間常常有意想不到的事。」於是讓塞鴻假扮成驛站的小吏，在簾外煮茶，並給他三千錢，跟他約定說：「你要假裝在這裡顧著茶具，一刻也不要離開，如果真的有看到什麼，就趕快來告訴我。」塞鴻連聲答應著去了。那些宮女們全在簾子裡面，無法看到她們樣貌，只聽見她們在夜裡嘈雜的說話聲音罷了。到了深夜，各種動靜都停了，塞鴻刷洗著茶具，添加柴火，一刻也不敢睡，忽然聽到簾子裡有人說：「塞鴻！塞鴻！你怎麼知道我在這裡呢？你家郎君還好嗎？」說著低聲哭泣。塞鴻說：「郎君現在負責管理這個驛站，今天懷疑小姐會來到此處，所以叫我來問候。」無雙又說：「我不能說太久的話，明天我離開以後，你到東北廂房的閣子中，在紫色床褥底下取出書信送給郎君。」說完就離開了。不久，忽然聽到簾子裡面很吵鬧，有人說：「有宮女突然生病，太監急著要湯藥。」原來說話的就是無雙。塞鴻急忙把情況告訴了王仙客，仙客吃驚的說：「我怎樣才能見她一面呢？」塞鴻說：「最近正在修渭河橋，郎君可以假冒理橋官，等宮裡的車子過橋時，你盡量站靠近車子一點，無雙如果認出你來，一定會掀開車簾，這樣就能見到她了。」仙客依照他的話去做，等到第三輛車經過時，裡面的人果然把簾子掀開了，仙客一看，真的是無雙。仙客又傷感、又怨恨、又渴望、又思慕，簡直承受不了這種複雜的心情。

宮女們離開驛站後，塞鴻在閣子中的床褥下面找到書信，交給王仙客。有五張花箋紙，上面都是無雙親筆，一字一句十分悲哀懇切，敘述詳盡。仙客看完以後，含恨落淚，覺得從此以後再也見不到無雙了。那封信的最後說：「常聽見皇帝的使者說，富平縣有位姓古的押衙，是個願意替人排憂解難的豪傑，你能去求他看看嗎？」仙客便向府裡提出申請，請求解除驛務，返回富平縣擔任縣尹。獲得批准後，仙客就回富平縣四處尋訪古押衙，找了很久，原來這個古押衙已經退休，閒住在鄉下的房子裡。仙客前去拜訪，順利地見到古先生。往後，只要是古先生想要做的，王仙客一定努力替他辦到；贈送給古先生的禮物，包括各種顏色的絲織品和珍寶玉石，可說是不計其數。就這樣過了一年，王仙客從未開口向古先生提出什麼請求。縣尹的任期滿了以後，王仙客閒居在縣裡。有一天，古先生忽然來了，對仙客說：「我古洪只是一個武夫，人也已經衰老了，還有什麼用呢？但你卻對我竭盡心力，我觀察你的用意，一定是有什麼事想要請求我去做。老夫也是個有心人，很感激你對我的大恩，我願意粉身碎骨來回報你。」仙客哭著下拜，把實情告訴古先生。古先生仰望天空，不斷地用手拍自己的腦袋，說：「這件事很不容易，但還是要替你試試看，只是不能期望短時間之內就能成。」仙客拜謝說：「只希望能在生前再見到無雙，哪敢限定時間早晚呢？」

之後過了半年都沒有消息。有一天，有人到王仙客家敲門，原來是古先生派人送信來了。信上說：「茅山使者回來了，你先來我這裡。」仙客立刻騎上馬飛奔而去，然而見了古先生以後，古先生竟然一句話也沒說。仙客又問起使者，古先生只回答說：「已經殺掉了，先喝點茶吧。」到了深夜，古先生對仙客說：「你家裡有認識無雙的女僕嗎？」仙客說采蘋認識無雙，並且馬上把采蘋帶過來。古先生仔細看了采蘋的相貌，笑著高興地說：「借她留在這裡三、五天，你就暫時先回去吧。」過了幾天以後，忽然傳來消息說，有位大官從這裡經過，要去處置陵園中的一名宮女。仙客心裡覺得很奇怪，叫塞鴻去打聽被殺的人是誰，沒想到竟然就是無雙！仙客傷心欲絕，痛哭失聲，感嘆地說：「本來還寄望古先生能把她救出來，現在人還來不及救出來就已經死了，我還能怎麼辦呢？」於是流淚嘆氣，久久不能自已。當天晚上，夜已深沉，突然聽到一陣急促的敲門聲，王仙客開門一看，原來是古先生，他扛著一個蓆捲進來，對仙客說：「這是無雙，現在雖然看起來死了，不過心頭微溫，後天就會活過來，到時候餵她喝一點湯藥，切記一定要安靜而且要保密。」說完，仙客連忙把無雙抱進了房間裡，一個人陪在身邊守護著她。到了天亮，無雙的身體漸漸回溫，渾身都有了熱氣。她緩緩睜開眼睛看見仙客，大哭了一聲，又再度昏死過去，仙客急忙搶救治療，直到晚上，無雙才又醒過來。古先生又說：「暫時借用一下塞鴻，請他到房子後面挖個坑洞。」等到洞挖深以後，古先生突然抽出刀來，把塞鴻的頭砍落到洞裡，仙客看到後大感驚嚇害怕。古先生說：「你不要害怕，今天我已經報答了你的恩情。前陣子我聽說茅山道士有一種藥，把藥吃下去之後就會立刻死去，但是三天後就會再度復活，我派人專程去要了一粒藥丸。昨天讓采蘋假扮宦官，聲稱無雙與逆黨勾結，賜給她這種藥命令她自盡。等她的屍體被送往墓地時，我又偽裝成她的親戚，用百匹綢緞贖出她的屍體。沿途所有的館驛，我都送了厚禮賄賂，所以一定不會洩漏。至於茅山使者和幫忙抬無雙屍體的人，我已經在野外把他們都滅口了。為了你，我也會自殺，這樣就不會有人查到跟你有任何關聯。你也不能再住在這個地方，門外有十個轎夫、五匹馬、二百匹絹布，等到五更天時，你就帶著無雙出發，從此改名換姓，到遠方去避禍吧！」說完舉起刀自刎，仙客急忙要去阻擋，但還是慢了一步，古先生已經人頭落地，於是只好把古先生的頭和身體一起埋葬在洞裡。他趁天沒亮就帶著無雙出發了，經過了四川、三峽，最後寄居在江陵的渚宮。後來王仙客一直沒聽到京城有什麼查緝追捕的消息，於是就帶著家眷回到了襄鄧的房舍，與無雙白頭偕老，子女成群。

唉！人生有很多離散聚合之事，卻少有能夠跟這件事相比的，常說這是古今都未有的。無雙遭遇亂世被送進宮裡，而王仙客對無雙的感情卻至死不變，終於遇到古先生，用奇特的方法救回無雙。然而為了成全這件事，犧牲了十幾個無辜的人。而仙客經歷艱難逃竄避禍，最後能夠再回到故鄉，與無雙兩人當了五十年夫妻，實在是天下少有的奇事啊！

◈唐山仙客者，建中中朝臣劉震之甥也。初，仙客父亡，與母同歸外氏。震有女曰無雙，小仙客數歲，皆幼稚，戲弄相狎，震之妻常戲呼仙客為王郎子。如是者凡數歲，而震奉孀姊及撫仙客尤至。一旦，王氏姊疾，且重，召震約曰：「我一子，念之可知也，恨不見其婚室。無雙端麗聰慧，我深念之，異日無令歸他族，我以仙客為託。爾誠許我，瞑目無所恨也。」震曰：「姊宜安靜自頤養，無以他事自撓。」其姊竟不痊。仙客護喪，歸　襄鄧。服闋，思念身世，孤孑如此，宜求婚娶，以廣後嗣。無雙長成矣，我舅氏豈以位尊官顯而廢舊約耶，於是飾裝抵京師。

時震為尚書租庸使，門舘赫奕，冠蓋填塞。仙客既覲，置於學舍，弟子為伍。舅甥之分，依然如故，但寂然不聞選取之議。又於窗隙間窺見無雙，姿質明艷，若神仙中人，仙客發狂，唯恐姻親之事不諧也。遂鬻囊橐，得錢數百萬，舅氏舅母左右給使，達於厮養，皆厚遺之，又因復設酒饌，中門之內，皆得入之矣。諸表同處，悉敬事之。遇舅母生日，市新奇以獻，雕鏤犀玉，以為首飾，舅母大喜。又旬日，仙客遣老嫗，以求親之事，聞於舅母。舅母曰：「是我所願也，即當議其事。」又數夕，有青衣告仙客曰：「娘子適以親情事言於阿郎，阿郎云：『向前亦未許之。』模樣云云，恐是參差也。」仙客聞之，心氣俱喪，達旦不寐，恐舅氏之見棄也，然奉事不敢懈怠。

一日，震趨朝，至日初出，忽然走馬入宅，汗流氣促，唯言：「鏁却大門，鏁却大門！」一家惶駭，不測其由。良久乃言：「涇原兵士反，姚令言領兵入含元殿，天子出苑北門，百官奔赴行在。我以妻女為念，略歸部署。」疾召仙客：「與我勾當家事，我嫁與爾無雙。」仙客聞命，驚喜拜謝。乃裝金銀羅錦二十馱，謂仙客曰：「汝易衣服，押領此物，出開遠門，覓一深隙店安下。我與汝舅母及無雙，出啟夏門，遶城續至。」仙客依所教，至日落，城外店中待久不至。城門自午後扃鎖，南望目斷，遂乘驄，秉燭遶城，至啟夏門，門亦鎖。守門者不一，持白棓，或立或坐。仙客下馬徐問曰：「城中有何事如此？」又問：「今日有何人出此？」門者曰：「朱太尉已作天子。午後有一人重戴，領婦人四五輩，欲出此門。街中人皆識，云是租庸使劉尚書，門司不敢放出。近夜追騎至，一時驅向北去矣。」仙客失聲慟哭，却歸店。三更向盡，城門忽開，見火炬如晝，兵士皆持兵挺刃，傳呼斬斫使出城，搜城外朝官。仙客捨輜騎驚走，歸襄陽，村居三年。

後知剋復，京師重整，海內無事，乃入京，訪舅氏消息。至新昌南街，立馬彷徨之際，忽有一人馬前拜。熟視之，乃舊使蒼頭塞鴻也。鴻本王家生，其舅常使得力，遂留之。握手垂涕，仙客謂鴻曰：「阿舅舅母安否？」鴻云：「並在興化宅。」仙客喜極云：「我便過街去。」鴻曰：「某已得從良，客戶有一小宅子，販繒為業。今日已夜，郎君且就客戶一宿，來早同去未晚。」遂引至所居，飲饌甚備。至昏黑，乃聞報曰：「尚書受偽命官，與夫人皆處極刑，無雙已入掖庭矣。」仙客哀冤號絕，感動隣里。謂鴻曰：「四海至廣，舉目無親戚，未知託身之所。」又問曰：「舊家人誰在？」鴻曰：「唯無雙所使婢採蘋者，今在金吾將軍王遂中宅。」仙客曰：「無雙固無見期，得見採蘋，死亦足矣。」由是乃刺謁，以從侄禮見遂中，具道本末，願納厚價，以贖採蘋。遂中深見相知，感其事而許之。仙客稅屋，與鴻蘋居。塞鴻每言郎君年漸長，合求官職，悒悒不樂，何以遣時？仙客感其言，以情懇告遂中。遂中薦見仙客於京兆尹李齊運，齊運以仙客前御為富平縣尹，知長樂驛。

累月，忽報有中使押領內家三十人往園陵，以備灑掃，宿長樂驛。氈車子十乘下訖，仙客謂塞鴻曰：「我聞宮嬪選在掖庭，多是衣冠子女，我恐無雙在焉，汝為我一窺，可乎？」鴻曰：「宮嬪數千，豈便及無雙？」仙客曰：「汝但去，人事亦未可定。」因令塞鴻假為驛吏，烹茗於簾外，仍給錢三千，約曰：「堅守茗具，無暫捨去。忽有所　，即疾報來。」塞鴻唯唯而去。宮人悉在簾下，不可得見之，但夜語喧譁而已。至夜深羣動皆息，塞鴻滌器搆火，不敢輒寐，忽聞簾下語曰：「塞鴻塞鴻，汝爭得知我在此耶？

郎健否？」言訖嗚咽。塞鴻曰：「郎君見知此驛，今日疑娘子在此，令塞鴻問候。」又曰：「我不久語，明日我去後，汝於東北舍閣子中紫褥下，取書送郎君。」言訖便去。忽聞簾下極鬧，云：「內家中惡，中使索湯藥甚急。」乃無雙也。塞鴻疾告仙客，仙客驚曰：「我何得一見？」塞鴻曰：「今方修渭橋，郎君可假作理橋官，車子過橋時，近車子立，無雙若認得，必開簾子，當得瞥見耳。」仙客如其言，至第三車子，果開簾子，窺見，真無雙也。仙客悲感怨慕，不勝其情。

塞鴻於閣子中褥下得書，送仙客。花牋五幅，皆無雙真迹，詞理哀切，叙述周盡。仙客覽之，茹恨涕下，自此永訣矣。其書後云：「常見敕使說，富平縣古押衙，人間有心人，今能求之否？」仙客遂申府，請解驛務，歸本官。遂尋訪古押衙，則居於村墅。仙客造謁，見古生。生所願，必力致之；繒綵寶玉之贈，不可勝紀。一年未開口。秩滿，閒居於縣。古生忽來，謂仙客曰：「洪一武夫，年且老，何所用。郎君於某竭分，察郎君之意，將有求於老夫。老夫乃一片有心人也，感郎君之深恩，願粉身以答效。」仙客泣拜，以實告古生。古生仰天，以手拍腦數四曰：「此事大不易，然與郎君試求，不可朝夕便望。」仙客拜曰：「但生前得見，豈敢以遲晚為限耶。」

半歲無消息。一日扣門，乃古生送書，書云：「茅山使者回，且來此。」仙客奔馬去，見古生，生乃無一言。又啟使者，復云：「殺却也，且吃茶。」夜深，謂仙客曰：「宅中有女家人識無雙否？」仙客以采蘋對，仙客立取而至。古生端相，且笑且喜云：「借留三五日，郎君且歸。」後累日，忽傳說曰：「有高品過，處置園陵宮人。」仙客心甚異之，令塞鴻探所殺者，乃無雙也。仙客號哭，乃歎曰：「本望古生，今死矣。為之柰何？」流涕歔欷，不能自已。是夕更深，聞叩門甚急，及開門，乃古生也，領一箯子入，謂仙客曰：「此無雙也，今死矣，心頭微暖，後日當活。微灌湯藥，切須靜密。」言訖，仙客抱入閣子中，獨守之。至明，遍體有暖氣。見仙客，哭一聲遂絕，救療至夜方愈。古生又曰：「暫借塞鴻，於舍後掘一坑。」坑稍深，抽刀斷塞鴻頭於坑中。仙客驚怕。古生曰：「郎君莫怕，今日報郎君恩足矣。比聞茅山道士有藥術，其藥服之者立死，三日却活。某使人專求得一丸，昨令採蘋假作中使，以無雙逆黨，賜此藥令自盡。至陵下，託以親故，百縑贖其尸。凡道路郵傳，皆厚賂矣，必免漏泄。茅山使者及舁箯人，在野外處置訖。老夫為郎君，亦自刎。君不得更居此，門外有檐子一十人，馬五匹，絹二百匹，五更挈無雙便發，變姓名浪迹以避禍。」言訖，舉刀，仙客救之，頭已落矣，遂並尸蓋覆訖。未明發，歷四蜀下峽，寓居於渚宮。悄不聞京兆之耗，乃挈家歸襄鄧別業，與無雙偕老矣，男女成羣。

噫。人生之契闊會合多矣，罕有若斯之比，常謂古今所無。無雙遭亂世籍沒，而仙客之志，死而不奪，卒遇古生之奇法取之。冤死者十餘人。艱難走竄後，得歸故鄉，為夫婦五十年。何其異哉！

關於〈無雙傳〉

作者薛調（829or830~872）。本篇見於《太平廣記》。明代陸采曾以此作為本改編為傳奇戲曲《明珠記》。

長恨歌傳

作者：陳鴻

唐玄宗開元年間，天下太平，四海無事。玄宗當皇帝已經很多年了，漸漸厭倦夜以繼日地處理國事，朝政上不論大小事務，都開始交給丞相去處理。他自己則是深居內宮，遊樂宴飲，用音樂和美色娛樂自己。

在此之前，元獻皇后和武淑妃都受過玄宗的寵幸，兩人相繼去世後，後宮裡雖有成千上萬個家世良好的女子，卻沒有玄宗皇帝看得上眼的，因此他整天悶悶不樂。當時每年十月，玄宗皇帝都要乘著車駕去華清宮，宮內外有封號的命婦，都穿著光彩鮮明的衣服，跟隨在皇帝後面如影隨形。玄宗洗浴之後，也賞賜命婦們在池中沐浴。春風吹拂著華清池水，命婦們自由自在地沐浴在水中，玄宗不禁覺得內心有些蕩漾，希望能遇到一個讓自己心動的女子。然而他看著前後左右的嬪妃宮女，卻覺得一個個面色如土，完全沒有讓自己內心悸動的光彩。於是下令叫高力士暗中到宮外尋找美女。結果在壽王的府邸中，發現了弘農郡楊玄琰的女兒。這個少女已經及笄成年了，鬢髮細膩潤澤，身材胖瘦適中，一舉一動既嫻靜又嬌媚，就像漢武帝的愛妾李夫人那樣美麗動人。玄宗為她另外設了一個溫泉浴池，讓她獨自洗浴。洗完走出水池以後，她的身體似乎柔弱無力，好像連穿輕柔的絲綢衣服都無法，但是外表看起來光彩煥發，明豔照人，玄宗看了非常高興。在她正式進見玄宗皇帝那天，樂隊演奏〈霓裳羽衣曲〉引導她進場；在定情的晚上，玄宗送給她一個金釵鈿盒，象徵彼此間的愛情堅固不移，又命她戴上走路時垂珠會搖動的髮簪金步搖，還有一對金製的耳墜，對她寵愛有加。

第二年，楊氏被冊封為貴妃，服飾、生活用品的待遇比照皇后待遇的一半。從此楊貴妃努力打扮自己的容貌外表，使自己說話更加聰敏機智，學習擺弄各種嫵媚的姿態，來迎合玄宗皇帝的心意，於是皇帝就愈加寵愛她了。當時玄宗到各州巡視民情風俗、祭祀五嶽山川、在驪山度過風雪夜晚、在上陽宮迎接春天早晨時，楊貴妃都跟在他身邊，出門搭同一車駕，住同一間寢室，她飲宴有專門的筵席，睡覺有專門的房間。玄宗雖然有三名夫人、九位嬪妃、二十七個世婦、八十一名御妻和眾多後宮的才人、無數樂府的歌女，但玄宗連看她們一眼的興趣都沒有。從此六宮中，再也沒有其他人能被玄宗皇帝臨幸侍寢了。這不僅是由於楊貴妃過人的容貌和嫵媚的姿態，能獨自蒙受皇帝的恩寵，還因為她的聰明巧智，善於迎合討好、獻媚奉承，常常玄宗還沒開口，她就能事先猜到皇帝的心意，這當中有許多無法用言語形容的巧妙地方。

因為楊貴妃的關係，她的叔父和兄弟都做了高貴顯要的官職，受封爵位成為公侯；姊妹都被封為國夫人，享受的富貴跟皇族相等，車馬、衣服、住宅的等級與皇帝的姑母相同，但從皇帝那裡得到的恩澤和權力，卻又遠遠超過她們。楊貴妃的親屬出入宮門，侍衛無人敢阻擋過問，京城的官員都不敢正眼盯著他們看。因此，當時民間有歌謠說：「生女不用悲傷，生男也不用歡喜。」又說：「男兒不一定能封侯，但女兒能作妃子，你看女兒卻能夠光耀門楣。」楊氏家族被人們羨慕成這個樣子。

玄宗天寶末年，楊貴妃的哥哥楊國忠竊據了丞相之位，把持國家大權。等到安祿山造反，領兵向京城長安進軍，就是以討伐楊氏家族作為藉口。潼關失守後，玄宗皇帝向南逃跑，出了咸陽後，在馬嵬坡臨時駐紮休息，保衛玄宗的軍隊都拿著武器不肯再前進，而跟著玄宗的大小官員都跪在他的車駕前，請求誅殺楊國忠向天下謝罪。楊國忠捧著謝罪的白冠犛纓和水盤向皇帝請罪，結果被處死於道路旁。但左右的侍從仍不滿意，玄宗問他們想要怎麼樣，當時有一個敢說話的人就大著膽子，請求殺掉楊貴妃來消除天下人的怨恨。玄宗知道這件事已經難以改變，可是又不忍心眼睜睜看著楊貴妃死在面前，就拉起袖子遮住臉，讓人把她帶走。貴妃慌張匆忙地想要掙扎，最後還是被白色的絲帶絞死。

不久玄宗逃到四川成都，太子在靈武繼承了皇帝的位子，成為肅宗。第二年，安史之亂的元凶安祿山被殺死，玄宗的車駕才再度回到長安城，肅宗尊玄宗為太上皇，讓他到南邊的興慶宮殿養老，不久又讓他遷到西內的太極宮。時光流逝，往事遠去，唐玄宗感到歡樂已盡，只剩無限悲傷。每到春天的白晝、冬天的夜晚、夏天池中蓮花盛開、秋天宮中槐樹落葉，樂班吹奏玉管，聽到〈霓裳羽衣曲〉時，玄宗心中就鬱鬱不樂，左右的侍從也忍不住感嘆。即使三年過去，他想念楊貴妃的心情始終沒有改變、絲毫沒有減少。但是連想在夢中與楊貴妃相見，卻始終渺茫不能實現。

當時正好有個道士從四川來到長安，知道玄宗心裡非常思念楊貴妃，就說自己有李少君的招魂法術，玄宗一聽非常高興，讓他召喚楊貴妃的魂靈。道士便竭盡自己所有的法術尋找，但一直沒有找到；他又騰雲駕霧，上至天界、下入地府尋找，但還是找不到；道士又到東西南北四方的天地去找，最東到了大海，跨越蓬萊山，發現一座最高的仙山，上面有許多樓閣，其中西廂房的屋簷下有一個朝向東邊的洞門，大門緊緊關閉，寫著「玉妃太真院」。道士拔下簪子敲門，有個梳著雙鬟的女童出來開門。道士匆忙之間還來不及開口，女童卻又進去了。不久有個穿著綠衣服的侍女走出來，問道士從什麼地方來。道士說自己是唐朝天子的使者，並且傳達玄宗的使命。綠衣侍女說：「玉妃正在睡覺，請稍微等一下。」這時雲霧繚繞著仙洞，天色漸漸暗了下來，玉門重新關了起來，四周靜悄悄地一點聲音也沒有。道士不敢大聲呼吸，恭敬地拱著手站在門外等待。

過了好一陣子，穿綠衣的侍女才引導道士進去，並且說：「玉妃出來了。」道士看見玉妃頭上戴著金色蓮花冠，肩上披著紫色絲綢，身上佩掛紅玉，腳上穿著鳳頭繡鞋，在七、八個侍女的簇擁下緩步走來。她向道士作揖行禮，問玄宗皇帝平安與否，然後又問起天寶十四年以後的事。玉妃說完後，一臉感傷，用手示意綠衣侍女，讓她拿出金釵鈿盒，各拆下一半交給道士，說：「替我向太上皇道謝，我現在敬獻上這件東西，以重溫過去的情意。」道士接受了玉妃的話和信物，準備要動身返回時，臉上好像欲言又止的樣子。玉妃於是問他還有什麼話要說，道士走上前跪下說：「請說一件你們兩人過去的私事，這件事是沒有其他人知道的，以便向太上皇證實。否則，這個鈿盒金釵恐怕會被當成像新垣平欺騙漢文帝所設的騙局。」玉妃往後退了幾步，好像在回憶什麼，過了一會，才慢慢地說：「天寶十年的時候，我侍候皇帝到驪山的行宮避暑。那天正好是七月初七，是牛郎、織女相會的夜晚。按照秦地的風俗，要在那天晚上張掛錦繡，陳列飲食，在院子裡插花燒香，稱為『乞巧』，皇宮中尤其重視這件事。當時來到半夜，已經讓侍衛們在東西廂房中休息，只有我單獨侍候皇上。皇上靠著我的肩站著，仰望著天空，感嘆牛郎、織女的遭遇，於是我們兩人祕密地相互發誓，願世世代代都作夫妻。我們說完誓言以後，拉著彼此的手各自輕聲哭泣。這件事只有皇上知道。」玉妃接著又傷感地說：「由於想起了和他的這份感情，我對塵世的情緣未了，無法繼續住在這個仙境了，我將再回到人間，再結以後的緣份。或許在天上，或許在人間，總之我們一定會再相見，並成為夫妻，就像之前那樣。」最後又說：「太上皇在人間的時間也不長了，希望他多多珍重，不要再自尋煩惱。」道士回來後向玄宗稟報見到貴妃的經過，玄宗心裡傷感嘆息了好久，其餘的事情都已經記錄在國家的史書中，這裡就不談了。

到了唐憲宗元和元年，盩厔縣的縣尉白居易，做了一篇〈長恨歌〉來記敘這件事，並且把過去秀才陳鴻所作的這篇傳記，放在詩的前面，看作是〈長恨歌傳〉。

◈唐開元中，泰階平，四海無事。玄宗在位歲久，勌於旰食宵衣，政無大小，始委於丞相。稍深居遊宴，以聲色自娛。

先是，元獻皇后武淑妃皆有寵，相次即世，宮中雖良家子千萬數，無悅目者，上心忽忽不樂。時每歲十月，駕幸華清宮，內外命婦，焜燿景從。浴日餘波，賜以湯沐。春風靈液，淡蕩其間。上心油然，恍若有遇，顧左右前後，粉色如土。詔高力士，潛搜外宮，得弘農楊玄琰女於壽邸。既笄矣，鬢髮膩理，纖穠中度，舉止閒冶，如漢武帝李夫人。別疏湯泉，詔賜澡瑩。既出水，體弱力微，若不任羅綺，光彩煥發，轉動照人，上甚悅。進見之日，奏〈霓裳羽衣〉以導之；定情之夕，授金釵鈿合以固之，又命戴步搖，垂金璫。

明年，冊為貴妃，半后服用。由是冶其容，敏其詞。婉孌萬態。以中上意，上益嬖焉。時省風九州，泥金五嶽，驪山雪夜，上陽春朝，與上行同輦，止同室，宴專席，寢專房。雖有三夫人、九嬪、二十七世婦、八十一御妻、暨後宮才人、樂府妓女。使天子無顧盼意。自是六宮無復進幸者。非徒殊艷尤態，獨能致是，蓋才知明慧，善巧便佞，先意希旨，有不可形容者焉。

叔父昆弟皆列在清貴，爵為通侯；姊妹封國夫人，富埒主室。車服邸第，與大長公主侔，而恩澤勢力，則又過之。出入禁門不問，京師長吏為之側目。故當時謠詠有云：「生女勿悲酸，生男勿歡喜。」又曰：「男不封侯女作妃，君看女却為門楣。」其為人心羨慕如此。

天寶末，兄國忠盜丞相位，愚弄國柄。及安祿山引兵向闕，以討楊氏為辭。潼關不守，翠華南幸，出咸陽道，次馬嵬，六軍徘徊，持戟不進，從官郎吏伏上馬前，請誅錯以謝天下。國忠奉氂纓盤水，死於道周。左右之意未快，上問之，當時敢言者，請以貴妃塞天下之怒。上知不免，而不忍見其死，反袂掩面，使牽而去之。倉皇展轉，竟就絕於尺組之下。

既而玄宗狩成都，肅宗禪靈武。明年，大兇歸元，大駕還都，尊玄宗為太上皇，就養南宮，自南宮遷於西內。時移事去，樂盡悲來，每至春之日，冬之夜，池蓮夏開，宮槐秋落，梨園弟子，玉管發音，聞〈霓裳羽衣〉一聲，則天顏不怡，左右欷歔。三載一意，其念不衰。求之夢魂，杳杳而不能得。

適有道士自蜀來，知上心念楊妃如是，自言有李少君之術，玄宗大喜，命致其神。方士乃竭其術以索之，不至；又能遊神馭氣，出天界，沒地府，以求之，又不見；又旁求四虛上下，東極絕天涯，跨蓬壺，見最高仙山，上多樓閣，西廂下有洞戶，東向。闔其門，署曰「玉妃太真院」。方士抽簪扣扉，有雙鬟童出應門。方士造次未及言，而雙鬟復入。俄有碧衣侍女至，詰其所從來。方士因稱唐天子使者，且致其命。碧衣云：「玉妃方寢，請少待之。」於時雲海沈沈，洞天日晚，瓊戶重闔，悄然無聲。方士屏息斂足，拱手門下。

久之而碧衣延入，且曰：「玉妃出。」俄見一人，冠金蓮，披紫綃，珮紅玉，曳鳳舄，左右侍者七八人，揖方士，問皇帝安否，次問天寶十四載已還事。言訖憫然，指碧衣女，取金釵鈿合，各折其半，授使者曰：「為謝太上皇，謹獻是物，尋舊好也。」方士受辭與信，將行，色有不足。玉妃因徵其意，復前跪致詞：「乞當時一事，不聞於他人者，驗於太上皇。不然，恐鈿合金釵，罹新垣平之詐也。」玉妃茫然退立，若有所思，徐而言曰：「昔天寶十年，侍輦避暑驪山宮。秋七月，牽牛織女相見之夕。秦人風俗，夜張錦繡，陳飲食，樹花燔香於庭，號為『乞巧』，宮掖間尤尚之。時夜始半，休侍衛於東西廂，獨侍上。上憑肩而立，因仰天感牛女事，密相誓心，願世世為夫婦。言畢，執手各嗚咽。此獨君王知之耳。」因自悲曰：「由此一念，又不得居此，復於下界，且結後緣。或在天，或在人，決再相見，好合如舊。」因言：「太上皇亦不久人間。幸唯自安，無自苦也。」使者還奏太上皇，上心嗟悼久之。餘具國史。

至憲宗元和元年。盩厔縣尉白居易為歌，以言其事，並前秀才陳鴻作傳，冠於歌之前，目為〈長恨歌傳〉。

關於〈長恨歌傳〉

作者陳鴻，生卒年不詳，大約與白居易同期。本篇見於《太平廣記》。唐憲宗元和元年（806），白居易與好友陳鴻、王質夫同遊馬嵬坡附近的仙遊寺，談起唐玄宗與楊貴妃，於是白居易作〈長恨歌〉，而陳鴻寫〈長恨歌傳〉，兩者相輔相成，流傳甚廣。後世改編作品有元代王伯度的《天寶遺事諸宮調》、白樸的雜劇《梧桐雨》、清代洪昇的傳奇戲曲《長生殿》等。

第三部　諷諭

枕中記

作者：沈既濟

唐玄宗開元七年，有個道士叫做呂翁，據說他曾經學得神仙法術。有一天，他行經邯鄲城的半路上，在一間旅店休息，他鬆開帽子、放寬衣帶，靠著包袱而坐。不久看見一個在旅途中的年輕人，也就是盧生。盧生穿著褐色粗布的短衣，騎著一匹青色的馬，準備去田裡工作，也在這間旅店休息。盧生和呂翁同坐一席，言談非常投機歡暢。過了一陣子，盧生看到呂翁的衣服破舊骯髒，忍不住長嘆一口氣說：「大丈夫在這世上過得不順利，才會如此困頓潦倒啊！」呂翁說：「看你的樣子，好像沒什麼苦難也沒什麼病痛，剛剛聊天的時候還很開心適意，為什麼突然感嘆生活困頓？」盧生說：「我只是苟且偷生而已，哪能說什麼順遂呢？」呂翁說：「這樣不叫順遂，那你覺得要怎樣才叫順遂？」盧生回答說：「讀書人生在這個世上，應該要能夠建立功業、揚名天下，在外擔任開疆名將，在內擔任輔政賢相，獲得崇高的聲譽，享有尊榮的地位，可以隨意選擇優美的音樂來聽，讓家族更加昌盛興旺、家庭更加富足充裕，這樣才可以說是順遂的生活啊！我曾經立志努力學習，培養禮、樂、射、御、書、數等六藝的才能，當時自以為可以輕鬆獲得功名利祿，然而現在已經到壯年了，還是只能辛勤地埋頭在田裡耕作，這不是困窘潦倒的話是什麼呢？」說完之後，盧生覺得眼睛疲睏，昏昏沉沉地想睡覺了。

當時店主人正在蒸黍米飯，呂翁從自己的包袱中拿出一個枕頭給他，說：「你用我的枕頭睡覺，就可以讓你過著夢想中的富貴生活。」那是一個青色的瓷枕，枕頭的兩端各有一個小洞。盧生把頭躺在枕頭上睡覺，迷迷糊糊中，好像看到枕頭的小洞漸漸擴大，而且透出亮光，於是整個人鑽進洞裡，醒來後發現自己竟然已經回到家裡。

幾個月後，盧生娶了清河郡望族崔家的女兒。妻子的容貌很美麗，嫁妝也很豐厚。盧生非常高興，於是身上的衣服裝飾和乘坐的車馬，都愈來愈氣派華麗。第二年，盧生參加科舉考試，一舉考中進士，於是脫去平民的褐衣，擔任秘書省校書郎，後來參加皇帝的應制考試，轉任渭南縣尉，不久又升官擔任監察御史，後來又轉任做起居舍人，負責草擬詔書的工作。三年後，他出任掌管典州，又升遷為陝州州牧。盧生向來對土木工程頗有興趣，於是從陝西開鑿八十里長的黃河河道，解決黃河淤積不通的問題。當地人民的生活便利了許多，百姓為他刻立石碑來記錄他的功德。之後他改任汴州節度使，並兼任河南道的採訪使，最後，應皇帝的命令又再度回到京城，擔任京兆尹。

那一年，唐玄宗正全力討伐戎狄，拓展疆土，吐蕃的悉抹邏和燭龍莽布支趁機率軍攻陷了瓜沙地區，節度使王𤲞新被殺，黃河、湟水一帶戰況告急。玄宗皇帝想要找一個具有將帥才能的人前往救援，於是授予盧生為御史中丞、兼領河西道節度使。他率軍迎敵，大破戎族的軍隊，斬殺敵人首級七千多個，拓展疆土九百多里，並且建築三座大城做為防禦邊境的要塞。邊疆的居民百姓在居延山上豎立石碑歌頌他的功績。他班師回朝後，依照功勳封賞，獲得很多賞賜和禮遇，之後轉任吏部侍郎，再升遷為戶部尚書兼任御史大夫。一時之間，盧生名重天下，受到全國百姓的順服推崇。盧生的活躍表現，讓他遭到當時的宰相妒忌，在皇帝面前說了很多謠言中傷他，於是被貶官出任端州刺史。三年之後，他才又被徵召回到京城擔任常侍。沒多久，他當上了同中書門下平章事，和中書令蕭嵩、侍中裴光庭共同執掌朝政十多年，他對於國家大事的謀劃很高明，命令也下達得很嚴謹，皇帝非常倚重他，每天多次傳見，他總是建議可行的方案，廢止不可行的，並且竭誠地開導、輔佐君王，於是天下都稱他為賢相。然而，同朝的官吏陷害他，又誣告他和邊疆的將領往來勾結，圖謀不軌，想要造反，皇帝於是下詔把他關進監獄。捉拿他的官吏帶著部下到他家要逮捕他，盧生驚慌失措，擔心自己將會受到極刑，對妻子說：「我山東老家有良田五頃，足夠讓家人避免挨餓受凍，我當年何苦要追求功名利祿呢？現在落得這樣的下場，連想要像當年一樣穿著褐色的粗布短衣、騎青色的小馬，漫步在邯鄲城的路上，也都沒有辦法了！」說完拿起刀子要自殺，所幸妻子趕緊搶下刀子才沒成功。最後，牽連到此案的人都被判處死刑，只有盧生在朝廷重臣求情之下保住性命，免除死罪，被流放到驩州。

幾年以後，皇帝發現他是冤枉的，才重新讓他復職，擔任中書令，並冊封為燕國公，受到皇帝特別的恩寵。盧生生了五個兒子，分別叫做儉、傳、位、倜、倚，每個都很有才能。盧儉考中進士，擔任考功員外郎；盧傳當上侍御史；盧位當上太常丞；盧倜當上萬年縣的縣尉；盧倚最能幹，才二十八歲時，就當上了左襄。盧生的姻親都是天下的名門望族，而他還有十多個孫子。盧生兩次遭到貶官流放，卻都能東山再起，當上宰相的高位，出入朝廷內外，把各部會重要官職都當了一遍，五十多年下來，名聲崇高顯赫。盧生的個性奢侈放蕩，喜歡尋歡作樂，家中的妻妾侍女都是天下第一的美色，而他先後得到皇帝賞賜的良田、豪宅、美女、名馬，多到數都數不清。

後來盧生的年紀漸漸衰老，多次請求告老辭官，但皇帝都不答應。直到他病重，朝廷大臣前來探病，一個接著一個，把道路都塞滿了；各個名醫也紛紛送上最好的藥材，對他細心照顧。盧生知道自己的死期不遠，向皇帝上奏書說：「臣本來只是個山東的普通儒生，在田圃中耕作而自得其樂。偶然得到皇上的恩寵，得以位列朝廷官員。承蒙皇上特別的嘉獎，得到格外賞識，出門擁有隆重的儀仗隊伍，入朝擔任宰相的高職，結交朝中內外的皇親國戚、權貴重臣，經歷數十年的時光。自己覺得辜負皇上的恩寵，對皇上聖明的教化沒有什麼助益。都是臣才不稱職，才招致不少禍患，一想起來就覺得如履薄冰，心中無限憂慮，一天比一天還要擔心害怕，不知不覺已經衰老。臣今年超過八十歲了，官位已達到三公的極點，眼看年歲即將到盡頭，身體筋骨也都已虛弱衰老，在昏沉彌留之際，等待最後的時間結束。臣回顧自己的一生，沒什麼成就，但還是非常感謝皇上聖明的重用，是臣白白辜負了皇上的恩寵。如今要永遠告別皇上了，臣的內心無限感激和留戀，只能恭謹地奉上此表陳述心中的謝意。」皇帝下詔書說：「你以美好的德行，擔任朕重要的大臣。在外任官時是保護國家的重臣，入朝任官時輔佐朕治理朝政。國家二十多年來和平昌盛，完全是依賴你的功勞。當你被疾病糾纏時，還以為馬上就可以痊癒，沒想到竟會如此沉重難治，令朕非常擔心痛惜。現在命令驃騎大將軍高力士到你家探望，希望你要好好治療，並為了我珍惜自己的生命，千萬不要再胡思亂想，期望能夠早日康復。」當天晚上，盧生就過世了。

盧生伸個懶腰之後醒來，看見自己還躺在旅店中，呂翁坐在自己身旁，店主人所蒸的黍米飯還沒熟，眼前的一切和原來的一樣。盧生驚訝地跳起來，說：「難道我剛剛只是在做夢嗎？」呂翁對盧生說：「人生中的如意順遂，也差不多就是這樣啊！」盧生惆悵失意了好一陣子，向呂翁道謝，說：「人生中，獲得恩寵或屈辱的方法、困頓或通達的運勢、得到或失去的道理、死亡或生存的情理，我已經完全了解了。這場夢是先生用心化解、抑制我的欲望啊！我怎麼能不接受教誨呢？」於是盧生向呂翁磕頭，並再三拜謝之後就離開了。

◈開元七年，道士有呂翁者，得神仙術。行邯鄲道中，息邸舍，攝帽弛帶，隱囊而坐。俄見旅中少年，乃盧生也。衣短褐，乘青駒，將適於田，亦止於邸中，與翁共席而坐，言笑殊暢。久之，盧生顧其衣裝敝褻，乃長嘆息曰：「大丈夫生世不諧，困如是也！」翁曰：「觀子形體，無苦無恙，談諧方適，而嘆其困者，何也？」生曰：「吾此苟生耳，何適之謂？」翁曰：「此不謂適，而何謂適？」答曰：「士之生世，當建功樹名，出將入相，列鼎而食，選聲而聽，使族益昌而家益肥，然後可以言適乎。吾嘗志於學，富於游藝，自惟當年，青紫可拾。今已適壯，猶勤畎畝，非困而何？」言訖，而目昏思寐。時主人方蒸黍，翁乃探囊中枕以授之，陰：「子枕吾枕，當令子榮適如志。」其枕青瓷，而竅其兩端。生俯首就之，見其竅漸大，明朗，乃舉身而入，遂至其家。

數月，娶清河崔氏女。女容甚麗，生資愈厚。生大悅，由是衣裝服馭，日益鮮盛。明年，舉進士登第，釋褐秘校，應制，轉渭南尉，俄遷監察御史，轉起居舍人，知制誥。三載，出典同州，遷陜牧。生性好土功，自陜西鑿河八十里，以濟不通。邦人利之，刻石紀德。移節汴州，領河南道採訪使，徵為京兆尹。

是歲，神武皇帝方事戎狄，恢宏土宇。會吐蕃悉抹邏及燭龍莽布支攻陷瓜沙，而節度使王君㚟新被殺，河湟震動。帝思將帥之才，遂除生御史中丞、河西道節度。大破戎虜，斬首七千級，開地九百里，築三大城以遮要害。邊人立石於居延山以頌之。歸朝冊勛，恩禮極盛，轉吏部侍郎，遷戶部尚書兼御史大夫。時望清重，群情翕習。大為時宰所忌，以飛語中之，貶為端州刺史。三年，徵為常侍。未幾，同中書門下平章事，與蕭中令嵩、裴侍中光庭同執大政十餘年，嘉謨密命，一日三接，獻替啟沃，號為賢相。同列害之，復誣與邊將交結，所圖不軌。下制獄。府吏引從至其門而急收之，生惶駭不測，謂妻子曰：「吾家山東，有良田五頃，足以禦寒餒，何苦求祿？而今及此，思衣短褐，乘青駒，行邯鄲道中，不可得也。」引刃自刎，其妻救之，獲免。其罹者皆死，獨生為中官保之，減罪死，投驩州。

數年，帝知冤，復追為中書令，封燕國公，恩旨殊異。生五子，曰儉，曰傳，曰位，曰倜，曰倚，皆有才器。儉進士登第，為考功員外；傳為侍御史；位為太常丞；倜為萬年尉；倚最賢，年二十八，為左襄。其姻媾皆天下望族，有孫十餘人。兩竄荒徼，再登臺鉉，出入中外，徊翔臺閣，五十餘年，崇盛赫奕。性頗奢蕩，甚好佚樂，後庭聲色，皆第一綺麗。前後賜良田、甲第、佳人、名馬，不可勝數。

後年漸衰邁，屢乞骸骨，不許。病，中人候問，相踵於道；名醫上藥，無不至焉。將歿，上疏曰：「臣本山東諸生，以田圃為娛。偶逢聖運，得列官敘。過蒙殊獎，特秩鴻私，出擁節旌，入升臺輔，周旋中外，綿歷歲時。有忝天恩，無裨聖化。負乘貽寇，履薄增憂，曰懼一曰，不知老至。今年逾八十，位極三事，鐘漏並歇，筋骸俱耄，彌留沉頓，待時溘盡。顧無成效，上答休明，空負深恩。永辭聖代，無任感戀之至，謹奉表陳謝。」詔曰：「卿以俊德，作朕元輔。出擁藩翰，入贊雍熙，升平二紀，實卿所賴。比嬰疾疹，曰謂痊平，豈斯沉痼，良用憫惻。今令驃騎大將軍高力士就第候省，其勉加針石，為予自愛，猶冀無妄，期於有瘳。」是夕，薨。

盧生欠伸而悟，見其身方偃於邸舍，呂翁坐其傍，主人蒸黍未熟，觸類如故。生蹶然而興，曰：「豈其夢寐也？」翁謂生曰：「人生之適，亦如是矣。」生憮然良久，謝曰：「夫寵辱之道，窮達之運，得喪之理，死生之情，盡知之矣。此先生所以窒吾欲也。敢不受教！」稽首再拜而去。

關於〈枕中記〉

作者沈既濟，生卒年不詳。本篇見於《文苑英華》，這是宋太宗時李昉等人共同編纂的文學總集。這個故事又名〈黃粱夢〉、〈邯鄲夢〉。《太平廣記》裡也收錄了類似版本，篇名改為〈呂翁〉，內容和《文苑英華》略有不同。這個故事的原型，可以追溯到南朝宋劉義慶《幽冥錄》中的〈柏枕幻夢〉故事。（參見本書系列作《故事雲・中國童話　經典大閱讀》）

元代馬致遠的雜劇《邯鄲道省悟黃粱夢》、明代蘇元俊的傳奇戲曲《呂真人黃粱夢境記》均以此故事為本改編，但是把被度化點醒的角色改成呂洞賓。明代湯顯祖的傳奇戲曲《邯鄲記》、谷子敬的雜劇《邯鄲道盧生枕中記》，則是以盧生的體驗為主。成語「黃粱一夢」也出於此。

南柯太守傳

作者：李公佐

東平人淳于棼，是吳楚一帶講義氣、愛交朋友的人。他喜愛喝酒，意氣用事，做事不拘小節，家裡有龐大的家產，養了一班豪傑仗義的人。他曾經憑武藝補了缺額，任職淮南軍中的副將，卻因為酒後狂言觸怒了主帥，被貶斥罷官，於是落魄失意，每天只靠縱情高論和飲酒解悶排遣日子。他的家在廣陵郡東約十里遠的地方，宅子南邊有一棵很大的古槐樹。這棵古槐樹的樹幹高聳，枝葉茂盛，樹蔭遮蔽好幾畝地，一片清涼。淳于棼每天就和一群豪傑之士在樹蔭下放懷痛飲。

唐貞元七年的九月間，淳于棼因為大醉而病倒。這時他的兩個朋友便把他攙扶回家，讓他躺在堂屋東廊旁的側房裡。兩個朋友對他說：「你就先睡一會兒吧，我們兩個人餵餵馬、洗洗腳，等你覺得好一點之後再走。」淳于棼解下頭巾枕上枕頭，昏昏沉沉，恍恍惚惚彷彿像在夢裡。他看到有兩個穿紫衣的使者向他跪拜行禮說：「槐安國王派我們來邀請您前去相見。」淳于棼不由自主地從臥榻上下來，整理好衣裳，跟著兩個使者走到門外。

只見一輛塗飾青色油漆的小車子，套著四匹雄馬，左右跟著七、八名隨從，大家簇擁著扶他上車，出了大門，向著古槐樹下的一個洞穴走去。使者隨即把車子趕進洞穴裡，淳于棼十分詫異，但又不敢多問。

忽然間，只見山脈河流，風光氣候，花草、樹木、道路，跟人間世界大不相同。再向前走了數十里，那兒有城廓，城廓上面還有矮牆，道路上車輛、轎子、行人、物資絡繹不絕。淳于棼左右隨車吆喝的人，聲音頗為嚴厲，路上往來行人都趕緊退避到道路兩旁。隨後，一行人又進入一座大城，紅漆的大門，重疊的樓閣，樓上有用金粉塗飾的大字，寫著：「大槐安國」。守門的人上前跪拜行禮，往來奔走招呼，隨即有個人騎著馬跑來傳令：「國王吩咐說，因為駙馬遠道而來，讓他暫且先到東華館休息。」說罷，便帶路向前走去。過了不久，只見一扇打開的大門，淳于棼便下車走了進去。裡面四處是彩色的欄杆和雕花的屋柱，華美珍貴的果木，成行地種植在廳堂前面；茶几、桌子、墊子、毯子、窗簾、帷帳，以及菜餚食物，都安置在廳堂上面。淳于棼看到這一切，心中十分高興。這時，又有人喊著：「右丞相馬上就要到了。」淳于棼走下台階，恭敬地上前迎接。只見右丞相穿著紫色朝服，拿著象牙雕製的笏板，向前走來，兩人互相行了周到的賓主之禮。右丞相說：「我們國君不因我國遙遠偏僻，特地把您迎來，希望跟您結為親戚。」淳于棼自謙：「我地位低賤又沒什麼才能，哪敢抱這種奢望！」右丞相於是邀請淳于棼一起去見國王。

兩人走了百步遠，進入一扇朱漆大門，左右兩旁排列著長矛、畫戟、斧鉞等兵器，好幾百名軍士和官吏，都避讓在道路兩側。淳于棼有個生平要好的酒友周弁，也在人群裡面。淳于棼心裡十分高興，但又不敢上前詢問。右丞相帶著淳于棼登上一個寬敞高大的廳堂，兩邊的侍衛隊伍氣氛森嚴，彷彿是帝王的居所。只見一個身材高大、模樣端正嚴肅的人，坐在王座上，穿著白色綢衣，戴著華美的紅色帽子。淳于棼害怕得渾身顫抖，不敢抬頭往上看。左右的侍者讓淳于棼下拜叩頭。國王說：「從前曾獲得令尊的同意，不因我們國家小而嫌棄我們，允許讓我的第二個女兒瑤芳嫁給你。」這時，淳于棼伏在地上，只有低頭聽命，不敢說什麼。國王說：「你暫且到賓館裡住下來，之後就舉行婚禮。」然後國王下旨意，叫右丞相也跟著淳于棼一同回到賓館。淳于棼心裡思量著：先前父親在邊關擔任將領，被北方鄰國俘虜，不知是死是活。現在，也許父親還在人間，因為與北方鄰國有往來，才有目前這樁婚事吧！但他心裡仍然十分迷惑，不明就裡。

這天晚上，小羊、大雁、錢幣、布帛等各種結婚用的聘禮，以及各種氣派的儀仗，歌妓樂隊，菜餚燈燭、車輛馬匹禮品等，舉辦婚禮所需的東西，全都預備齊全。另有一群女子，有的稱「華陽姑」，有的稱「青溪姑」，有的稱「上仙子」，有的稱「下仙子」，像這樣的有好幾批人，各自都帶著好幾十名侍候她們的人。她們戴著用翡翠綴成的鳳冠，披著繡有金色雲霞的披肩，只見一片彩綢、金銀、碧玉的首飾，光輝四射，眼花撩亂。這些女子四處嬉戲遊玩，在他住處進進出出，爭著跟淳于棼開玩笑。她們的風采和姿色都非常妖艷美麗，言語巧妙鋒利，淳于棼難以應答。這時，有個女子對淳于棼說：「以前有次過上巳節，我跟著靈芝夫人經過禪智寺，到天竺院看右延跳「婆羅門舞」。我跟女伴們坐在北窗口的石榻上。那時您還年輕，也下馬前來觀賞，您還特地走過來跟我們搭話調笑。我跟瓊英妹妹把一條大紅巾編了個結，掛在竹枝上，您難道一點也不記得了嗎？還有一次，在七月十六那天，我在孝感寺跟上真子一起聽契玄法師講《觀音經》。我在講壇下面施捨了兩只金鳳釵，上真子施捨了一枚水犀盒子。那時，您也在講席中，向契玄法師要了那兩只金鳳釵與水犀盒子，仔細把玩觀看，讚嘆不已，嘖嘖稱奇了好久。您還回頭對我們說：『這佳人與美物，都非人間所有啊！』您又是詢問我們的姓氏，又是詢問我們的籍貫，我們都沒有回答。您對我們戀戀不捨，一直盯著我們，不肯離去。您難道一點也不想念我們嗎？」淳于棼說：「這些都深深地藏在我的心底，哪有一天忘記過？」那些女子對淳于棼說：「沒想到今天我們竟能夠跟您結成親眷。」接著又有三個人，穿著打扮很氣派，上前拜見淳于棼，並說：「我們奉國王的命令來作您的儐相。」其中有一個人跟淳于棼是老朋友，淳于棼指著那個人問說：「你不是馮翊郡的田子華嗎？」田子華說：「正是。」淳于棼連忙走上前，握著田子華的手談起舊事，講了很久。淳于棼問：「你怎麼會住到這兒來？」子華說：「我在外四處遊歷，後來得到右丞相武成侯段公的賞識，因而就在這裡安身了。」淳于棼又問：「周弁也在這裡，你知道嗎？」子華說：「周弁已經成了貴人。他擔任司隸的官，權勢很大，我好幾次都受他照顧。」兩人在一塊有說有笑，十分開心。不久，有人傳話說：「駙馬可以進宮了。」三位男儐相把佩劍和禮服、禮帽取過來讓他換上。子華說：「想不到今天得以見到這麼盛大隆重的婚禮，希望你今後可別忘記我啊。」

這時，有幾十個美女，演奏著各種從來沒有聽過的樂曲，悠揚婉轉、清越嘹亮，曲調淒涼而又悲壯，不像是人世間的音樂。有好幾十人手裡拿著蠟燭在前面引路，道路兩旁都圍著遮蔽塵土的金黃或翠綠色帳幕，光彩耀目，裝飾精巧，接連有好幾里路。淳于棼端坐在車裡，精神恍惚，心裡十分不安。田子華好幾次找他說笑，多方勸慰開導。先前那一群群女子，各自坐著裝飾有鳳凰展翅圖樣的車子，也在路上來來往往。最後來到一處大門口，名叫「修儀宮」。那群仙女般的女子，紛紛排列在兩旁，叫淳于棼下車入內拜謁，行夫妻相見之禮，儀式全都跟人世間一樣。等到撤去遮面的蓋頭和扇子，只見一個女子，大家都叫她「金枝公主」，年約十四、五歲，就像仙女似的。整個婚禮的儀式都非常隆重。結婚之後，淳于棼和公主的情誼一天天融洽，聲望一天比一天崇高。出入宮庭內外所用的車馬和服飾，遊玩宴會跟隨的賓客隨從，規模只僅次於國王。國王吩咐淳于棼跟官員們組織好武裝兵士，在國土西邊的靈龜山進行大規模的打獵活動。靈龜山高峻清秀，山下河流長遠，湖沼寬闊，山上的樹木長得稠密茂盛，飛禽走獸都隱藏在山裡。打獵的隊伍收穫豐盛，一直到晚上才回去。

有一天，淳于棼向國王說：「我跟公主成婚時，大王說這是根據我父親的吩咐所辦的。我父親先前輔佐邊關的統帥領兵作戰，因為戰敗而被北方敵國俘虜，音訊斷絕已有十七、八年。大王既然知道他居住的所在，請允許我去看望父親。」國王連忙對他說：「親家翁的職責是守衛北方的國土，來往書信和音訊一直沒有間斷。你只需要寫信把近來的情況稟明就行了，用不著現在就去那兒找他。」於是，淳于棼就吩咐妻子代他籌備許多禮品，連同書信一併請專人送去。過了幾天，他父親託人捎來回信。淳于棼仔細檢查信件的字跡和語氣，全都和他父親平時相符。信中表達了深切的懷念和殷切的教誨，情意十分委婉曲折，也都跟往年一樣。信中還詢問淳于棼近年來親戚的生死狀況，家鄉的變化。又提到路途遙遠，阻隔重重，說得既悲切又痛苦，還叫淳于棼不要去看望他，說等到丁丑那年就會相見。淳于棼捧讀父親的來信，忍不住哽咽，悲痛不已。

有一天，淳于棼的妻子對他說：「你難道不想做官嗎？」淳于棼說：「我隨性慣了，沒有學習過怎樣處理政事。」他的妻子說：「你只管做就是了，我會好好幫你的。」於是，他妻子就向國王說了這事。過了幾天，國王對淳于棼說：「之前南柯郡治理得不好，太守已被罷黜。我想借重你的才能，請你委屈就任，你就跟我女兒一同前往吧。」淳于棼恭謹地接受了任命。國王於是吩咐主管官吏準備太守任職的行裝，拿出大量的金銀、玉石、錦緞、刺繡、箱籠、梳妝用具，還派遣了許多僕人和婢妾、車輛、馬匹等，排列在通衢大道上，向公主和駙馬送行。淳于棼從少年時代起就遊歷在外，從來不敢有什麼想望，現在一下子得享如此榮耀，自然分外高興。因此他向國王上表奏報說：「我是個沒出息的將門後代，本來就沒有什麼才華，勉強擔當治理南柯郡的重任，做不好必將敗壞朝廷的制度。我擔心會辜負您的信任，因能力不足而敗事，因此我想選拔有品德和才學的人，彌補我能力上的不足。據我了解，目前擔任司隸的潁川人周弁，為人忠實、心地光明，性情剛毅正直，遵守法紀而不循私情，具有輔佐的才能；另外，還有位才德兼具而隱居不仕的馮翊郡人田子華，他清廉謹慎、通曉權變，瞭解政治教化的本源。這兩個人都跟我有十年以上的交誼，我深知他們的才華和本領，足堪委託他們國家大事。我請求您讓周弁擔任南柯郡掌管法令的司憲，讓田子華擔任掌管生產的司農，這樣或許將能讓我治理政事有所成效，也不致敗壞朝廷典章。」國王對淳于棼的請求全部依允，派遣周弁、田子華隨他一道前往南柯郡。

當晚，國王和王后在國都南邊設宴為他們送行。國王對淳于棼說：「南柯是全國的一個大郡，土地肥沃，人才眾多，不施行德政便無法治理好，何況還有周、田兩人作你的助手，希望你好自為之，不要辜負國家對你的期望。」國王的夫人也告誡公主說：「淳于郎性情剛烈，喜愛喝酒，加上又年輕，作妻子最重要的是要溫柔和順。妳能夠好好地侍奉夫君，我就沒有什麼好憂慮的了。南柯郡的封地雖然離這裡不太遠，但是想要像以往一樣，讓妳早晚侍候身旁，已經辦不到了。今天分離，怎能叫我不傷心？」淳于棼和妻子向國王和王后下拜叩頭作別，直向南方進發。他們登上車子，驅馬前進，一路上說說笑笑十分歡暢，走了幾天才到達郡城。郡裡的大小官吏、和尚道士、年高德劭的長者，還有樂隊、衛士、車輛、馬匹，都爭先恐後簇擁上前來迎接。人多物雜，匯成一片擾擾攘攘的聲音，敲鐘擊鼓，陣陣喧嘩，前後延續達好幾十里。只見城牆和亭台樓閣，顯現出一派鬱鬱蔥蔥的好氣象。進入兩扇高大的城門後，門上有一塊大匾額，上面用金粉寫著四個大字：「南柯郡城」，有朱漆的屋簷，門旁陳列著儀仗，氣派十分森嚴，幽深莫測。

淳于棼到任後，深入民間瞭解風尚和習俗，拯救民眾的疾苦。政治大事委託周、田兩人協助辦理，把整個南柯郡治理得有條不紊。自從淳于棼擔任南柯郡太守的二十年來，政治教化推行得十分廣泛良好。老百姓編了歌謠頌揚他，還替他修建碑坊，甚至還建了祭拜他的生祠。國王也越發看重他，賜給他食祿田邑，封給他官爵，讓他高升至三公宰相。周、田兩人也都因為政績卓著而遠近聞名，依次升到很高的官職。淳于棼生了五個兒子和兩個女兒，兒子都靠著他的功績而獲得官職，女兒也都嫁給王族。他獲得的榮耀和顯赫，一時間達到極點，當代人沒有誰能比得上他。

這一年，有個叫檀蘿的國家，派兵來攻打南柯郡。國王命令淳于棼訓練將領和部隊進行征討，於是淳于棼便報請國王任命周弁率領三萬士兵，在瑤台城一帶抵抗進犯的敵兵。周弁剛強勇敢、輕視敵兵，吃了大敗仗。周弁單人匹馬，光著身子逃走，深夜才逃回城裡，敵兵繳獲了許多器械、糧草、營帳、鎧甲，勝利返國。淳于棼因而把周弁囚禁起來，向國王請罪。國王寬恕了他們兩人。就在當月，周弁背上毒瘡發作，不久就死了。淳于棼的公主妻子也害了病，十天以後也過世了。

淳于棼因而請求免去自己的太守職務，讓他護送靈柩返回京師。國王允許了，令司農田子華代理南柯太守一職。淳于棼十分哀痛，護送著靈柩出發，自己執拂走在前面引導。

威嚴的儀仗隊伍走在路上時，男女百姓號哭相送，百姓和官員都爭相以酒食在路邊祭奠，有的攀附著車轅，有的阻擋住前進的道路，人多到不可勝數，就這樣抵達國都。國王和王后穿著白衣在城郊號啕痛哭，等候靈車到來。國王賜給公主謚號，叫「順儀公主」，特地設置儀仗、羽蓋、笙簫鼓樂，將公主安葬在國都以東十里外的盤龍岡。在同一個月，已故司憲周弁的兒子榮信，也護送他父親的靈柩回到京師。

淳于棼長期鎮守邊疆，又與京師保持密切的聯繫，凡是豪門貴族，沒有不跟他交好的。他自從免去郡守職務回到國都，出入自由，賓客來往不斷，權勢和威望一天比一天高，國王心裡對他產生了猜疑。當時有人向國王報告說：「天象顯示出凶災預兆，國家將會發生一場極大的災難，國都將會遷徙，祖宗的廟堂會遭到毀壞。事情的端由來自他族，禍患將發生在朝廷之內。」當時輿論都認為這預言應驗在淳于棼過度奢侈、超越本分。國王於是撤除淳于棼的侍從和衛隊，禁止他再跟朋友四處交遊，將他軟禁在住處。淳于棼自認擔任郡守多年，在政治上從沒有壞過事，可是現在竟然流言四起，對他怨聲載道，因而鬱鬱不樂。國王也理解他的心情，所以對淳于棼說：「我們成為親戚已經二十餘年，不幸小女夭折，不能夠和你白頭偕老，真是非常悲痛，所以王后才把外孫們都留下來親自撫養。」國王又對淳于棼說：「你離開家鄉已有很長的時間，可以暫時返鄉，看看親戚和宗族。外孫們都留在我這裡，你不必掛念。三年後，我將派人來迎接你。」淳于棼說：「這裡本來就是我的家，還叫我回到什麼地方去？」國王笑著說：「你本來是凡間的人，你的家並不在這裡。」淳于棼忽然間好像迷迷糊糊、像是在昏睡似的，過了好一會兒，才漸漸想起從前的事，不由感傷得落淚，請求國王讓他返鄉。國王示意左右侍從，叫他們護送淳于棼還鄉，淳于棼向國王一再拜謝才離開。淳于棼又一次見到從前那兩位穿紫衣的使者跟著他。他走到一扇大門外，只見自己的車馬很破爛，原本身邊的親隨、車夫和僕人，一個都沒有了，心裡十分奇怪，不由嗟嘆起來。淳于棼上車行了好幾里路，又經過一座高大的城門，很像是往年自己從東方來槐安國所走過的道路，山脈河流、平原田野仍然像從前一樣。護送他的兩個使者已沒有從前的威風，讓淳于棼更加鬱鬱不樂。他便問使者說：「什麼時候才能到廣陵郡？」兩個使者自顧自地哼著歌曲，過了好久才回說：「很快就到了。」不久，他們從一個洞口走了出來，只見故鄉的村莊、街巷，都像從前一樣，一點兒改變也沒有。他心裡一陣悲痛，不覺流下淚來。

兩個使者領著淳于棼下車，他走進自己的家門，登上台階，看見自己的身子躺在堂屋東面的廊屋裡。淳于棼十分驚恐，不敢靠近。兩個使者於是大聲呼叫淳于棼的名字，一連喊了好幾聲，淳于棼這才驚醒過來，只見家裡的奴僕都拿著掃帚在院子裡掃地，先前的兩位客人正坐在床邊洗腳，斜陽還沒有落下西牆，東窗下酒樽裡還盛著沒有吃完的酒。短短一場睡夢裡，好像度過了自己的一生。淳于棼十分傷感地憶起夢中情景，再三嗟嘆，就招呼著兩位朋友，把夢中經歷一一告訴他們。兩位客人聽了，驚奇不已，於是跟著淳于棼走出屋外，找到槐樹下那個洞穴。淳于棼指著樹根的洞說：「這就是我夢裡遇到奇事的入口。」兩個客人認為這可能是狐精或樹魅在作怪，就吩咐僕人拿著斧頭，斬掉粗大的樹根，折斷枝幹，往深處尋源頭。

近旁約一丈遠的地方，有一個大洞，洞底空曠而明朗，可容得下一張床。洞的上方有一堆積聚起來的土壤，呈現出城廓、樓台和宮殿的模樣。有好幾十斗的螞蟻隱藏聚集在裡面。中央有個小台，顏色紅得像朱砂似的，有兩隻大螞蟻伏在上面，長著白色的翅膀、朱紅的頭頂，全身約有三寸長，左右有幾十隻大螞蟻護衛著牠們，其他所有的螞蟻都不敢走近前去。原來，這就是國王和王后，這地方也就是槐安國的京城。接著，他們又找到了另一個洞穴的盡頭。那洞穴在槐樹南邊的那根枝椏往上約四丈遠，曲曲折折，呈方形。其中也有土築的城廓、小型的樓台，成群的螞蟻也都住在裡面，這就是淳于棼管理過的南柯郡。還有一個洞穴，在往西兩丈遠的地方，洞穴空曠開闊，現出凹凹凸凸的怪異形狀，中間有一個肉已經腐爛的烏龜殼，龜殼大如斗，蓄積起來的雨水浸潤著它，上面長出一叢叢小草，繁盛茂密，鬱鬱蔥蔥，長滿了整個龜殼，這就是淳于棼打獵時到過的靈龜山。此外，又找到了一個洞穴的盡頭，向東離開一丈遠近，古老的樹根盤結屈曲，像龍像蛇，中間有個小土堆，有一尺多高，這就是淳于棼在盤龍崗埋葬妻子的墳墓。他追想往事，心裡說不盡的感嘆。他逐一察看著周圍的環境，找盡從前經歷過的蹤跡，都符合夢中的情景。他不忍心讓兩位客人把洞穴毀壞了，立即叫他們把它掩蓋起來，仍讓它像先前一樣。

當天夜晚，突然起了一陣暴風雨，第二天一早，他再去察看那洞穴，再也找不到那一群螞蟻了，也不知都跑到哪兒去了。記得夢裡曾經有人說：「國家將會發生一場極大的災難，國都要遷移到別處。」這種情景，就是應驗了這說法吧！淳于棼又想起了討伐檀蘿國的事情，於是請了兩位朋友同到野外去尋訪相關的蹤跡。在宅子東邊一里遠的地方，有一條古老乾涸的山澗，旁側有一棵很大的檀樹，上面纏織著又細又長的藤蘿，向上望去，連陽光也看不到。樹旁有一只小洞，也有一大群螞蟻隱聚在裡面。夢中所謂檀蘿國，不就是指這地方嗎？唉，螞蟻這種小東西的靈異，尚且無法徹底了解，更何況那些隱藏在深山老林的大型動物，所具有的變化本事呢？

這時，淳于棼的酒友周弁和田子華都住在六合縣，跟淳于棼已經整整十天沒有往來了，淳于棼叫家僮馬上去探望他們。沒想到周弁得了暴病已經逝世，田子華也躺在床上養病。淳于棼深深感嘆南柯一夢的浮華虛幻，省悟一個人活在世上是多麼短暫，於是斷絕酒色，一心修道。三年以後，恰巧是丁丑年，他也死在家裡，死時才四十七歲，剛好符合南柯夢中他父親和槐安國王所說的年限。

貞元十八年秋八月間，我從吳郡到洛陽，船臨時停泊在淮水邊，偶然見到了淳于棼，便去尋訪他留下的遺跡。我再三核對，發現那件事全都是確實的，就寫成本篇，給喜愛奇聞的人閱讀。雖然涉及神奇怪異之事，聽起來不合常情，但對鑽營功名妄想富貴的人，倒可引以為戒。後世的君子們，希望你們把功名富貴看作偶然的南柯一夢，不要再拿名利地位在人世間誇耀了！

擔任過華州參軍的李肇評論說：做官做到最高的職位，權勢壓倒京城。通達的人看這些，不過是螞蟻窠裡夢一場！

◈東平淳于棼，吳楚遊俠之士。嗜酒使氣，不守細行，累巨產，養豪客。曾以武藝補淮南軍裨將，因使酒忤帥，斥逐落魄，縱誕飲酒為事。家住廣陵郡東十里，所居宅南有大古槐一株。枝幹修密，清陰數畝，淳於生日與群豪大飲其下。

唐貞元七年九月，因沈醉致疾。時二友人於坐，扶生歸家，臥於堂東廡之下。二友謂生曰：「子其寢矣，余將秣馬濯足，俟子小愈而去。」生解巾就枕，昏然忽忽，彷彿若夢。見二紫衣使者，跪拜生曰：「槐安國王遣小臣致命奉邀。」生不覺下榻整衣，隨二使至門。見青油小車，駕以四牡，左右從者七八，扶生上車，出大戶，指古槐穴而去。使者即驅入穴中，生意頗甚異之，不敢致問。

忽見山川風候，草木道路，與人世甚殊。前行數十里，有郛郭城堞，車輿人物，不絕於路。生左右傳車者傳呼甚嚴，行者亦爭辟於左右。又入大城，朱門重樓，樓上有金書，題曰「大槐安國」。執門者趨拜奔走，旋有一騎傳呼曰：「王以駙馬遠降，令且息東華館。」因前導而去。俄見一門洞開，生降車而入。彩檻雕楹，華木珍果，列植於庭下；几案茵褥，簾幃肴膳，陳設於庭上。生心甚自悅。復有呼曰：「右相且至。」生降階祗奉。有一人紫衣象簡前趨，賓主之儀敬盡焉。右相曰：「寡君不以弊國遠僻，奉迎君子，托以姻親。」生曰：「某以賤劣之軀，豈敢是望？」右相因請生同詣其所。

行可百步，入朱門，矛戟斧鉞，布列左右，軍吏數百，辟易道側。生有平生酒徒周弁者，亦趨其中。生私心悅之，不敢前問。右相引生升廣殿，御衛嚴肅，若至尊之所。見一人長大端嚴，居正位，衣素練服，簪朱華冠。生戰慄，不敢仰視。左右侍者令生拜。

王曰：「前奉賢尊命，不棄小國，許令次女瑤芳奉事君子。」生但俯伏而已，不敢致詞。王曰：「且就賓宇，續造儀式。」有旨，右相亦與生偕還館舍。生思念之，意以為父在邊將，因沒虜中，不知存亡。將謂父北蕃交通，而致茲事，心甚迷惑，不知其由。

是夕，羔雁幣帛，威容儀度，妓樂絲竹，肴膳燈燭，車騎禮物之用，無不咸備。有群女，或稱華陽姑，或稱青溪姑，或稱上仙子，或稱下仙子，若是者數輩，皆侍從數十。冠翠鳳冠，衣金霞帔，采碧金鈿，目不可視。遨遊戲樂，往來其門，爭以淳于郎為戲弄。風態妖麗，言詞巧艷，生莫能對。復有一女謂生曰：「昨上巳日，吾從靈芝夫人過禪智寺，於天竹院觀右延舞婆羅門，吾與諸女坐北牖石榻上。時君少年，亦解騎來看，君獨強來親洽，言調笑謔。吾與瓊英妹結絳巾，掛於竹枝上，君獨不憶念之乎？又七月十六日，吾於孝感寺晤上真子，聽契玄法師講《觀音經》。吾於講下捨金鳳釵兩支，上真子捨水犀合子一枚，時君亦講筵中，於師處請釵合視之，賞歎再三，嗟異良久。顧余輩曰：『人之與物，皆非世間所有。』或問吾民，或訪吾里，吾亦不答。情意戀戀，矚盼不舍，君豈不思念之乎？」生曰：「中心藏之，何日忘之？」群女曰：「不意今日與君為眷屬。」復有三人，冠帶甚偉，前拜生曰：「奉命為駙馬相者。」中一人，與生且故，生指曰：「子非馮翊田子華乎？」田曰：「然。」生前，執手敘舊久之。生謂曰：

「子何以居此？」子華曰：「吾放遊，獲受知於右相武成侯段公，因以棲托。」生復問曰：「周弁在此，知之乎？」子華曰：「周生貴人也。職為司隸，權勢甚盛，吾數蒙庇護。」言笑甚歡。俄傳聲曰：「駙馬可進矣。」三子取劍佩冕服更衣之。子華曰：「不意今日獲睹盛禮，無以相忘也。」

有仙姬數十，奏諸異樂，婉轉清亮，曲調淒悲，非人間之所聞聽。有執燭引導者亦數十，左右見金翠步障，彩碧玲瓏，不斷數里。生端坐車中，心意恍惚，甚不自安。田子華數言笑以解之。向者群女姑娣，各乘鳳翼輦，亦往來其間。至一門，號修儀宮。群仙姑姊，亦紛然在側，令生降車輦拜，揖讓升降，一如人間。撤障去扇，見一女子，雲號金枝公主，年可十四五，儼若神仙。交歡之禮，頗亦明顯。生自爾情義日洽，榮曜日盛，出入車服，遊宴賓御，次於王者。王命生與群僚備武衛，大獵於國西靈龜山。山阜峻秀，川澤廣遠，林樹豐茂，飛禽走獸，無不蓄之。師徒大獲，竟夕而還。

生因他日啟王曰：「臣頃結好之日，大王云奉臣父之命。臣父頃佐邊將，用兵失利，陷沒胡中，爾來絕書信十七八歲矣。王既知所在，臣請一往拜覲。」王遽謂曰：「親家翁職守北土，信問不絕，卿但具書狀知聞，未用便去。」遂命妻致饋賀之禮，一以遣之。數夕還答，生驗書本意，皆父平生之跡。書中憶念教誨，情意委屈，皆如昔年。復問生親戚存亡，閭里興廢。復言路道乖遠，風煙阻絕，詞意悲苦，言語哀傷，又不令生來覲，云歲在丁丑，當與女相見。生捧書悲咽，情不自堪。

他日，妻謂生曰：「子豈不思為政乎？」生曰：「我放蕩，不習政事。」妻曰：「卿但為之，余當奉贊。」妻遂白於王。累日，謂生曰：「吾南柯政事不理，太守黜廢，欲藉卿才，可曲屈之，便與小女同行。」生敦受教命。王遂敕有司備太守行李，因出金玉錦繡，箱奩僕妾車馬列於廣衢，以餞公主之行。生少遊俠，曾不敢有望，至是甚悅。因上表曰：「臣將門餘子，素無藝術，猥當大任，必敗朝章。自悲負乘，坐致覆餗，今欲廣求賢哲，以贊不逮。伏見司隸穎川周弁忠亮剛直，守法不回，有毗佐之器；處士馮翊田子華清慎通變，達政化之源。二人與臣有十年之舊，備知才用，可托政事。周請署南柯司憲，田請署司農，庶使臣政績有聞，憲章不紊也。」王並依表以遣之。

其夕，王與夫人餞於國南。王謂生曰：「南柯國之大郡，土地豐壤，人物豪盛，非惠政不能以治之，況有周田二贊。卿其勉之，以副國念。」夫人戒公主曰：「淳于郎性剛好酒，加之少年，為婦之道，貴乎柔順，爾善事之，吾無憂矣。南柯雖封境不遙，晨昏有間，今日暌別，寧不沾巾。」生與妻拜首南去。登車擁騎，言笑甚歡，累夕達郡。郡有官吏僧道耆老音樂車輿武衛鑾鈴，爭來迎奉，人物闐咽，鐘鼓喧嘩，不絕十數里。見雉堞臺觀，佳氣鬱鬱。入大城門，門亦有大榜，題以金字，曰「南柯郡城」，是朱軒棨戶，森然深邃。

生下車，省風俗，療病苦，政事委以周田，郡中大理。自守郡二十載，風化廣被，百姓歌謠，建功德碑，立生祠宇。王甚重之，賜食邑，錫爵位，居臺輔。周田皆以政治著聞，遞遷大位。生有五男二女，男以門蔭授官，女亦聘於王族。榮耀顯赫，一時之盛，代莫比之。

是歲，有檀蘿國者，來伐是郡。王命生練將訓師以征之，乃表周弁將兵三萬，以拒賊之眾於瑤臺城。弁剛勇輕進，師徒敗績，弁單騎裸身潛遁，夜歸城，賊亦收輜重鎧甲而還。生因囚弁以請罪，王並捨之。是月，司憲周弁疽發背卒。生妻公主遘疾，旬日又薨。

生因請罷郡，護喪赴國。王許之，便以司農田子華行南柯太守事。生哀慟發引，威儀在途，男女叫號，人吏奠饌，攀轅遮道者，不可勝數，遂達於國。王與夫人素衣哭於郊，候靈輿之至。謚公主曰順儀公主，備儀仗羽葆鼓吹，葬於國東十里盤龍岡。是月，故司憲子榮信亦護喪赴國。

生久鎮外藩，結好中國，貴門豪族，靡不是洽。自罷郡還國，出入無恆，交遊賓從，威福日盛，王意疑憚之。時有國人上表云：「玄象謫見，國有大恐，都邑遷徙，宗廟崩壞。釁起他族，事在蕭牆。」時議以生侈僭之應也，遂奪生侍衛，禁生遊從，處之私第。生自恃守郡多年，曾無敗政，流言怨悖，鬱鬱不樂。王亦知之，因命生曰：「姻親二十餘年，不幸小女夭枉，不得與君子偕老，良用痛傷。夫人因留孫自鞠育之。」又謂生曰：「卿離家多時，可暫歸本里，一見親族，諸孫留此，無以為念。後三年，當令迎生。」生曰：「此乃家矣，何更歸焉？」王笑曰：「卿本人間，家非在此。」生忽若惛睡，瞢然久之，方乃發悟前事，遂流涕請還。王顧左右以送生，生再拜而去。復見前二紫衣使者從焉。至大戶外，見所乘車甚劣，左右親使御僕，遂無一人，心甚歎異。生上車行可數里，復出大城，宛是昔年東來之途，山川原野，依然如舊。所送二使者，甚無威勢，生逾怏怏。生問使者曰：「廣陵郡何時可到？」二使謳歌自若，久之乃答曰：「少頃即至。」俄出一穴，見本里閭巷，不改往日。潸然自悲，不覺流涕。

二使者引生下車，入其門，升自階，己身臥於堂東廡之下。生甚驚畏，不敢前近。二使因大呼生之姓名數聲，生遂發寤如初，見家之僮僕，擁篲於庭，二客濯足於榻，斜日未隱於西垣，餘樽尚湛於東牖。夢中倏忽，若度一世矣，生感念嗟歎，遂呼二客而語之。驚駭，因與生出外，尋槐下穴。生指曰：「此即夢中所驚入處。」二客將謂狐狸木媚之所為祟，遂命僕夫荷斤斧，斷擁腫，折查蘖，尋穴究源。

旁可袤丈，有大穴，根洞然明朗，可容一榻，上有積土壤，以為城郭臺殿之狀，有蟻數斛，隱聚其中。中有小臺，其色若丹，二大蟻處之，素翼朱首，長可三寸，左右大蟻數十輔之，諸蟻不敢近。此其王矣，即槐安國都也。又窮一穴，直上南枝可四丈，宛轉方中，亦有土城小樓，群蟻亦處其中，即生所領南柯郡也。又一穴，西去二丈，磅礴空朽，嵌窞異狀，中有一腐龜殼，大如斗，積雨浸潤，小草叢生，繁茂翳薈，掩映振殼，即生所獵靈龜山也。又窮一穴，東去丈餘，古根盤屈，若龍虺之狀，中有小土壤，高尺餘，即生所葬妻盤龍岡之墓也。追想前事，感歎於懷，披閱窮跡，皆符所夢。不欲二客壞之，遽令掩塞如舊。

是夕，風雨暴發。旦視其穴，遂失群蟻，莫知所去。故先言國有大恐，都邑遷徙，此其驗矣。復念檀蘿征伐之事，又請二客訪跡於外。宅東一里，有古涸澗，側有大檀樹一株，藤蘿擁織，上不見日。旁有小穴，亦有群蟻隱聚其間。檀蘿之國，豈非此耶？嗟乎！蟻之靈異，猶不可窮，況山藏木伏之大者所變化乎？

時生酒徒周弁、田子華，並居六合縣，不與生過從旬日矣，生遽遣家僮疾往候之。周生暴疾已逝，田子華亦寢疾於床。生感南柯之浮虛，悟人世之倏忽，遂棲心道門，絕棄酒色。後三年，歲在丁丑，亦終於家，時年四十七，將符宿契之限矣。

公佐貞元十八年秋八月，自吳之洛，暫泊淮浦，偶覿淳于生棼，詢訪遺跡。翻復再三，事皆摭實，輒編錄成傳，以資好事。雖稽神語怪，事涉非經，而竊位著生，冀將為戒。後之君子，幸以南柯為偶然，無以名位驕於天壤間云。

前華州參軍李肇贊曰：「貴極祿位，權傾國都。達人視此，蟻聚何殊。」

關於〈南柯太守傳〉

作者李公佐，生卒年不詳，與白行簡是好友。本篇見於《太平廣記》。「夢入蟻穴」的記載，最早見於《搜神記》：「夏陽盧汾，字士濟。夢入蟻穴，見堂宇三間，勢甚危豁，題其額曰『審雨堂』。」《太平廣記》裡有篇〈盧汾〉，引自《妖異記》，把這段記載延伸成比較完整的故事，敘述盧汾與友人入槐樹和女子歡宴，後遇大風將「審雨堂」梁柱吹斷，他們慌忙奔走時才從夢裡醒來，然後看到庭中那株古槐樹被風吹折，露出大蟻穴。〈南柯太守傳〉有可能取材自此。明代湯顯祖曾改編為傳奇戲曲《南柯記》，成語「南柯一夢」也由此而來。

杜子春

作者：李復言

杜子春，是北周、隋朝之間的人。他從小性情放蕩，不治理家產，任性而為，每天縱酒行樂。他敗光了所有家產之後，投奔親友，大家都因他不務正業而唾棄他。

正值隆冬，杜子春衣裳破爛，到了晚上都還沒吃東西，在長安街上四處徘徊，不知往哪兒去。他走到東市的西門時，飢寒交迫不已，只得仰天長嘆。這時，有個老人拄著拐杖來到他跟前，問：「你為什麼嘆息呀？」杜子春訴說自己的心事，又怪親戚們欺貧嫌窮，疏遠自己，越說越氣，不禁怒形於色。老人說：「你要多少錢才夠用？」杜子春說：「有三、五萬錢我就可以過日子了。」老人說：「不夠，你再說多一點。」杜子春改口說：「那十萬。」老人說：「也不夠。」杜子春便說：「一百萬吧。」老人還是說：「這是不夠用的。」杜子春於是說：「三百萬！」老人才說：「這還差不多。」於是，老人從袖中掏出一貫錢來，說：「這點錢先拿著，給你今晚用。明天中午，我在西市波斯館裡等你，千萬不要遲到。」

隔日中午，杜子春如約前往，老人果然給了他三百萬貫錢，連姓名都沒留下便走了。杜子春暴富之後，尋歡作樂的欲望又重新燃起，自認為這輩子再也不會流離失所了。他又開始乘肥馬，穿輕裘，和酒友狂飲，找樂隊演出，天天流連於花街酒巷中，沒去想往後的生計。不過一兩年時間，錢財就漸漸消耗完了，衣服車馬由奢入簡，把馬換成驢，後來連驢也留不住，只好徒步，很快就又和當初一樣。

杜子春又一次走投無路，獨自在市集口前嘆氣。他才剛嘆了幾聲，老人就又出現了，拉著他的手說：「你居然又如此貧窮，真是太讓我驚訝了！我要再一次救濟你。你要多少錢才夠用呢？」杜子春慚愧得低頭不語。老人又逼問他，他只能再三表示慚愧和感謝。老人說：「明天午時，到上次碰頭的地方去吧。」杜子春忍著羞愧前往，又接受了一千萬貫錢。他在還沒拿到老人送他的錢之前，就暗自發憤立志，決心從此好好經營產業，發家致富，要讓石崇、猗頓這樣的巨富都比不上他。但等錢一到手，他又推翻了原先的想法，縱情享樂，仍然和以往一樣揮霍。不到三、四年，竟比舊時還要窮。

杜子春又一次在老地方碰見老人。他無地自容，羞愧得掩面而走。老人拉著他的衣角叫他站住，對他說：「你要是逃走就太笨了。」又送給他三千萬貫錢，並說：「如果這一次還不醒悟，那你的貧窮真的就無可救藥了。」杜子春心想：「我縱情享樂，花天酒地，把生路都斷絕了，親戚宗族沒有一個肯看顧我，獨獨這個老人三次慷慨饋贈，我怎麼承擔得起呢？」因此他對老人說：「得到您這筆錢，我在人世間的事便可以妥善安排，家族裡的孤兒寡婦的衣食有了保障，於情於理，也可算圓滿了。我感謝您老人家的大恩大德，一旦安排好我的事，就一切聽從您的使喚。」老人說：「這正是我的心願。你把人間俗事處理好，明年七月十五中元節，到老君祠前那兩株檜樹下見我。」杜子春因為家族的孤兒寡婦多住在淮南，便把資金轉到揚州去，買下百頃良田，又在城裡蓋起大房子，還在要道設置了百餘間房子，把家族內的孤兒寡婦都召來，分給他們住房。他還資助甥侄們婚嫁成家，幫助族人親戚遷棺合葬。以前對他施過恩惠的他去報恩，有過怨仇的都和好了。辦妥了這些事後，杜子春及時趕到跟老人約定的地方。

老人正在兩株大檜樹的樹蔭下悠閒的吟嘯。杜子春便跟著他登上華山雲臺峰，再進去四十多里，看見一個住處，異常莊嚴整潔，不像平常人的住處。上頭有彩雲環繞，周圍有仙鶴飛翔。這屋子上面有正堂，中間有個煉藥爐，高九尺多，紫色火焰發出奇異的光輝，映照著門窗。有九名玉女，環繞煉藥爐站立，青龍和白虎盤踞在爐前爐後。當時已經到了黃昏，老人不再穿平常人的衣裳，而是作道士裝束。他手拿三顆白色的藥丸，一盅酒，遞給杜子春，叫他即刻吃下。老人又拿出一張虎皮鋪在室內西牆旁邊，叫他朝東坐下，告誡他：「千萬不要說話。即使出現尊神、惡鬼、夜叉、猛獸、地獄，甚至你的親屬被捆縛，受盡萬般痛楚，一切都不是真的。你只要不動、不出聲，內心平靜，毫不懼怕，便不會受到傷害。你要牢牢記住我的話！」說完就走了。

杜子春看看庭院裡，只有一只巨大的缸，貯滿了清水。道士剛離去，他便見到成千上萬的騎兵遍布山谷，吶喊喝叱的聲音驚天動地。有一個自稱是大將軍的人，身高一丈多，人和馬都披著金甲，光芒四射。他帶著數百個親信，一個個拔出利劍，拉滿強弓，直奔堂前，大喝：「你是什麼人，竟敢不迴避大將軍！」左右親信挺劍向前，逼問杜子春的姓名，又問他在幹什麼，杜子春都置之不理。問話的人大怒，催促說要斬殺、射死他的聲音有如雷鳴，杜子春還是一聲不吭。大將軍怒氣沖沖的走了。

不久，一群猛虎、毒龍、狻猊、獅子，和數以萬計的毒蛇、蠍子，咆哮吼叫，又抓又撲，爭著衝上前來，要把他吞吃掉，有的還在他頭上跳來跳去。杜子春不動聲色，牠們鬧了一陣也就散了。接著，大雨滂沱，雷電交加，天昏地暗，有火輪在他左右滾動，電光在他前後疾閃，亮得眼睛都睜不開了。過了一會兒，庭院裡積水深達一丈多，電閃雷鳴，彷彿高山大川崩裂，勢不可當。一瞬間，波浪就淹沒了他的座位。杜子春仍然端坐著，看也不看。沒過片刻，那個將軍又來了。帶著牛頭馬面的獄卒，奇形怪狀的鬼神，把正在沸騰的大鍋放在杜子春面前，獄卒舉著長槍鋼叉，布滿四周。將軍命令道：「肯說出姓名，就放了你。再不肯說，就用鋼叉刺穿心膛，把你放到大鍋裡。」杜子春還是不作聲。獄卒便把他的妻子綁來，扔到石階下，指著她說：「你講出姓名就饒了她。」杜子春還是不回答。於是，他們就用皮鞭打得她遍體鱗傷，用箭射、刀砍，又煮又燒，想得到的酷刑都用上了，慘不忍睹。他的妻子哭喊著說：「我雖然又醜又笨，配不上你，可是有幸做你的妻子，服侍你十多年了。現在被惡鬼捉住，無法忍受他們的折磨。我也不敢指望你替我跪拜求情，只希望你說句話，我就可以保全性命了。誰沒有憐憫之心，難道你忍心不肯說一句話嗎！」她在庭中淚下如雨，邊咒邊罵。杜子春始終不理她。將軍就說：「你以為我沒有更殘酷的手段對付你妻子嗎？」下令取來銼刀和石碓，把她從腳跟起一寸寸的銼成粉末。妻子哀嚎得愈來愈急切，杜子春還是不理睬。將軍說：「這傢伙妖術已經煉成，不可以讓他在人世間久留！」下令左右將杜子春斬首。

杜子春遭到斬首以後，他的魂魄被領著去見閻羅王。閻王說：「這不是雲臺峰的妖民嗎？」下令馬上打入地獄。於是杜子春嘗遍各種酷刑的痛苦，灌銅汁、鐵杖亂打、上刀山劍樹、進石磨、下火坑油鍋等等。可是杜子春心裡記住道士的囑咐，痛苦似乎也就可以忍住，竟然都不吭一聲。獄卒稟報說各種刑罰都已用完，閻王說：「這傢伙陰險狡猾，不能讓他投生變男人，只能叫他做個女子。」於是發配他生在宋州單父縣丞王勤家裡。她生下來就多病多難，日日針灸吃藥不斷。她又曾經掉進火裡，跌下床來，歷經種種痛苦，可是始終不哼一聲。不久她長大了，姿色美麗得無與倫比，宛如仙女下凡，只是始終不出聲，家裡人都把她看作啞女。有些輕佻的親戚，設法調戲她，她就是不開口。

同鄉有一個進士叫盧珪，聽說她容貌美麗而心生愛慕，請謀人來求婚。王家因為她是啞女不敢允婚。盧珪說：「娶妻看的是三從四德，又何必會講話呢？而且這樣反而可以警戒那些長舌婦呢！」王家便答應了。盧生親自準備聘禮，迎娶她做妻子。過了幾年，夫妻感情很深厚。她生了一個男孩，剛剛兩歲就聰明出眾。盧珪抱著兒子跟她說話，她不回應，想方設法逗她開口，但終究沒吭聲。盧珪大怒，說：「從前周朝的時候有位賈大夫，妻子因為瞧不起丈夫醜，婚後三年間不說話也不笑，有次她看到丈夫射中雉雞，才終於不再覺得遺憾。我容貌沒有賈大夫那麼醜，才華也不是射雉雞那種雕蟲小技能比的，妳卻還是不肯說話。我這樣一個男人被妻子鄙視，還留著兒子幹什麼！」說著便倒提起孩子的雙腳，將孩子的頭往石頭上使勁摜去，孩子的頭顱應聲砸碎，鮮血濺出好幾步遠。杜子春愛子之心油然而生，一時忘了道士的囑咐，不覺失聲嘆息：「唉呀！」嘆息聲還未消失，就發覺自己仍然坐在原地，道士也站在他面前。時間才不過剛到五更，杜子春看到紫色的火焰燒穿屋梁，大火從四面八方燒來，房子在不知不覺間都已經著火了。

道士嘆息道：「你這窮書生把我的事都白白耽誤了！」他抓住杜子春的頭髮把他投到水缸中。沒過多久，火熄滅了。道士走上前說：「在你心裡，喜、怒、哀、懼、惡、欲等情感都能忘掉，唯一沒能完全忘懷的，只有愛了。倘若你不嘆息一聲，我的丹藥便可以煉成，你也成神仙了。唉，成仙之材真是難得呀！我的藥可以重煉，而你卻不得不留在塵世了。好生努力吧！」道士給他指點遠方的歸路，叫他回家。杜子春勉強站上燒毀的房基，只見煉藥爐已經毀壞，爐中有一根如手臂粗細的鐵柱，長好幾尺，道士脫去衣服，正用刀子刮削鐵柱。

杜子春回家以後，不停自責，後悔忘了當初答應道士的話，想登門向道士效力以謝罪。他來到雲臺峰，卻再也看不到人的蹤跡，只得感嘆悔恨地回去了。

◈杜子春者，蓋周隋間人。少落魄，不事家產，以心氣閒縱，嗜酒邪遊。資產蕩盡，投於親故，皆以不事事之故見棄。方冬，衣破腹空，徒行長安中，日晚未食，彷徨不知所往。於東市西門，飢寒之色可掬，仰天長吁。有一老人策杖於前，問曰：「君子何嘆？」春言其心，且憤其親戚之疏薄也，感激之氣，發於顏色。老人曰：「幾緡則豐用？」子春曰：「三五萬則可以活矣。」老人曰：「未也。」更言之：「十萬。」曰：「未也。」乃言：「百萬。」亦曰：「未也。」曰：「三百萬。」乃曰：「可矣。」於是袖出一緡曰：「給子今夕。明日午時，俟子於西市波斯邸，慎無後期。」

及時，子春往，老人果與錢三百萬，不告姓名而去。子春既富，蕩心復熾，自以為終身不復羈旅也。乘肥衣輕，會酒徒，徵絲竹，歌舞於倡樓，不復以治生為意。一二年間，稍稍而盡，衣服車馬，易貴從賤，去馬而驢，去驢而徒，倏忽如初。

既而復無計，自嘆於市門。發聲而老人到，握其手曰：「君復如此，奇哉。吾將復濟子。幾緡方可？」子春慚不對。老人因逼之，子春愧謝而已。老人曰：「明日午時，來前期處。」子春忍愧而往，得錢一千萬。未受之初，發憤，以為從此謀生，石季倫、猗頓小豎耳。錢既入手，心又翻然，縱適之情，又卻如故。不三四年間，貧過舊日。

復遇老人於故處。子春不勝其愧，掩面而走。老人牽裾止之曰：「嗟乎拙謀也。」因與三千萬，曰：「此而不痊，則子貧在膏肓矣。」子春曰：「吾落魄邪遊，生涯罄盡，親戚豪族，無相顧者，獨此叟三給我，我何以當之？」因謂老人曰：「吾得此，人間之事可以立，孤孀可以足衣食，於名教復圓矣。感叟深惠，立事之後，唯叟所使。」老人曰：「吾心也！子治生畢，來歲中元，見我於老君雙檜下。」子春以孤孀多寓淮南，遂轉資揚州，買良田百頃，郭中起甲第，要路置邸百餘間，悉召孤孀，分居第中。婚嫁甥侄，遷祔旅櫬。恩者煦之，讎者復之。既畢事，及期而往。

老人者方嘯於二檜之陰。遂與登華山雲臺峰，入四十里餘，見一居處，室屋嚴潔，非常人居。彩雲遙覆，鸞鶴飛翔。其上有正堂，中有藥爐，高九尺餘，紫焰光發，灼煥窗戶。玉女九人，環爐而立，青龍白虎，分據前後。其時日將暮，老人者，不復俗衣，乃黃冠絳帔士也。持白石三丸，酒一卮，遺子春，令速食之訖。取一虎皮鋪於內，西壁東向而坐，戒曰：「慎勿語。雖尊神惡鬼夜叉，猛獸地獄，及君之親屬，為所囚縛，萬苦皆非真實。但當不動不語耳，安心莫懼，終無所苦。當一心念吾所言。」言訖而去。

子春視庭唯一巨甕，滿中貯水而已。道士適去，而旌旗戈甲，千乘萬騎，遍滿崖谷，呵叱之聲，震動天地。有一人稱大將軍，身長丈餘，人馬皆著金甲，光芒射人。親衛數百人，拔劍張弓，直入堂前，呵曰：「汝是何人？敢不避大將軍。」左右竦劍而前，逼問姓名，又問作何物，皆不對。問者大怒催斬，爭射之，聲如雷，竟不應。將軍者極怒而去。

俄而猛虎毒龍，狻猊獅子，蝮蠍萬計，哮吼拏攫而前，爭欲搏噬，或跳過其上。子春神色不動，有頃而散。既而大雨滂澍，雷電晦暝，火輪走其左右，電光掣其前後，目不得開。須臾，庭際水深丈餘，流電吼雷，勢若山川開破，不可制止。瞬息之間，波及座下。子春端坐不顧。未頃而將軍者復來，引牛頭獄卒，奇貌鬼神，將大鑊湯而置子春前，長槍刀叉，四面週匝。傳命曰：「肯言姓名即放，不肯言，即當心叉取，置之鑊中。」又不應。因執其妻來，捽於階下，指曰：「言姓名，免之。」又不應。及鞭捶流血，或射或斫，或煮或燒，苦不可忍。其妻號哭曰：「誠為陋拙，有辱君子，然幸得執巾櫛，奉事十餘年矣。今為尊鬼所執，不勝其苦！不敢望君匍匐拜乞，但得公一言，即全性命矣。人誰無情，君乃忍惜一言？」雨淚庭中，且咒且罵，子春終不顧。將軍且曰：「吾不能毒汝妻耶！」令取剉碓，從腳寸寸剉之。妻叫哭愈急，竟不顧之。將軍曰：「此賊妖術已成，不可使久在世間。」敕左右斬之。

斬訖，魂魄被領見閻羅王。王曰：「此乃雲臺峰妖民乎？」促付獄中。於是鎔銅鐵杖、碓搗磑磨、火坑鑊湯、刀山劍林之苦，無不備嘗。然心念道士之言，亦似可忍，竟不呻吟。獄卒告受罪畢，王曰：「此人陰賊，不合作得男，宜令作女人。」配生宋州單父縣丞王勤家。生而多病，針灸醫藥之苦，略無停日。亦嘗墜火墮床，痛苦不濟，終不失聲。俄而長大，容色絕代，而口無聲，其家目為啞女。親戚相狎，侮之萬端，終不能對。同鄉有進士盧珪者，聞其容而慕之，因媒氏求焉。其家以啞辭之。盧曰：「苟為妻而賢，何用言矣？亦足以戒長舌之婦。」乃許之。盧生備禮親迎為妻。數年恩情甚篤，生一男，僅二歲，聰慧無敵。盧抱兒與之言，不應，多方引之，終無辭。盧大怒曰：「昔賈大夫之妻鄙其夫，才不笑爾，然觀其射雉，尚釋其憾。今吾陋不及賈，而文藝不徒射雉也，而竟不言！大丈夫為妻所鄙，安用其子。」乃持兩足，以頭撲於石上，應手而碎，血濺數步。子春愛生於心，忽忘其約，不覺失聲云：「噫！」噫聲未息，身坐故處，道士者亦在其前。初五更矣，其紫焰穿屋上天，火起四合，屋室俱焚。

道士嘆曰：「措大誤余乃如是。」因提其髻投水甕中。未頃火息。道士前曰：「吾子之心，喜怒哀懼惡欲，皆能忘也，所未臻者愛而已。向使子無噫聲，吾之藥成，子亦上仙矣。嗟乎，仙才之難得也！吾藥可重煉，而子之身猶為世界所容矣，勉之哉。」遙指路使歸。子春強登臺觀焉，其爐已壞，中有鐵柱，大如臂，長數尺，道士脫衣，以刀子削之。

子春既歸，愧其忘誓，復自效以謝其過。行至雲臺峰，無人跡，嘆恨而歸。

關於〈杜子春〉

作者說法不一，一說出自牛僧儒《玄怪錄》、一說出自李復言《續玄怪錄》，目前一般認為作者是李復言。《太平廣記》收錄本篇時，記載說出自《續玄怪錄》。本篇原型出自玄奘《大唐西域記》裡的〈烈士池及傳說〉佛經故事，類似的故事還有唐朝段成式《酉陽雜俎續集》裡的〈顧玄績〉、薛漁思《河東記》裡的〈蕭洞玄〉、裴鉶《傳奇》裡的〈韋自東傳〉。

後世改編作品有明代馮夢龍《醒世恒言》的〈杜子春三入長安〉、胡介祉的傳奇戲曲《廣陵仙》，清代岳端有傳奇戲曲《揚州夢》。此外日本知名小說家芥川龍之介的〈杜子春〉也是據此故事改編。

第四部　豪俠

聶隱娘

作者：裴鉶

唐代貞元年間，魏博地方的大將聶鋒有個女兒叫聶隱娘。她十歲的時候，有個尼姑到她家來化緣討食，看見她之後非常喜歡，對她父親說：「我要向您討這女孩子帶去教導。」聶鋒很生氣，大聲斥責尼姑。尼姑說：「就算您把她藏在鐵櫃裡，我也會偷走她的。」天黑之後，隱娘果然失蹤了。聶鋒大為驚慌，派人到處搜尋，卻遍尋不著。父母每每想起女兒，只能相對流淚而已。

五年後，尼姑把隱娘送回來，告訴聶鋒說：「我已經將您女兒教好了，現在把她送還給您。」說完一閃身就不見了。一家人又驚又喜，圍在隱娘身邊，問她在尼姑那兒學了什麼。隱娘說：「剛開始只是讀經念咒，此外沒學什麼。」聶鋒不信，再三懇切追問。隱娘說：「說真的又怕你們不信，我該怎麼辦呢？」聶鋒說：「妳只管說實話。」隱娘這才說：「我剛被尼姑帶走時，不曉得走了多少里路。天亮後，來到一個大岩穴的洞口，裡邊長寬約有數十步，沒有人居住。那兒有很多猴子，四周都長滿藤蘿蔓草。裡面已經有兩個女孩子，也都是十歲，都很聰明美麗，她們整日不吃東西，卻能在峭壁上飛一般行走，有如敏捷的猴子爬樹一樣，不會失足。尼姑給我一粒藥丸，還要我拿著一口寶劍，劍長二尺多，鋒利至極，毛髮放在刀鋒上，吹口氣就會斷。她命令我專門跟著那兩個女孩攀爬峭壁和樹木，漸漸地我感到自己身體變得輕盈敏捷，行動如風。

「一年以後，我揮劍刺那些猴子，百無一失；後來練習刺虎豹，每次都能砍下虎豹的腦袋拿回來。三年以後我能飛了，刺天空中的鷹，也沒有刺不中的。之後劍刃逐漸磨損縮短到五寸長，飛禽被這劍刺到前，都很難察覺。到了第四年，尼姑留下那兩個女孩子守洞穴，將我帶到一座城裡，我也不知道是什麼地方。尼姑指著一個人給我看，一一細數他的罪狀，說：『給我砍下他的頭來，不能讓旁人察覺。放膽去幹吧，這像刺飛鳥一樣容易。』她給我一把羊角匕首，只有三寸寬。於是我就在光天化日之下把那個人刺死了，沒有人發現是我幹的。我將人頭裝入袋子，帶回尼姑的住處，用藥將人頭化為水。到第五年時，她又說：『某個大官有罪，無故害死了許多人，妳晚上到他家去，砍下他的頭取回來！』我又帶著匕首到大官家，從門縫進到室內，毫無阻礙，然後伏在屋梁上。直到天亮，我才帶著大官的腦袋回到岩穴。尼姑很生氣地問我：『怎麼這麼晚才回來？』我說：『我看見這人在逗弄他家的小孩，甚為可愛，不忍心立即下手。』尼姑斥責我說：『以後遇到這種情況，就先殺掉他所愛之人，再殺掉他。』我恭敬地謝罪，感謝她的教導。尼姑說：『我來給妳的後腦開個口，把匕首藏在裡面，這不會傷害到妳，需要時即可抽出使用。』之後尼姑說：『妳的武藝已經學成了，可以回家去。』於是將我送回來，又說：『二十年後，妳才可再跟我見面。』」

聶鋒聽了這番話，心中感到非常懼怕。此後每到天黑，聶隱娘就不見蹤影，到了天亮時才回家。聶鋒已經不敢追問她，因此心裡也不太疼愛女兒了。有天，忽然有個以磨鏡為生的少年來到聶鋒家門前，隱娘說：「這個人可以做我的丈夫。」她告訴父親自己的意思，父親不敢不答應，就把女兒嫁給磨鏡少年。她的丈夫只會磨鏡子，其他什麼也不會。聶鋒就供給他們豐厚的衣食，讓他和女兒自立門戶。幾年後，聶鋒就去世了。

魏博地方的軍事主帥對聶隱娘的奇異本領略有所聞，就以金錢財帛委任她為手下，如此又過了幾年。到了元和年間，魏帥與掌管陳州、許州的節度使劉昌裔不合，就派聶隱娘去行刺，取他的腦袋。隱娘夫婦於是辭別魏帥前去許州。劉昌裔有神機妙算，知道隱娘要來許州。他召來府中的武將，命令他：「明天一早你趕到城北去，等候一男一女，他倆分別騎著白驢和黑驢。到城門邊時，會有隻喜鵲在他倆前面吱喳叫，丈夫拿彈弓射喜鵲沒射中，妻子一把奪過丈夫的彈弓，一射就把喜鵲擊斃了。你就上前對他倆行禮，說我劉某人想與他們相見，所以派你代我來遠道恭迎。」武將按照命令做了，果然遇到兩人。隱娘夫婦說：「劉僕射果真是神人哪！不然怎麼會知道我們來了呢？我們願意與劉公見面。」劉昌裔很熱情地款待他們。隱娘夫婦感動地拜謝道：「我們原本還想害死僕射大人，真是罪該萬死！」劉昌裔說：「不要這樣說，人各為其主做事，這是人之常情。魏州與許州有什麼不同呢？希望你們倆能留在我這兒，不要有疑慮。」隱娘很感激，說：「僕射大人身邊沒有人手，我們願意投入您門下。我們很佩服大人的神算！」心中明白魏帥比不上劉昌裔。劉昌裔問隱娘有什麼要求，隱娘回答：「每天只要有兩百文錢就足夠了。」劉昌裔答應了他們的要求。這時隱娘夫婦來時騎的兩匹驢子忽然不見了，劉昌裔派人尋找，卻不知去向。後來他偷偷檢查隱娘的布袋，看見裡面有兩隻紙剪的驢子，正好一黑一白。

一個多月後，隱娘告訴劉昌裔：「魏帥不知道我已經投效您，他不會罷休，一定會再派人來殺您。今晚請同意我剪下您的頭髮，用紅絲綢綁好，送到魏帥枕前，表示我絕對不會回去了。」劉昌裔聽從她的意思。到了晚上四更，隱娘回來了，說：「信物送到了。明天夜裡魏帥一定會派精精兒來殺我，並且取僕射大人的腦袋。我們也會想各種方法來對付，請大人不必憂慮。」劉昌裔個性豁達大度，也毫無懼色。

這天晚上，劉昌裔點著燈燭等候刺客，下半夜果然出現一紅一白兩面小旗子，在他床頭四角飄來飄去，好像在互相打鬥。過了許久，他看見一個人從空中跌到地上，身首異處。隱娘這時也現出原形說：「精精兒已被我殺死了。」說著將精精兒的屍首拋到大廳，用藥化為水，連毛髮都不見了。隱娘說：「後天晚上，魏帥會接著派高手空空兒來！空空兒的法術很神妙，沒有人能知道他到底有哪些能力，連鬼怪也追不上他的蹤影。他可以上達太虛、潛入地府，來去無形，連影子也沒有。我的武藝無法達到他的境界，這回全得靠僕射大人自身的福份了！到時候您可用于闐美玉圍住脖子，再蓋著棉被，我就變成一隻蠛蠓，藏進僕射大人的腸子裡聽候動靜，此外再沒別的逃避處了。」劉昌裔照隱娘的話去做。到了三更，劉昌裔正閉眼假寐，果然聽到脖子上鏗然一聲，聲音甚大。隱娘從他口中跳出來，高興地祝賀說：「僕射大人的危險過去了！這個人像高傲的鷹隼，一擊不中，就翩然而去，以沒擊中目標為恥。他離開還不到一更，就已經遠去千里之外了！」事後劉昌裔檢視護住脖子的玉石，果然上面有匕首劃過的痕跡，痕跡很深。從此之後，劉昌裔對聶隱娘更加禮遇。

元和八年，劉昌裔從許州調任京師，隱娘不願跟隨，她說：「此後要雲遊尋找靈山秀水，拜訪得道的高人，只求給丈夫一個掛名的虛職維生。」劉昌裔答應她的要求。後來就漸漸不知道隱娘的行蹤了。等到劉昌裔在任上去世時，隱娘曾騎著驢到京師，在劉昌裔靈柩前慟哭一番才離去。

唐文宗開成年間，劉昌裔的兒子劉縱被任命為陵州刺史，上任途經蜀地棧道，在那裡遇見隱娘，容貌一如當年。隱娘很高興能與劉縱相見，仍然和以前一樣騎著白驢子。她對劉縱說：「郎君有大禍，不應該擔任官職。」又拿出藥丸一粒，叫劉縱吞下，說：「明年您必須趕緊辭官回洛陽，才能夠擺脫這場災禍。我的藥丸只能保您一年無患。」劉縱不大相信她。劉縱想送些華美的絲綢給隱娘，她沒有接受，痛飲幾杯酒後就走了。過了一年，劉縱沒有辭去官位，果然死在陵州。從此之後，再也沒有人看到過隱娘了。

◈聶隱娘者，唐貞元中魏博大將聶鋒之女也。年方十歲，有尼乞食於鋒舍，見隱娘，悅之，云：「問押衙乞取此女教。」鋒大怒，叱尼。尼曰：「任押衙鐵櫃中盛，亦須偷去矣。」及夜，果失隱娘所向。鋒大驚駭，令人搜尋，曾無影響。父母每思之，相對涕泣而已。

後五年，尼送隱娘歸，告鋒曰：「教已成矣，子卻領取。」尼欻亦不見。一家悲喜，問其所學。曰：「初但讀經念咒，餘無他也。」鋒不信，懇詰。隱娘曰：「真說又恐不信，如何？」鋒曰：「但真說之。」曰：「隱娘初被尼挈，不知行幾里。及明，至大石穴之嵌空，數十步寂無居人，猿狖極多，松蘿益邃。已有二女，亦各十歲，皆聰明婉麗。不食，能於峭壁上飛走，若捷猱登木，無有蹶失。尼與我藥一粒，兼令長執寶劍一口，長二尺許，鋒利吹毛。令剸逐二女攀緣，漸覺身輕如風。

「一年後，刺猿狖百無一失；後刺虎豹，皆決其首而歸。三年後能飛，使刺鷹隼，無不中。劍之刃漸減五寸，飛禽遇之，不知其來也。至四年，留二女守穴，挈我於都市，不知何處也。指其人者，一一數其過，曰：『為我刺其首來，無使知覺。定其膽，若飛鳥之容易也。』受以羊角匕首，刀廣三寸。遂白日刺其人於都市，人莫能見。以首入囊，返主人舍，以藥化之為水。五年，又曰：『某大僚有罪，無故害人若干，夜可入其室，決其首來。』又攜匕首入室，度其門隙，無有障礙，伏之樑上。至暝，持得其首而歸。尼大怒曰：『何太晚如是！』某云：『見前人戲弄一兒，可愛，便未忍下手。』尼叱曰：『已後遇此輩，先斷其所愛，然後決之。』某拜謝。尼曰：『吾為汝開腦後，藏匕首而無所傷，用即抽之。』曰：『汝術已成，可歸家。』遂送還，云：『後二十年，方可一見。』」

鋒聞語，甚懼。後遇夜即失蹤，及明而返。鋒已不敢詰之，因茲亦不甚憐愛。忽值磨鏡少年及門，女曰：「此人可與我為夫。」白父，父不敢不從，遂嫁之。其夫但能淬鏡，餘無他能。父乃給衣食甚豐，外室而居。數年後，父卒。

魏帥稍知其異，遂以金帛署為左右吏，如此又數年。至元和間，魏帥與陳許節度使劉昌裔不協，使隱娘賊其首。隱娘辭帥之許。劉能神算，已知其來。召衙將，令來日早至城北，候一丈夫、一女子，各跨白黑衛。至門，遇有鵲前噪，丈夫以弓彈之不中，妻奪夫彈，一丸而斃鵲者，揖之云：「吾欲相見，故遠相祗迎也。」衙將受約束，遇之。隱娘夫妻曰：「劉僕射果神人。不然者，何以洞吾也。願見劉公。」劉勞之。隱娘夫妻拜曰：「合負僕射萬死。」劉曰：「不然，各親其主，人之常事。魏今與許何異？願請留此，勿相疑也。」隱娘謝曰：「僕射左右無人，願舍彼而就此，服公神明也。」知魏帥之不及劉。劉問其所須，曰：「每日只要錢二百文足矣。」乃依所請。忽不見二衛所之，劉使人尋之，不知所向。後潛搜布囊中，見二紙衛，一黑一白。

後月餘，白劉曰：「彼未知住，必使人繼至。今宵請剪髮，繫之以紅綃，送於魏帥枕前，以表不回。」劉聽之。至四更，卻返，曰：「送其信了。後夜必使精精兒來殺某及賊僕射之首。此時亦萬計殺之，乞不憂耳。」劉豁達大度，亦無畏色。

是夜明燭，半宵之後，果有二幡子，一紅一白，飄飄然如相擊於床四隅。良久，見一人自空而踣，身首異處。隱娘亦出曰：「精精兒已斃。」拽出於堂之下，以藥化為水，毛髮不存矣。隱娘曰：「後夜當使妙手空空兒繼至。空空兒之神術，人莫能窺其用，鬼莫能躡其蹤。能從空虛而入冥，善無形而滅影。隱娘之藝，故不能造其境，此即繫僕射之福耳。但以于闐玉周其頸，擁以衾，隱娘當化為蠛蠓，潛入僕射腸中聽伺，其餘無逃避處。」劉如言。至三更，瞑目未熟，果聞頸上鏗然，聲甚厲。隱娘自口中躍出，賀曰：「僕射無患矣。此人如俊鶻，一搏不中，即翩然遠逝，恥其不中。才未逾一更，已千里矣。」後視其玉，果有匕首劃處，痕逾數分。自此劉轉厚禮之。

自元和八年，劉自許入覲，隱娘不願從焉，云：「自此尋山水，訪至人，但乞一虛給與其夫。」劉如約。後漸不知所之。及劉薨於統軍，隱娘亦鞭驢而一至京師，柩前慟哭而去。

開成年，昌裔子縱除陵州刺史，至蜀棧道，遇隱娘，貌若當時。甚喜相見，依前跨白衛如故。語縱曰：「郎君大災，不合適此。」出藥一粒，令縱吞之。云：「來年火急拋官歸洛，方脫此禍。吾藥力只保一年患耳。」縱亦不甚信。遺其繒彩，隱娘一無所受，但沉醉而去。後一年，縱不休官，果卒於陵州。自此無復有人見隱娘矣。

關於〈聶隱娘〉

作者裴鉶，生卒年不詳。本篇出自《傳奇》，原書已佚，收於《太平廣記》中。宋代羅燁《醉翁談錄》裡收錄的宋人話本篇目中有〈西山聶隱娘〉，應該是根據本篇而寫。清代尤侗的戲曲《黑白衛》、裘璉的戲曲《女崑崙》即據此改編。此外聶隱娘在清代小說《女仙外史》、《仙俠五花劍》中則成了劍仙角色。

崑崙奴

作者：裴鉶

唐代宗大曆年間，有一位姓崔的書生，他父親是地位顯赫的官員，與當時功蓋當代、位居一品官的功勳大臣很要好。崔生當時擔任皇宮禁衛軍的侍衛，有一天，崔生的父親要他去探視生病的一品大臣。

崔生很年輕，長得英俊帥氣，個性孤高耿直，舉止從容穩重，談吐清高文雅。一品大臣叫一個侍姬捲起簾子，召崔生進入室內。崔生行禮拜見後，傳達父親的關心之情，一品大臣很高興，讓崔生坐下來閒談。這時有三個容貌絕色的侍姬站在前面，手上捧著金製的小碗，裡面盛著櫻桃，剝開去核後澆上糖水與乳酪。一品大臣讓一個身穿紅綃衣的侍姬端了一碗給崔生吃。崔生年紀輕，在侍姬面前覺得很害羞，始終不好意思拿起來吃。一品大臣於是要紅綃姬用湯匙餵崔生吃，崔生更是害羞得手忙腳亂，不得已才吃了一點，紅綃姬於是看著他微笑。崔生臉更紅了，向一品大臣告辭回去。一品大臣說：「你如果有空，一定要經常來這裡走走，可不要疏遠了我這老頭子。」然後命令紅綃姬送崔生出院。就在要走出院子時，崔生回頭，看見紅綃姬向他比了一個手勢，她伸出三個手指，又把手掌翻了三次，然後指著胸前的小鏡子，說：「請記住。」之後就沒有再說什麼了。

崔生回家後，先向父親稟告去探病的狀況。他回到書房後覺得意亂神迷，一個人發呆沉思，茶不思，飯不想，話也變少了，整天愁眉苦臉，只吟了一首詩：「誤到蓬山頂上遊，明璫玉女動星眸；朱扉半掩深宮月，應照瓊芝雪豔愁。」（不小心闖入蓬萊仙山一遊，戴著明珠耳環的玉女，轉動像星光一樣明亮的眼眸；深宮裡的月光，穿過半掩的朱門，應該能照到那位美玉香草般的美人，雪白臉上的愁容。）崔生身邊的人都不知道是什麼意思。這時，家裡有一個叫磨勒的崑崙奴，他看崔生悶悶不樂，就問說：「郎君心中有什麼心事？竟這這樣不快樂？為什麼不告訴老奴，讓我替您想想辦法？」崔生不以為然地說：「你們懂什麼？居然問起我的心事？」磨勒不死心地說：「您儘管說吧，老奴一定能為郎君解除憂愁，不論什麼難事都能辦成。」看到磨勒一副胸有成竹的樣子，崔生覺得很驚訝，就半信半疑地把他這段經歷詳細告訴他。磨勒說：「這只是小事一件，怎麼不早點說出來，就不用自己在那邊苦惱。」崔生又把紅綃姬的手勢暗號告訴他。磨勒說：「這有什麼難的？伸出三根手指，意思是一品官家有十院歌姬，她在第三院；翻掌三次，正好是十五根手指，意思指的是十五日；指著胸前的小鏡子，意思是在十五月亮圓如鏡的時候，叫郎君去相會。」崔生非常高興，激動地問磨勒說：「有什麼辦法能夠疏散我心中的鬱悶，達成心願呢？」磨勒笑著說：「後天晚上就是十五日，請準備兩匹青絹，替郎君做一套緊身衣。一品官員的宅邸有猛犬在看守歌姬院門，一般人是無法進去的，就算進去也會被猛犬咬死。那狗機警如神，凶猛如虎，是曹州孟海的猛犬，這個世界上除了老奴，沒有其他人能殺死牠。今天晚上，老奴就為了郎君去擊殺牠。」崔生立刻準備酒肉來犒賞磨勒。那天晚上的三更時分，磨勒帶著鍊錐去了一品官員的宅邸，不過一頓飯的時間就回來了，說：「猛犬已經被老奴擊斃，現在進出無礙了。」

到了十五日的三更時分，磨勒讓崔生換上了緊身青衣，背著他越過了十多重院牆，進入歌姬的院裡，到了第三院停下來。他們發現房門沒關，房裡的燈還亮著，只見紅綃姬坐在床上，長長地嘆了一口氣，好像在等待什麼。她的頭飾已經卸下，臉上的脂粉也已洗去，美麗的容顏因愁悶而失去光彩，雙眼含著珍珠般晶瑩的淚。她吟著詩說：「深谷鶯啼恨阮郎，偷來花下解珠璫。碧雲飄斷音書絕，空倚玉蕭愁鳳凰。」（我像那深谷裡的仙女，如鶯啼般悲泣著怨恨阮郎，你偷偷讓我傾心，讓我解下珠璫相贈。望斷碧空的行雲，也得不到你的音信，我空倚著玉簫，發愁著鳳凰遲遲不來。）一品官邸的侍衛都睡了，四周一片寂靜。崔生緩緩地掀起門簾走了進去，紅綃姬呆看了一會，認出來的人是崔生，便急忙跳下床，拉著崔生的手說：「我知道你很聰明，一定能夠解開我的暗號，所以那天才用手勢向你暗示。可是我不知道你有什麼神奇的本領，竟然能夠到得了這座深宅大院？」崔生便把磨勒為他出的主意，並背他來到這裡的經過告訴紅綃姬。紅綃姬說：「磨勒現在在哪裡？」崔生說：「就在簾子外面。」紅綃姬便把磨勒叫進屋子裡，用金杯盛酒請磨勒喝。

紅綃姬告訴崔生說：「我家原本是住在北方的富戶，是主人用權勢逼迫我當他的侍姬。我沒能自殺，只能苟且偷生，雖然每天打扮得漂漂亮亮的，心裡卻很苦悶。就算吃著山珍海味，穿著綾羅綢緞，蓋著錦繡棉被，睡著珍珠玉床，這都不是我所想要的，我覺得自己好像被關在監牢裡似的。你的手下既有這麼高明的神術，何不帶我脫離這個監牢，只要我的願望實現了，就算死了也甘願。我願意做你的奴僕，在你身旁侍候，不知道郎君意下如何？」崔生聽完，只是憂愁不語。磨勒說：「娘子既然這麼堅決，這只是小事一件。」紅綃姬非常高興。磨勒先幫紅綃姬把隨身的衣服、梳妝的用品裝進袋子背出去，來回三趟，然後說：「恐怕再慢一點就要天亮了。」接著就背起崔生和紅綃姬，飛出大院的十幾重高牆，官邸的守衛完全沒有發現。回到家後，崔生就把紅綃姬藏在書房。

天亮以後，一品官員家裡才發覺紅綃姬不見了，又看到猛犬被擊斃，一品大臣嚇了一跳，說：「我家牆高院大，門戶緊閉，警衛森嚴，這個人飛騰而來，竟然沒留下任何痕跡，必定是俠士所為，這件事不要對外聲張，以免招惹禍患。」

紅綃姬躲在崔生家兩年，到了春暖花開的時候，崔生帶著她坐車遊曲江，被一品官員家裡的人暗中認出來了，告訴了一品官員。一品官員覺得很疑惑，便召來崔生追問這件事。崔生害怕，不敢有所隱瞞，便詳細地把事情的經過說出來，並說都是因為磨勒背著，他們才能出得去。一品官員說：「這是紅綃姬的罪過，但她已經服侍你超過一年了，我就不向她追究問罪了，但我要為天下人除害，不能放過磨勒。」於是命令五十名士兵，拿著兵器包圍崔生的院子，準備捕捉磨勒。磨勒手持匕首，像長了翅膀似的飛出高牆，如同鷹隼般快速地掠過。士兵們急忙張弓，箭矢如雨，卻都沒能射中他，一下子就不知去向，消失無蹤了。崔家上下一片驚慌，一品官員也有些後悔和害怕，每天晚上都要很多家童持劍執戟的巡邏守衛，這種情況持續了一年多才停止。

十幾年後，崔家有人看見磨勒在洛陽的市集賣藥，面貌還和從前一樣。

◈唐大曆中有崔生者，其父為顯僚，與蓋天之勳臣一品者熟。生是時為千牛，其父使往省一品疾。

生少年，容貌如玉，性稟孤介，舉止安詳，發言清雅。一品命妓軸簾，召生入室。生拜傳父命，一品忻然慕愛，命坐與語。時三妓人，豔皆絕代，居前以金甌貯緋桃而擘之，沃以甘酪而進。一品遂命衣紅綃妓者，擎一甌與生食。生少年赧妓輩，終不食。一品命紅綃妓以匙而進之，生不得已而食，妓哂之，遂告辭而去。一品曰：「郎君閒暇，必須一相訪，無閒老夫也。」命紅綃送出院。時生回顧，妓立三指，又反掌者三，然後指胸前小鏡子，云：「記取。」餘更無言。

生歸達一品意。返學院，神迷意奪，語減容沮，怳然凝思，日不暇食，但吟詩曰：「誤到蓬山頂上遊，明璫玉女動星眸。朱扉半掩深宮月，應照瓊芝雪豔愁。」左右莫能究其意。時家中有崑崙磨勒，顧瞻郎君曰：「心中有何事。如此抱恨不已，何不報老奴？」生曰：「汝輩何知，而問我襟懷間事？」磨勒曰：「但言，當為郎君釋解。遠近必能成之。」生駭其言異，遂具告知。磨勒曰：「此小事耳，何不早言之，而自苦耶？」生又白其隱語。勒曰：「有何難會，立三指者，一品宅中有十院歌姬，此乃第三院耳；反掌三者，數十五指，以應十五日之數；胸前小鏡子，十五夜月圓如鏡，令郎來耳。」生大喜，不自勝，謂磨勒曰：「何計而能導我鬱結。」磨勒笑曰：「後夜乃十五夜，請深青絹兩疋，為郎君製束身之衣。一品宅有猛犬守歌妓院門，非常人不得輒入，入必噬殺之。其警如神，其猛如虎，即曹州孟海之犬也。世間非老奴不能斃此犬耳。今夕當為郎君撾殺之。」遂宴犒以酒肉。至三更，攜鍊椎而往，食頃而回，曰：「犬已斃訖，固無障塞耳。」

是夜三更，與生衣青衣，遂負而逾十重垣，乃入歌妓院內，止第三門。繡戶不扃，金釭微明，惟聞妓長嘆而坐，若有所伺。翠鬟初墜，紅臉纔舒，玉恨無妍，珠愁轉瑩。但吟詩曰：「深谷鶯啼恨阮郎，偷來花下解珠璫。碧雲飄斷音書絕，空倚玉簫愁鳳凰。」侍衛皆寢，鄰近闃然。生遂緩搴簾而入，良久，驗是生，姬躍下榻執生手曰：「知郎君穎悟，必能默識，所以手語耳。又不知郎君有何神術，而能至此？」生具告磨勒之謀，負荷而至。姬曰：「磨勒何在？」曰：「簾外耳。」遂召入，以金甌酌酒而飲之。

姬白生曰：「某家本富，居在朔方，主人擁旄，逼為姬僕。不能自死，尚且偷生。臉雖鉛華，心頗鬱結。縱玉筯舉饌，金鑪泛香，雲屏而每進綺羅，綉被而常眠珠翠，皆非所願，如在桎梏。賢爪牙既有神術，何妨為脫狴牢。所願既申，雖死不悔。請為僕隸，願侍光容。又不知郎君高意如何？」生愀然不語。磨勒曰：「娘子既堅確如是，此亦小事耳。」姬甚喜。磨勒請先為姬負其囊橐粧奩，如此三復焉，然後曰：「恐遲明。」遂負生與姬而飛出峻垣十餘重，一品家之守禦，無有警者。遂歸學院而匿之。

及旦，一品家方覺，又見犬已斃，一品大駭曰：「我家門垣，從來邃密，扃鎖甚嚴。勢似飛騰，寂無形跡，此必俠士而挈之。無更聲聞，徒為患禍耳。」

姬隱崔生家二歲，因花時駕小車而遊曲江，為一品家人潛誌認，遂白一品。一品異之，召崔生而詰之事。生懼而不敢隱，遂細言端由，皆因奴磨勒負荷而去。一品曰：「是姬大罪過，但郎君驅使踰年，即不能問是非，某須為天下人除害。」命甲士五十人，嚴持兵仗，圍崔生院，使擒磨勒。磨勒遂持匕首飛出高垣，瞥若翅翎，疾同鷹隼。攢矢如雨，莫能中之。頃刻之間，不知所向。然崔家大驚愕。後一品悔懼，每夕多以家童持劍戟自衛，如此周歲方止。

後十餘年，崔家有人見磨勒賣藥於洛陽市，容顏如舊耳。

關於〈崑崙奴〉

作者裴鉶，生卒年不詳。本篇出自《傳奇》，原書已佚，收於《太平廣記》中。崑崙在中國古代泛指中南半島南部及南洋群島一帶的居民，崑崙奴主要指從那裡來、膚色較黑的僕役。這個故事後世有不少改編作品，例如宋元南戲《磨勒盜紅綃》，元代楊景言的雜劇《磨勒盜紅綃》，明代梅鼎祚的傳奇戲曲《崑崙奴劍俠成仙》，梁辰魚的傳奇戲曲《紅綃伎手語傳情》等。

謝小娥傳

作者：李公佐

謝小娥是江西豫章人，是一個販運商人的女兒。她八歲的時候，母親就過世了，後來嫁給了一個歷陽的俠士段居貞。段居貞為人很有氣節而且重道義，喜歡與一些英雄豪傑來往。小娥的父親雖然累積了鉅額的資產，但在商人之間表現得很低調，常常與女婿段居貞一起乘船做生意，往來於江湖各地之間。

小娥十四歲、開始盤髮插簪那年，與父親、丈夫一起乘船去做生意，結果半路遇到強盜，父親和丈夫都遭到強盜殺害，船上的錢財貨物被洗劫一空。段居貞的兄弟們與謝家的門人、子侄們，以及僕人幾十個人，全部沉入江中死亡。小娥自己胸口也受傷、雙腳骨折，掉入江中，沿著江水漂流，幸好被其他船隻救起，船家照顧了一夜才救活。後來小娥四處流浪，靠著討飯維生，來到了上元縣，投靠至妙果寺淨悟比丘尼的門下。

父親剛死的時候，謝小娥曾夢見父親對她說：「殺我的人，是車中猴，門東草。」過了幾天，又夢到丈夫告訴她：「殺我的人，是禾中走，一日夫。」小娥自己想了很久，但始終解不開這些謎語，於是常常把這些話寫下來，到處請教學問淵博的人，但過了好幾年，一直找不到人能夠替她解答。

唐憲宗元和八年春天，我解除了江西從事的官職，乘船東行，船隻停靠在建業，就順道到瓦官寺遊覽。寺裡有個法號叫做齊物的僧人，喜歡結交賢人又好學，跟我的交情不錯。他告訴我說：「有個名叫小娥的寡婦，每次來到寺裡，都會給我看一個十二字的謎語，但是我怎麼想就是解不開。」我便請齊物把謎語寫在紙上，靠著窗用手指在空中比劃，專心思考了一陣子。在席上的客人們覺得不耐煩之前，心中便已有了答案。我馬上請寺裡的小童將小娥找來，問她這謎語的由來。小娥嗚咽難過了許久，才開口說：「我的父親和丈夫，都遭到強盜殺害。後來，曾夢見父親對我說：『殺我的人，是車中猴，門東草。』又夢見丈夫告訴我：『殺我的人，是禾中走，一日夫。』然而這麼多年來，都沒有人能替我解開這個謎語。」我點了點頭，說：「如果是這樣的話，我的判斷應該沒錯。殺妳父親的人是申蘭，殺妳丈夫的人是申春。『車中猴』，車字去掉上下兩畫，只留中間的部分，就變為『申』這個字，加上在十二地支中，申屬猴，所以說是『車中猴』；至於『門東草』，草字頭下面有『門』，門裡有個『東』，加起來就是『蘭』字。再說『禾中走』，意思是穿田而過，也是一個『申』字；『一日夫』的意思，夫上再加一筆，下面有個日，就是一個『春』字。所以，殺妳父親的是申蘭，殺妳丈夫的是申春，答案很清楚明白了。」小娥聽完痛哭著向我行了一個大禮，把「申蘭」、「申春」四個字寫於衣服中，發誓要找到並殺死這兩個強盜，為父親及丈夫報仇。小娥問了我的姓名和官職，便流著眼淚告別而去。

後來，謝小娥就女扮男裝，四處替人幫傭，一邊打探消息。過了一年多，她來到潯陽郡，看見一戶人家的竹門上張貼著告示，上面寫著「招募傭人」。小娥於是上門應徵，並詢問主人是誰，沒想到竟然就是申蘭。申蘭帶她進入家中，小娥心裡雖然充滿著憤恨，但外表卻裝成很順從的樣子，在申蘭身邊賣力工作，受到申蘭的重用與信任，甚至連金錢財物等帳目，全部交給小娥管理。這樣過了兩年多，申蘭竟然都沒察覺小娥其實是個女人。先前那些從謝家搶來的金銀財寶、錦繡布料和服飾器具，全部都放於申蘭家裡，每當小娥拿起這些熟悉的舊物，總是暗自流淚，悲傷不已。申蘭和申春，兩人乃是同族的兄弟。當時申春一家住在長江北邊的獨樹浦，與申蘭往來密切。申蘭、申春只要一起出門，常常就是一個月，總會帶著許多搶來的錢財和贓物回來。每次出門都會留下小娥和申蘭的妻子一同看家，而事成後賞賜給小娥的酒肉衣物相當多。有一天，申春帶著一條鯉魚和美酒來找申蘭，小娥暗暗感嘆說：「李大人果真聰明非凡，他所解出的答案，完全符合夢中父親與丈夫所說的話。這是上天賜給他智慧，來幫我解開謎語，我要報仇的願望如今終於要實現了！」

當天晚上，申蘭和申春邀請了一群強盜同黨，痛快飲酒作樂。等到其他強盜散去，申春喝得大醉，倒臥在房裡，申蘭則醉倒在庭院。謝小娥偷偷把申春鎖在房間裡，然後抽出佩刀砍下申蘭的頭顱，接著大聲呼叫周圍鄰居一起過來抓賊。結果申春被活捉於屋內，申蘭身首異處於屋外，官府派人清點申家的贓物與財貨，價值竟高達千萬。當初，申蘭和申春有同黨好幾十人，小娥暗中記下他們的姓名，如今這些人全被逮捕並判刑。當時潯陽郡的太守張公知道了這件事，對小娥的英勇行為感到相當欽佩，於是查明整件事，並替她上書朝廷，匯報詳情，小娥才因此免除了殺人償命的死罪。

元和十二年夏天，謝小娥因父親及丈夫的大仇已報，回到家鄉，與家族親戚重聚。家鄉的豪門大族聽聞小娥的事跡，爭先恐後地想要娶她進門，但是小娥早已在心中發誓不再嫁人，於是剪去頭髮，換上粗布衣服，到牛頭山修法學道，拜修行有成的比丘尼蔣律師為師。小娥意志堅定且能夠苦行清修，即使是在寒冷的天氣裡舂穀，或是在雨天裡劈柴，絲毫不曾懈怠。

元和十三年四月，她在泗州開元寺受戒出家，並用小娥做為法號，表明不忘本的心意。這年夏天，我正要回到長安，途經泗水時，路過善義寺，拜訪年高德劭的大德尼，看到有幾十位新受戒的比丘尼，剃淨頭髮穿著僧衣，儀表莊嚴地排列在師父兩旁服侍。其中有個女尼問師父說：「這位官人不是洪州李判官二十三郎嗎？」師父說：「是啊。」那名女尼說：「我能夠報仇雪恨，全是這位判官的恩德啊！」說完就看著我悲傷哭泣。我困惑著不認識她是誰，上前詢問原因，女尼回答說：「我叫做小娥，是從前那個寡婦啊！判官當時曾經替我解出了申蘭、申春這兩個強盜的名字，難道您不記得了嗎？」我恍然大悟地說：「剛才一時記不起來，現在想起來了。」小娥哭著詳細地告訴我在牢記申蘭、申春的名字後，如何為父親與丈夫報仇，完成心願，以及所經歷的各種艱難困苦過程。小娥又對我說：「總有一天，我一定會報答您對我的大恩大德。」

唉！我能分析出那兩個強盜的姓名，讓謝小娥最終報了父親與丈夫的冤仇，表示老天有眼，也顯示因果報應之理是如此清楚明白。小娥相貌敦厚，言辭誠摯，聰敏端正，專心修行，發誓要追求佛家真理。她自從遁入空門，生活儉樸，衣物沒有綾羅綢緞，飲食也只是粗茶淡飯，沒有食鹽乳酪；除了律儀禪理，其他凡塵俗事一概不談。幾天以後，小娥向我道別要回牛頭山，後來我乘船雲遊大江南北，就再也沒有見過她了。

君子說：「立志發誓，報父親與丈夫的大仇，是氣節；和傭工雜居，卻沒讓人知道她是女人，是貞潔。女人的品行，只要能保全貞潔與氣節就夠了。像謝小娥這樣的女子，可以警惕世上那些背叛道義、違反倫常的人，更可展現世上貞夫孝婦的節操。」我詳盡記述整件事的前因後果，將這件不為人知的事公諸於世，冥冥之中合於善惡的因果報應，符合勸人為善的世道人心。知道善事而不記錄於世，不符合孔子作《春秋》的大義，所以我寫下這篇傳記，用來表彰謝小娥的義行。

◈小娥姓謝氏，豫章人，估客女也。生八歲喪母，嫁歷陽俠士段居貞。居貞負氣重義，交遊豪俊。小娥父畜巨產，隱名商賈間，常與段壻同舟貨，往來江湖。

時小娥年十四，始及笄，父與夫俱為盜所殺，盡掠金帛。段之弟兄，謝之生侄，與童僕輩數十，悉沉於江。小娥亦傷胸折足，漂流水中，為他船所獲，經夕而活。因流轉乞食至上元縣，依妙果寺尼淨悟之室。

初，父之死也，小娥夢父謂曰：「殺我者，車中猴，門東草。」又數日，復夢其夫謂曰：「殺我者，禾中走，一日夫。」小娥不自解悟，常書此語，廣求智者辨之，歷年不能得。

至元和八年春，余罷江西從事，扁舟東下，淹泊建業，登瓦官寺閣。有僧齊物者，重賢好學，與余善，因告余曰：「有孀婦名小娥者，每來寺中，示我十二字謎語，某不能辨。」余遂請齊公書於紙，乃憑檻書空，凝思默慮，坐客未倦，了悟其文。令寺童疾召小娥前至，詢訪其由。小娥嗚咽良久，乃曰：「我父及夫，皆為賊所殺。邇後嘗夢父告曰：『殺我者，車中猴，門東草。』又夢夫告曰：『殺我者，禾中走，一日夫。』歲久無人悟之。」余曰：「若然者，吾審詳矣。殺汝父是申蘭，殺汝夫是申春。且車中猴，車字去上下各一畫，是申字，又申屬猴，故曰車中猴。草下有門，門中有東，乃蘭字也。又禾中走，是穿田過，亦是申字也。一日夫者，夫上更一畫，下有日，是春字也。殺汝父是申蘭，殺汝夫是申春，足可明矣。」小娥慟哭再拜，書申蘭申春四字於衣中，誓將訪殺二賊，以復其冤。娥因問余姓氏官族，垂涕而去。

爾後小娥便為男子服，傭保於江湖間。歲餘，至潯陽郡，見竹戶上有紙牓子云：「召傭者。」小娥乃應召詣門，問其主，乃申蘭也。蘭引歸，娥心憤貌順，在蘭左右，甚見親愛，金帛出入之數，無不委娥。已二歲餘，竟不知娥之女人也。先是謝氏之金寶錦繡，衣物器具，悉掠在蘭家，小娥每執舊物，未嘗不暗泣移時。蘭與春，宗昆弟也，時春一家住大江北獨樹浦，與蘭往來密洽。蘭與春同去經月，多獲財帛而歸。每留娥與蘭妻氏同守家室，酒肉衣服，給娥甚豐。或一日，春攜文鯉兼酒詣蘭，娥私歎曰：「李君精悟玄鑒，皆符夢言，此乃天啟其心，志將就矣。」

是夕，蘭與春會，羣賊畢至，酣飲。暨諸兇既去，春沉醉，臥於內室，蘭亦露寢于庭。小娥潛鏁春於內，抽佩刀，先斷蘭首，呼號隣人並至。春擒於內，蘭死於外，獲贓收貨，數至千萬。初，蘭、春有黨數十，暗記其名，悉擒就戮。時潯陽太守張公，善娥節行，為具其事上旌表，乃得免死。

時元和十二年夏歲也。復父夫之讐畢。歸本里，見親屬。里中豪族爭求聘，娥誓心不嫁，遂剪髮披褐，訪道於牛頭山，師事大士尼蔣律師。娥志堅行苦，霜舂雨薪，不倦筋力。

十三年四月，始受具戒於泗州開元寺，竟以小娥為法號，不忘本也。其年夏月，余始歸長安，途經泗濱，過善義寺，謁大德尼令操，見新戒者數十，淨髮鮮帔，威儀雍容，列侍師之左右。中有一尼問師曰：「此官豈非洪州李判官二十三郎者乎？」師曰：「然。」曰：「使我獲報家仇，得雪冤恥，是判官恩德也。」顧余悲泣。余不之識，詢訪其由。娥對曰：「某名小娥，頃乞食孀婦也。判官時為辨申蘭、申春二賊名字，豈不憶念乎？」余曰：「初不相記，今即悟也。」娥因泣，具寫記申蘭、申春，復父夫之仇，志願粗畢，經營終始艱苦之狀。小娥又謂余曰：「報判官恩，當有日矣，豈徒然哉。」

嗟乎！余能辨二盜之姓名，小娥又能竟復父夫之讎冤，神道不昧，昭然可知。小娥厚貌深辭，聰敏端特，鍊指跛足，誓求真如。爰自入道，衣無絮帛，齋無鹽酪；非律儀禪理，口無所言。後數日，告我歸牛頭山，扁舟汎淮，雲遊南國，不復再遇。

君子曰：誓志不捨，復父夫之讎，節也；傭保雜處，不知女人，貞也。女子之行，唯貞與節，能終始全之而已。如小娥，足以儆天下逆道亂常之心，足以觀天下貞夫孝婦之節。余備詳前事，發明隱文，暗與冥會，符於人心。知善不錄，非《春秋》之義也，故作傳以旌美之。

關於〈謝小娥傳〉

作者李公佐，生卒年不詳，與白行簡是好友。本篇見於《太平廣記》。《太平廣記》裡另收錄了一篇〈尼妙寂〉，記載說出自李復言《續玄怪錄》，除了主角名字不同，兩者故事大同小異。此外《新唐書》〈烈女傳〉中也收錄謝小娥的故事。明代凌濛初的話本《初刻拍案驚奇》中有一篇〈李公佐巧解夢中言、謝小娥智擒船上盜〉，和王夫之雜劇《龍舟會》，都是據此故事改編。

紅線傳

作者：袁郊

唐代潞州節度使薛嵩家裡，有一個婢女叫紅線，擅長彈奏阮咸，還通曉經史，薛嵩任命她掌管文書資料，稱她為「內記室」。有一次薛嵩在軍中舉行盛大宴會，紅線對薛嵩說：「羯鼓的聲音聽起來很悲傷，敲鼓的人一定有什麼心事。」薛嵩向來也懂音樂，說：「妳說得很對。」於是找來打鼓人詢問，那人說：「我的妻子昨晚過世了，我沒敢請假。」薛嵩聽了立刻就讓他回家了。

那時候是唐肅宗至德年間，河南、河北一帶很不安寧。朝廷命令薛嵩守衛滏陽，並控管壓制山東地區。戰爭剛結束，軍府才初步建立，各藩鎮的勢力很大，朝廷命薛嵩將女兒嫁給魏博節度使田承嗣的兒子，又叫薛嵩的兒子娶滑臺節度使令狐章的女兒，使滏陽、魏博、滑臺三鎮聯姻，經常派遣使者相互往來。魏博節度使田承嗣罹患肺氣病，天氣一熱病情就會加重，他常說：「如果可以駐守在太行山的東側，那裡天氣比較涼爽，我還能多活幾年。」於是，他從軍中選拔武勇過人的軍士三千名，稱為外宅男，加以嚴格訓練，並給予他們優厚的待遇。他每天晚上派遣三百人防守在府邸內外，嚴防消息走漏，並挑選適當時機，打算吞併潞州。

薛嵩得知這個消息以後，日夜憂愁，常自言自語，卻想不出對策。有一天，天黑之後，軍營的轅門已經關閉，薛嵩拄著拐杖來到庭院，只有紅線跟在身後。紅線說：「您這一個多月寢食難安，好像有心事，是不是在擔心鄰境田承嗣的事？」薛嵩說：「這件事關係重大，不是妳能處理的。」紅線說：「我雖然只是個奴婢，也能為您解憂。」薛嵩覺得她的話不同尋常，便說：「我竟不知妳是一個異人，真是太沒眼光了啊！」就把田承嗣的陰謀告訴了紅線，說：「我繼承祖父的大業，承受國家的恩惠，一旦失去鎮守的疆土，幾百年的功勳就都毀於一旦了。」紅線說：「這件事好辦，不需要主人這樣憂煩。請讓我先去一趟魏城，觀察一下形勢，看看他們是否真的準備要進犯。今天一更去，五更就可以回來覆命。請您先準備好一匹快馬、一封問候信，其他事情等我回來再說。」薛嵩說：「如果這件事沒有辦好，反而讓禍患提早發生，那該怎麼辦？」紅線說：「請不用擔心，我此去一定能把事情辦好。」說完回到自己房裡，準備出行的用具。她梳了一個烏蠻髻，頭上插著金雀釵，身上披著紫色繡花短袍，腳上穿著青絲輕履，胸前佩掛龍紋匕首，額頭上寫著太乙神名。她向薛嵩告辭以後，轉眼就不見了。

薛嵩回到屋子裡關上房門，背著燭火而坐。他平常酒量不太好，頂多喝個幾杯就會醉，但這天晚上，喝了十幾杯酒也沒醉。這時忽然聽到破曉的號角在風中響起，有片樹葉掉下來，薛嵩驚覺而起，忙問是什麼人，原來是紅線回來了。薛嵩很高興，連忙開門慰問她，問道：「事情辦得怎麼樣？」紅線說：「不敢有辱使命。」薛嵩又問：「沒有傷人吧？」紅線說：「不至於如此，我只是把田承嗣床頭的金盒拿回來做為信物而已。」紅線又說：「我半夜前三刻就到了魏城，經過幾道門，便到了田承嗣的寢室，聽到外宅男在走廊上睡覺，鼾聲如雷；見到中軍的士卒在院子裡來回走動巡視，彼此還傳送口令，小心戒備。我悄悄地打開左邊的門，來到田承嗣床前。您的親家公躺在床帳裡，鼓著肚子沉沉入睡，頭枕著犀牛花紋的枕頭，髮髻包裹著黃布巾，枕前露出一把七星劍。劍前有一個打開著的金盒，盒內有一張紙寫著他的生辰八字和北斗神名，上面壓著香料和珍珠。看著平常在營帳內耀武揚威的他，坦然在寢帳內熟睡的樣子，他沒想到自己的性命就掌握在我手中，這時候要殺他易如反掌，只是我怕會惹來麻煩。這時蠟燭快要熄滅了，香爐的香已經燃盡，婢僕們躺臥在四周，兵器交錯地放在一起，有人頭靠著屏風，低著頭鼾聲大作；有的人手持汗巾、拂塵，伸著腿睡著了。我拔下他們的頭簪、耳環，綁住他們的衣裙，個個都像生病或酒醉似的，沒有任何人醒過來，我就拿走金盒回來了。我出魏城西門，走了二百多里，遠遠地看見城牆上的銅臺高高矗立，漳水向東流去，月亮已經斜掛在林梢，晨雞開始鳴動。我去得匆忙，卻懷著欣喜而返，頓時忘記了旅途的疲勞，感謝您能夠信任我，讓我可以去執行這個計謀。我不顧半夜三更，往返七百里路，潛入敵境，經過五、六座城池，只希望減少主人的憂慮，怎麼敢說辛苦？」

於是，薛嵩派使者到魏城，給田承嗣送了一封信，說：「昨晚有人從魏城來，說從您的床頭上拿了一個金盒，我不敢留下，特地派專使封好送還。」使者飛馳而去，半夜才到了魏城，看到魏城上下為了搜捕偷金盒的人，全軍都在警戒，大家都滿臉憂愁。使者用馬鞭敲門，在非常時刻求見。田承嗣急忙出來接見，使者就把金盒呈給他。他接過金盒時，驚嚇得幾乎暈倒，於是留下使者在宅邸內，請到廳內設宴款待，並且給了使者很多賞賜。第二天，田承嗣專程派人帶了三萬匹布、兩百匹好馬，還有一些奇珍異寶，獻給薛嵩。田承嗣並且轉告薛嵩：「多虧您不記私怨，我才能夠保住性命。我已經知道錯了，從此會改過自新，不再連累親戚，專心聽從您的指使，不敢仗恃著姻親的身分跟您平起平坐。您出門我願跟在車後服侍照料，回家我願在馬前揮鞭開道。我所招募叫外宅男的士卒，本是為防備盜賊，沒有別的企圖，現在已經讓他們脫掉盔甲，回家種田了。」往後的一兩個月內，河北、河南兩地經常有信使來往。

忽然有一天，紅線向薛嵩告別。薛嵩說：「妳一直都生活在我家，如今要到哪裡去？況且，我還要仰賴妳的幫助，怎麼可以說要走呢？」紅線說：「我前世本是個男子，遊歷江湖之間，四處尋求學問，曾讀過《神農本草經》，希望拯救世人的災難疾病。當時家鄉有個孕婦突然罹患蠱脹病，我用芫花酒為她消除脹氣，沒想到服藥以後，孕婦和腹中的雙胞胎竟然都暴斃了。我一下子害死了三個人。陰司懲罰我，讓我降生為女子，身處於卑賤的奴隸之中，而且氣質庸俗。幸虧我生在您家，如今已經十九年了，穿夠了綾羅綢緞，吃盡了各種美味，您對我特別寵愛，給我很多榮耀。現在國家富強，天下太平，人們安居樂業，我若繼續留在這裡享福，就是違背了天意，我應當就此而止。先前去魏城，是為了報答您的恩情。現在兩地都保住了城池，人們也保全了性命，讓亂臣知道懼怕，正直的人得到保障，以我一個女人來說，這樣的功德也不算小，應可贖我過去的罪業，讓我下輩子可以回到男子的身分了。我想離開塵世，遠走他方，從此潛心修道，與天地萬物長存。」

薛嵩說：「我覺得這樣不好，怎麼能讓妳一個女孩子獨自住在荒山野外呢？」紅線說：「此事涉及來世的因果報應，是沒辦法預料的事。」薛嵩知道留不住她，就為她設宴餞別，召集賓客好友，在中堂舉辦夜宴。薛嵩不斷向紅線勸酒，並請在座的冷朝陽作詞，唱歌獻給紅線：「採菱歌怨木蘭舟，送客魂消百尺樓。還似洛妃乘霧去，碧天無際水空流。」（遠方的木蘭舟傳來哀怨的採菱歌，使高樓上送客的人引發心中的悲傷。妳像洛水女神乘著雲霧離去，只留下無際的江水不停向天邊流去。）唱完，薛嵩非常悲傷沉痛。紅線感動流淚，再三拜謝，藉口喝醉了離開宴席，從此不見蹤影。

◈唐潞州節度使薛嵩家，有青衣紅線者，善彈阮咸，又通經史，嵩召俾其掌表箋，號曰內記室。時軍中大宴，紅線謂嵩曰：「羯鼓之聲，頗甚悲切，其擊者必有事也。」嵩素曉音律，曰：「如汝所言。」乃召而問之，云：「某妻昨夜身亡，不敢求假。」嵩遽令歸。

是時至德之後，兩河未寧，以淦陽為鎮，令嵩固守，控壓山東。殺傷之餘，軍府草創。朝廷命嵩遣女嫁魏博節度使田承嗣男，又遣嵩男娶滑臺節度使令狐章女，三鎮交締為姻婭，人使日浹往來。而田承嗣常患肺氣，遇熱增劇，每曰：「我若移鎮山東，納其涼冷，可以延數年之命。」乃募軍中武勇十倍者，得三千人，號外宅男，而厚其廩給。常令三百人夜直州宅。卜選良日，將併潞州。

嵩聞之，日夜憂悶，咄咄自語，計無所出。時夜漏將傳，轅門已閉，杖策庭除，唯紅線從焉。紅線曰：「主自一月不遑寢食，意有所屬，豈非鄰境乎？」嵩曰：「事繫安危，非爾能料。」紅線曰：「某雖賤品，亦有解主憂者。」嵩聞其語異，乃曰：「我不知汝是異人，我暗昧也。」遂具告其事曰：「我承祖父遺業，受國家重恩，一旦失其疆土，數百年勳業盡矣。」紅線曰：「此易與耳，不足勞主憂焉。暫放某一到魏城，觀其形勢，覘其有無。今一更首途，五更可以復命。請先定一走馬使，具寒暄書，其他則待某卻迴也。」嵩曰：「儻事若不濟，反速其禍，又如之何？」紅線曰：「某之此行，無不濟也。」乃入闈房，飭其行具。梳烏蠻髻，貫金雀釵，衣紫繡短袍，繫青絲絇履，胸前佩龍文匕首，額上書太乙神名。再拜而行，倏忽不見。

嵩乃返身閉戶，背燭危坐。常時飲酒，不過數合，是夕舉觴十餘不醉。忽聞曉角吟風，一葉墜落，驚而起問，即紅線迴矣。嵩喜而慰勞，問：「事諧否？」紅線曰：「不敢辱命。」嵩問曰：「無傷殺否？」曰：「不至是。但取床頭金合為信耳。」紅線曰：「某子夜前三刻，即達魏城，凡歷數門，遂及寢所。聞外宅男止於房廊，睡聲雷動；見中軍士卒，步於庭廡，傳呼風生。某乃發其左扉，抵其寢帳。見田親家翁止於帳內，鼓腹酣眠，頭枕文犀，髻包黃縠，枕前露一七星劍。劍前仰開一金合，合內書生身甲子與北斗神名，復以名香美珍，壓鎮其上。然則揚威玉帳，坦其心豁於生前；熟寢蘭堂，不覺命懸於手下。寧勞擒縱，只益傷嗟。時則蠟炬煙微，爐香燼委，侍人四布，兵仗交羅，或頭觸屏風，鼾而嚲者；或手持巾拂，寢而伸者。某拔其簪珥，縻其襦裳，如病如酲，皆不能寤，遂持金合以歸。出魏城西門，將行二百里，見銅臺高揭，漳水東流，晨雞動野，斜月在林。忿往喜還，頓忘於行役，感知酬德，聊副於咨謀。所以當夜漏三時，往返七百里，入危邦一道，經過五六城，冀減主憂，敢言其苦？」

嵩乃發使入魏，遺田承嗣書曰：「昨夜有客從魏中來，云自元帥牀頭，獲一金合，不敢留駐，謹卻封納。」專使星馳，夜半方到，見搜捕金合，一軍憂疑。使者以馬箠撾門，非時請見。承嗣遽出，使者乃以金合授之。捧承之時，驚怛絕倒，遂留使者止於宅中，狎以宴私，多其錫賚。明日專遣使齎帛三萬匹，名馬二百匹，雜珍異等，以獻於嵩。曰：「某之首領，繫在恩私。便宜知過自新，不復更貽伊戚，專膺指使，敢議親姻。往當奉轂後車，來則揮鞭前馬。所置紀綱僕號為外宅男者，本防它盜，亦非異圖，今並脫其甲裳，放歸田畝矣。」由是一兩個月內，河北河南，信使交至。

忽一日，紅線辭去。嵩曰：「汝生我家，而今安往？又方賴於汝，豈可議行。」紅線曰：「某前世本男子，遊學江湖間，讀《神農》藥書，救世人災患。時里有孕婦，忽患蠱癥，某以芫花酒下之，婦人與腹中二子俱斃。是某一舉殺其三人。陰律見誅，陷為女子，使身居賤隸，氣稟凡俚。幸生於公家，今十九年矣。身厭羅綺，口窮甘鮮，寵待有加，榮亦甚矣。況國家建極，慶且無疆。此即違天，理當盡弭。昨往魏邦，以是報恩。今兩地保其城池，萬人全其性命，使亂臣知懼，烈士謀安，在某一婦人，功亦不小，固可贖其前罪，遂其本形。便當遁跡塵中，棲心物外，澄清一氣，生死長存。」嵩曰：「不然，以千金為居山之所。」紅線曰：「事關來世，安可預謀？」嵩知不可留，乃廣為餞別，悉集賓僚，夜宴中堂。嵩以歌送紅線酒，請座客冷朝陽為詞，詞曰：「採菱歌怨木蘭舟，送客魂消百尺樓。還似洛妃乘霧去，碧天無際水空流。」歌竟，嵩不勝其悲。紅線拜且泣，因偽醉離席，遂亡所在。

關於〈紅線傳〉

作者袁郊，生卒年不詳。本篇出自《甘澤謠》，亦收於《太平廣記》中。後世改編作品有明代梁辰魚的雜劇《紅線女》，京劇《紅線盜盒》亦取材於此。〈聶隱娘〉與〈紅線〉兩篇皆反映了唐代藩鎮割據的情況，其中描寫的女俠形象也對後世有一定影響。

虬髯客傳

作者：杜光庭

隋煬帝遊幸江都的時候，命令司空楊素留守西京長安。楊素仗著身居高位，對人一向傲慢，再加上時局動亂，認為天下沒有人比他的權力還要大、聲望還要高，所以生活奢華，講究排場，逾越了做臣子該有的本分。每當公卿大臣來談公事，或賓客登門拜見，總是張開兩腿坐在舁床上接見，叫美女把他抬出來，兩旁婢女排列成行，實在是僭越於皇帝之上。他晚年更是過分，不再關心自己應擔負的責任，也不再有挽救危亡局勢的念頭。

有一天，當時還是平民的衛國公李靖登門求見，想進獻治國奇策。楊素也是無禮地張腿坐著接見他。李靖走向前去拱手行禮，說：「天下正處動亂之中，英雄紛紛起事，您是朝廷重臣，應該用心延攬天下豪傑，不該用如此驕傲的態度接見賓客。」楊素聽了立即整肅儀容，起身回禮，跟李靖交談得相當愉快，收下建議書才退回內室。當李靖高談闊論時，有一個姿色不凡的歌妓，拿著紅色拂塵，站在前面，眼睛一直盯著李靖看。李靖離開後，紅拂妓走到窗邊，指著李靖的身影問管事的小吏說：「剛走的那位先生排行第幾？家住哪裡？」小吏一五一十地回答。紅拂妓點了點頭就走了。

李靖回到旅舍後，當晚五更初，忽然聽到輕輕的敲門聲。李靖起床察問，原來是一位身穿紫衣、頭戴帽子的人，肩膀挑著一個袋子。李靖問：「什麼人？」對方回答說：「我是楊家拿紅拂的歌妓。」李靖趕忙把她請進房裡。那人脫下外衣，摘下帽子，竟是個十八、九歲的美女，臉上不施脂粉，而衣著華麗，向李靖深深一拜。李靖慌忙回禮。紅拂妓說：「我侍候楊司空很久，見過的天下能人太多了，卻沒有一位能比得上您。菟絲、女蘿不能獨立生長，希望找棵大樹依靠，所以來投奔您。」李靖說：「楊司空在京師勢力龐大，他要是知道了該怎麼辦？」紅拂女回答說：「他是個只剩沒幾口氣的人，不值得畏懼。府中歌妓知道他成不了大事，很多人都跑了，他也不怎麼追查。我已考慮得很周詳，希望您不要有所疑慮。」李靖問她的姓氏，她說：「姓張。」再問排行，她說：「我是家中最年長的。」看她的肌膚、儀態、言談、氣質，簡直就是天仙下凡。李靖沒想到自己竟然能得到如此的美女，又高興又害怕，一時之間萬般焦慮不安，不停地走到門邊向外張望。過了幾天，兩人聽聞了一些追查的風聲，但看樣子並不急切，於是讓張氏穿上男裝，兩人騎馬出門，準備到太原去。

兩人到了靈石，投宿旅舍，安置好床鋪後，爐上烹煮的肉也快熟了。張氏由於長髮垂地，便站在床前梳頭；李靖正在外頭刷馬。這時忽然有一個人，中等身材，一臉紅色的鬈曲鬍子，騎著一匹跛腳的驢子進來，把皮囊扔向爐前，拿過枕頭便斜躺著，看著張氏梳頭。李靖十分生氣，但是仍忍著沒發作，繼續刷馬。張氏仔細端詳了這個人的面貌，一隻手握著頭髮，另一隻手則在身後向李靖輕搖示意，要他不要發怒。她匆匆梳好頭，整衣向前行禮，問他貴姓。那人回說：「姓張。」張氏說：「我也姓張，算起來是你的妹妹。」趕忙下拜。張氏又問他排行，那人說：「第三。」並回問：「妹妹排行第幾？」張氏說：「我排行最長。」那人於是高興地說：「今天運氣真好，遇見了一妹。」張氏向遠處呼喚李靖：「李郎，先來拜見三哥。」李靖連忙趕過來行禮，於是三人圍坐在一起。

蚪髯客問：「爐上煮的是什麼肉？」李靖說：「羊肉，大概已經熟了。」蚪髯客說：「我正好肚子很餓！」李靖就出去買了燒餅回來。蚪髯客抽出匕首，切開肉大家一起吃。他吃完，把剩下的肉隨便切一切便拿去餵驢子，動作非常迅速。蚪髯客說：「看李郎的樣子，是個窮書生，為什麼能得到這樣一位不同凡俗的美人？」李靖說：「我李靖雖然貧窮，也是個有志氣的人。別人問起，我是不會說的；三哥既然問起，就沒什麼好隱瞞的了。」便把事情經過詳細說了。蚪髯客說：「那麼你們打算到哪裡去？」李靖說：「打算躲到太原。」蚪髯客說：「是啊，我本來就覺得一妹不是你想要就能得到的。」接著問：

「有酒嗎？」李靖說：「旅舍西邊就是酒店。」便起身出去買了一斗酒回來。酒喝過一輪後，虬髯客說：「我有一些下酒菜，李郎願意一塊吃嗎？」李靖說：「不敢當。」虬髯客於是打開皮囊，拿出一顆人頭和一副心肝，但是把人頭又放回皮囊裡，用匕首切心肝，和李靖一起吃，說道：「這個人是天底下最沒有良心的人，我懷恨他在心十年了，今天才追捕到，總算消除了我的心頭之恨。」虬髯客又說：「看李郎的儀表相貌、胸襟氣度，是真正的男子漢。你可知太原也有什麼特殊人物嗎？」李靖說：「曾經看過一個人，我認為是真命天子，其他的不過將相之才而已。」虬髯客問：「那人姓什麼？」李靖說：「和我同姓。」虬髯客問：「年紀多大？」李靖說：「接近二十。」虬髯客問：「現在是做什麼的？」李靖說：「是太原留守的愛子。」虬髯客說：「很像就是這個人了，但還得親自見個面看看，李郎能讓我見他一面嗎？」李靖說：「我的朋友劉文靜跟他要好，可以透過文靜見到他。三哥想要做什麼呢？」虬髯客說：「有個會望氣的人說，太原上空有特殊的雲氣，要我去察探究竟。李郎明天出發，什麼時候會到達太原？」李靖算了算日期，說：「某日應該可以到。」虬髯客說：「你到達太原後，第二天天剛亮時，我在汾陽橋等你。」說完，騎著驢子便告辭，驢子跑起來像用飛的，一轉眼間已經走得好遠。李靖與張氏又驚又怕，好一陣子才說：「俠義之士是不會騙人的，其實沒什麼好怕的。」於是快馬加鞭向前趕路。

到了約定的那天，李靖進入太原等候虯髯客。大家見了面都很高興，便一同去拜訪劉文靜。李靖騙劉文靜說：「有一個很會看相的想見見公子，請你把他帶過來。」劉文靜一向認為李世民不平凡，正打算輔佐他打天下，一聽說有人會看相，便馬上備下酒席邀請李世民來。不久李世民來了，披著皮衣，沒穿正式服裝和鞋子，一副不拘小節的模樣，臉上神采飛揚，長相和一般人很不一樣。虯髯客默默地坐在末席，一見李世民便死了心。喝酒過了幾巡，虯髯客起身招呼李靖出來，告訴他說：「果然是真命天子啊！」李靖把話轉告劉文靜，劉文靜更加得意了，認為自己果然有知人之明。離開劉家後，虯髯客說：「我看應該十之八九可以確定了，但還得讓道兄親自看看。李郎可和一妹再度到京師一趟，某日正午時分，到馬行街東面的酒樓下找我，看到這匹驢子和一匹瘦騾子，就表示我和道兄都在樓上。」到了那天，李靖來到約定地點，果然看到這兩匹牲口。他提起衣襬登上酒樓，就看到虯髯客和一個道士正對坐飲酒。虯髯客看到李靖，非常高興，招呼他過來一起喝酒。喝了十幾巡後，虯髯客對李靖說：「樓下櫃子裡有十萬錢，你找一處較隱密的處所，安頓好一妹。之後，某日再到汾陽橋來與我相會。」

到了那天，李靖如期到達，發現道士與虯髯客已經先到了。三人一起去見劉文靜，文靜當時正在下棋，起身行禮後得知三人的真正來意，便派人送出快信請李世民過來看棋。道士和文靜對弈，虯髯客和李靖站立一旁侍候。不久，李世民到了，長揖行禮後坐了下來。他精神清爽，氣度開朗，談笑之間，在場的人都被他吸引；顧盼之間，流露出耀人的光采。道士見了便慘然失色，放下棋子說：「這一局輸了，輸了！在這地步輸棋，太奇怪了！無路可救了！還有什麼好說的呢！」於是棋也不下了，起身告辭。出來以後，道士對虯髯客說：「這個天下，不是您的天下了，可以到別的地方去求發展。好好努力，別再掛念這件事了。」然後一起準備進京。虯髯客對李靖說：「估計李郎的行程，要某日才能到京師。到達的第二天，可帶著一妹一起到某坊某巷弄的寒舍找我。讓李郎你來回跟著我跑，又扔下一妹孤孤單單在家，我很過意不去，我想讓內人拜見兩位，也順便商議一下今後的動向，可別推辭不來。」說完，嘆著氣走了。

李靖送走了虯髯客，自己也快馬加鞭地趕路，很快就到了京師。他帶著張氏一起前往虯髯客家，發現有一片小板門，敲了敲門，立即有人應聲出來，行禮說：「三郎吩咐我們等候一娘子、李郎好一陣子了。」請兩人入內後，通過好幾道門，一道比一道高大華麗。三十多名奴婢在門前面排列侍立，其中二十個奴僕引導李靖夫婦進入東廳。廳堂裡的擺設，十分罕見奇特，放頭巾的箱子、梳妝用的鏡匣、禮帽、明鏡、首飾等各式各樣，都不是一般民間所用的物品。他們盥洗梳妝後，又有人侍候換衣服，衣服也是同樣珍貴新奇。兩人穿戴好了以後，聽到有人傳報：「三郎來了！」原來是虯髯客，頭戴紗帽，身穿皮袍，龍行虎步頗有帝王的架勢。他見了李靖夫婦非常高興，忙催他的妻子出來拜見，原來她也是天仙般的美人。於是請他們到中堂，那裡已擺下了筵席，器具之精美，就算王公貴族家也比不上。四個人對坐宴飲，眼前擺滿了豐盛的酒菜，歌妓二十人，列隊在前面演奏，樂聲彷彿來自天界，不是人間的曲子。吃完飯，大家開始喝酒。家中僕役從西邊堂屋抬出了二十個擺放器物的架子，每個架子都蓋著錦繡巾帕。擺好後，巾帕一一揭開，原來是一些帳簿、鑰匙。虯髯客告訴李靖夫婦說：「這些都是珍寶錢財的帳目和倉庫鑰匙，是我所有的財產，全部都奉送給你們。為什麼呢？我本來打算在中原成就大事，也許會跟天下群雄龍爭虎鬥二、三十年，才能建立些許功業。現在既然已經出現真命天子，我留下又能有什麼作為？太原李氏，確實是英明的君主。不出三、五年之內，天下就會太平。李郎憑著傑出的才幹，輔佐清明公正的君主，盡心盡力，一定可以做到人臣最高的位子。一妹憑著天仙般的姿色，身懷世上絕無的才藝，跟著丈夫富貴，享盡榮華。如果不是一妹，無法賞識李郎；如果不是李郎，無法榮耀一妹。大凡聖君出來開創基業，一定有賢臣鼎力相佐，彼此遇合，有如前定；好比老虎一呼嘯就有風吹起，龍一升空就有雲霧靠攏過來，本來就不是偶然的。把我送給你的財物，拿去輔佐真命天子，助他建立功業，好好努力吧！十多年後，在東南幾千里外的地方如果發生了什麼特殊事件，那就是我完成志業的時候了。一妹和李郎可以將酒灑向東南方為我慶賀。」接著回頭告訴左右的人說：「李郎、一妹現在是你們的主人了！」說完，他和妻子換上軍裝跨馬離去，後頭一個男僕也騎馬跟上，沒走幾步，就看不到他們的蹤影。

李靖於是住進虯髯客家，成了富家豪門，得以提供李世民創建帝業的資本，終於平定天下。貞觀年間，李靖官位升到了僕射，等同於宰相。有一天，東南蠻派人入京奏報：「有海盜率領千艘海船，十萬披甲戰士，攻入扶餘國，殺了國君自立為王，如今國勢已定。」李靖知道虯髯客終於完成功業，回家告訴張氏，準備了牲禮祝賀，夫婦倆遙向東南方灑酒祝拜。

由此可知：真命天子的興起，並不是一般英雄所能希冀圖謀的，更何況那些稱不上是英雄的人呢？做人臣子卻妄想要起兵作亂，就像螳螂伸出手臂想要阻擋疾馳的車輛一樣。大唐皇室福祉綿延萬世，怎麼可能是僥倖的呢？有人說：「李衛公的兵法，大半是虯髯客傳授給他的。」

◈隋煬帝之幸江都也，命司空楊素守西京。素驕貴，又以時亂，天下之權重望崇者莫我若也，奢貴自奉，禮異人臣。每公卿入言，賓客上謁，未嘗不踞床而見，令美人捧出，侍婢羅列，頗僭於上。末年益甚，無復知所負荷、有扶危持顛之心。

一日，衛公李靖以布衣來謁，獻奇策。素亦踞見之。靖前揖曰：「天下方亂，英雄競起，公為帝室重臣，須以收羅豪傑為心，不宜踞見賓客。」素斂容而起，與語，大悅，收其策而退。當靖之騁辯也，一妓有殊色，執紅拂，立於前，獨目靖。靖既去，而拂妓臨軒指吏問曰：「去者處士第幾？住何處？」吏具以對。妓頷而去。

靖歸逆旅，其夜五更初，忽聞扣門而聲低者。靖起問焉，乃紫衣戴帽人，杖揭一囊。靖問：「誰？」曰：「妾，楊家之紅拂妓也。」靖遽延入。脫衣去帽，乃十八九佳麗人也，素面華衣而拜。靖驚答拜。曰：「妾侍楊司空久，閱天下之人多矣，未有如公者。絲蘿非獨生，願託喬木，故來奔耳。」靖曰：「楊司空權重京師，如何？」曰：「彼屍居餘氣，不足畏也。諸妓知其無成，去者眾矣，彼亦不甚逐也。計之詳矣，幸無疑焉。」問其姓。曰：「張。」問伯仲之次，曰：「最長。」觀其肌膚、儀狀、言詞、氣性，真天人也。靖不自意獲之，益喜懼，瞬息萬慮不安，而窺戶者足無停屨。既數日，聞追訪之聲，意亦非峻，乃雄服乘馬，排闥而去，將歸太原。

行次靈石旅舍，既設床，爐中烹肉且熟。張氏以髮長委地，立梳床前；靖方刷馬。忽有一人，中形，赤髯而虬，乘蹇驢而來，投革囊於爐前，取枕攲臥，看張氏梳頭。靖怒甚，未決，猶刷馬。張氏熟觀其面，一手握髮，一手映身搖示，令勿怒。急急梳頭畢，斂衽前問其姓。臥客曰：「姓張。」對曰：「妾亦姓張，合是妹。」遽拜之。問第幾。曰：「第三。」問妹第幾。曰：「最長。」遂喜曰：「今日多幸遇一妹。」張氏遙呼曰：「李郎，且來拜三兄。」靖驟拜，遂環坐。

曰：「煮者何肉？」曰：「羊肉，計已熟矣。」客曰：「飢甚！」靖出市買胡餅。客抽匕首，切肉共食。食竟，餘肉亂切送驢前食之，甚速。客曰：「觀李郎之行，貧士也。何以致斯異人？」曰：「靖雖貧，亦有心者焉。他人見問，固不言；兄之問，則無隱矣。」具言其由。曰：「然則何之？」曰：「將避地太原耳。」客曰：「然，吾故疑非君所能致也。」曰：「有酒乎？」靖曰：「主人西則酒肆也。」靖取酒一斗。酒既巡，客曰：「吾有少下酒物，李郎能同之乎？」靖曰：「不敢。」於是開革囊，取出一人頭并心肝，卻收頭囊中，以匕首切心肝，共食之。曰：「此人乃天下負心者也，銜之十年，今始獲，吾憾釋矣。」又曰：「觀李郎儀形器宇，真丈夫也。亦知太原有異人乎？」曰：「嘗見一人，愚謂之真人，其餘將相而已。」「其人何姓？」曰：「靖之同姓。」曰：「年幾？」曰：「近二十。」「今何為？」曰：「州將之愛子也。」曰：「似矣。亦須見之。李郎能致吾一見否？」曰：「靖之友劉文靜者與之狎，因文靜見之可也。兄欲何為？」曰：「望氣者言太原有奇氣，使吾訪之。李郎明發，何時到太原？」靖計之，曰：「某日當到。」曰：「達之明日方曙，我於汾陽橋待耳。」語訖，乘驢而去，其行若飛，迴顧已遠。靖與張氏且驚懼久之，曰：「烈士不欺人，固無畏。」促鞭而行。

及期，入太原，候之。相見大喜，偕詣劉氏。詐謂文靜曰：「有善相者思見郎君，請迎之。」文靜素奇其人，方議論匡輔，一旦聞客有知人者，其心可知，遽致酒延焉。既而太宗至，不衫不履，裼裘而來，神氣揚揚，貌與常異。虬髯默居坐末，見之心死。飲數巡，起招靖曰：「真天子也！」靖以告劉，劉益喜，自負。既出，而虬髯曰：「吾見之，十八九定矣，亦須道兄見之。李郎宜與一妹復入京，某日午時，訪我於馬行東酒樓下，下有此驢及一瘦騾，即我與道兄俱在其所也。」靖到，果見二乘。攬衣登樓，即虬髯與一道士方對飲。見靖，驚喜，召坐環飲。十數巡，曰：「樓下櫃中有錢十萬，擇一深隱處駐一妹，畢，某日復會我於汾陽橋。」

如期至橋，道士、虬髯已先在矣。同訪文靜，時方弈棋，起揖而語心焉，文靜飛書迎文皇看棋。道士對文靜弈，虯髯與靖旁立而侍。俄而文皇來，長揖就坐，神清氣朗，滿坐風生，顧盼暐如也。道士一見慘然，斂棋子曰：「此局輸矣，輸矣！於此失卻局，奇哉！救無路矣！復奚言！」罷弈請去。既出，謂虯髯曰：「此世界，非公世界也，他方可圖。勉之，勿以為念。」因共入京。虯髯曰：「計李郎之程，某日方到。到之明日，可與一妹同詣某坊曲小宅。媿李郎往復相從，一妹懸然如磬，欲令新婦祗謁，略議從容，無前卻也。」言畢，吁嗟而去。

靖亦策馬遄征，俄即到京。與張氏同往，乃一小板門，扣之，有應者，拜曰：「三郎令候一娘子、李郎久矣。」延入重門，門益壯麗。奴婢三十餘人羅列於前，奴二十人引靖入東廳。廳之陳設，窮極珍異，巾箱、妝奩、冠、鏡、首飾之盛，非人間之物。巾妝梳櫛畢，請更衣，衣又珍奇。既畢，傳云：「三郎來！」乃虯髯者，紗帽裼裘，有龍虎之姿。相見歡然，催其妻出拜，蓋亦天人也。遂延中堂，陳設盤筵之盛，雖王公家不侔也。四人對坐，牢饌畢陳，女樂二十人，列奏於前，似從天降，非人間之曲度。食畢，行酒。而家人自西堂舁出二十床，各以錦繡帕覆之。既呈，盡去其帕，乃文簿鑰匙耳。虯髯謂曰：「盡是珍寶貨泉之數，吾之所有，悉以充贈。何者？某本欲於此世界求事，或當龍戰三、二十年，建少功業。今既有主，住亦何為？太原李氏，真英主也。三、五年內，即當太平。李郎以英特之才，輔清平之主，竭心盡善，必極人臣。一妹以天人之姿，蘊不世之藝，從夫之貴，榮極軒裳。非一妹不能識李郎，非李郎不能遇一妹。聖賢起陸之漸，際會如期；虎嘯風生，龍騰雲萃，固當然也。將余之贈，以奉真主，贊功業，勉之哉！此後十餘年，東南數千里外有異事，是吾得志之秋也。一妹與李郎可瀝酒相賀。」顧謂左右曰：「李郎、一妹，是汝主也！」言畢，與其妻戎裝乘馬，一奴乘馬從後，數步不見。

靖據其宅，遂為豪家，得以助文皇締構之資，遂匡大業。貞觀中，靖位至僕射。東南蠻奏曰：「有海賊以千艘，積甲十萬人，入扶餘國，殺其主自立，國內已定。」靖知虯髯成功也，歸告張氏，具禮相賀，瀝酒東南祝拜之。

乃知真人之興，非英雄所冀，況非英雄乎？人臣之謬思亂，乃螳螂之拒走輪耳。我皇家垂福萬葉，豈虛然哉。或曰：「衛公之兵法，半是虯髯所傳也。」

關於〈虯髯客傳〉

作者杜光庭（850～933）。本篇收於《太平廣記》中。後世改編作品有明代張鳳翼的傳奇戲曲《紅拂記》、張太和的傳奇戲曲《紅拂記》、凌濛初的雜劇《識英雄紅拂莽擇配》和《虯髯翁正本扶餘國》。

故事雲‧中國傳奇經典大閱讀

編 著 者　吳昆展
美術設計　徐睿紳
內頁排版　高巧怡
行銷企劃　蕭浩仰、江紫涓
行銷統籌　駱漢琦
業務發行　邱紹溢
營運顧問　郭其彬
責任編輯　吳佳珍
總 編 輯　李亞南
出　　版　漫遊者文化事業股份有限公司
地　　址　台北市大同區重慶北路二段88號2樓之6
電　　話　(02) 2715-2022
傳　　真　(02) 2715-2021
服務信箱　service@azothbooks.com
網路書店　www.azothbooks.com
臉　　書　www.facebook.com/azothbooks.read
營運統籌　大雁出版基地
地　　址　新北市新店區北新路三段207之3號5樓
電　　話　(02) 8913-1005
傳　　真　(02) 8913-1056
劃撥帳號　50022001
戶　　名　漫遊者文化事業股份有限公司
初　　版　2024年12月
定　　價　台幣380元
I S B N　978-626-409-044-5

國家圖書館出版品預行編目(CIP)資料

故事雲‧中國傳奇經典大閱讀 / 吳昆展編著. -- 初版. -- 臺北市 : 漫遊者文化事業股份有限公司出版 ; 新北市 : 大雁出版基地發行, 2024.12
288面 ; 14.8×21公分
ISBN 978-626-409-044-5(平裝)

857.14　　113018079